소녀들의 백과사전

소니아 페르착 지음

카텔 그림 | 임순정 옮김

한 언 HANEON.COM

소녀들의 백과사전
Les Filles

펴 냄   2005년 7월 15일 1판 1쇄 박음 / 2012년 4월 10일 1판 8쇄 펴냄
지은이   소니아 페르착
옮긴이   임순정
펴낸이   김철종
펴낸곳   (주)한언
        등록번호 제1-128호 / 등록일자 1983. 9. 30
주 소   서울시 마포구 신수동 63-14 구 프라자 6층(우 121-854)
        TEL. 02-701-6616(대) / FAX. 02-701-4449
책임편집   최선혜
디자인   원미정
홈페이지   www.haneon.com
e-mail   haneon@haneon.com

이 책의 무단전재 및 복제를 금합니다.
잘못 만들어진 책은 구입하신 서점에서 바꾸어 드립니다.

ISBN 978-89-5596-640-4   03840

소녀들의 백과사전
Les Filles

L´Encyclo des filles

이 세상에서 가장 아름답고 찬란한 나날을
보내고 있는 **눈부신 소녀들에게**

To

From

Contents

2 나의 완벽한 미모를 망치는 곤란한 문제들

3 나도 이제 사랑 시작!

4 누구도 가르쳐 주지 않았지만 꼭 알아야 하는 은밀한 이야기

5 우리 집이 좀 그래

7 알고 싶은 것도 하고 싶은 것도 많은 우리들

우리의 건강하고 아름다운
소녀들을 위해

부모님, 선생님을 비롯해 이 책을 읽고 계시는 어른 여러분, 안녕하세요!

이 책은 멋진 숙녀로 자라날 우리의 소녀들이 궁금해할 수 있는 여러 가지 주제에 대해 어른의 입장으로 도움을 주고자 만든 책입니다. 이 책을 만들면서 가장 중요하게 생각한 것은 우리 주변의 평범한 여자아이들이 과연 어떤 것에 관심이 있고 어떤 것을 궁금해하는지 짚어내는 일이었습니다. 그래서 소녀들을 위한 피부관리에서부터 우정, 사랑, 가족, 성에 대한 것까지 조금은 일상적이고 조금은 특이한 주제들을 선별하게 되었습니다.

시간이 지날수록 우리 사회는 청소년들에게 위험한 환경으로 변하고 있습니다. 10대 초반부터 성인물을 접하고, 중·고등학교 교실에서도 성적인 말들이 난무하고 있는 것이 현실입니다. TV, 신문, 잡지에다 인터넷은 또 어떤가요? 프랑스의 경우, 성교육 시간에 청소년들이 하는 질문의 70%는 '사랑이 없는 첫경험'에 관한 것이었다고 하니, 진심으로 마음 아픈 일이지요.

이런 극단적인 경우를 제외하더라도 우리 청소년들에게 폭력적이고 성적인 영향을 줄 수 있는 이미지와 영상들은 가득합니다. 가판대의 신문만 봐도 나체 여성의 사진이 버젓이 붙어 있는 경우가 있죠. 이처럼 여과되지 않은, 노골적인 자극은 의식적이든 무의식적이든 아이들에게 고민거리가 됩니다. 우리의 아이들이 여과되지 않은 이런 정보를 과연 어떻게 받아들일까요? 어른들이 할 일은 아이들이 상처받지 않도록 이해하기 쉽게 친절히 설명해주는 것이 아닐까요? 청소년들의 미래와 교육을 중요하게 생각하는 기자로서, 나는 우리 아이들이 존경받는 어엿한 어른으로 자랄 수 있도록 청소년들이 궁금해하는 것들을 성심성의껏 알려줘야겠다는 생각이 들었습니다.

이 책에 등장하는 몇 가지 주제들을 보고 충격을 받지 않으셨으면 좋겠습니다. 단순히 어른들과 아이들의 관심을 끌기 위해 선정적인 주제를 다룬 것이 아니니까요. 이 책이 우리 사회, 특히 우리 아이들의 생활에 대해 이야기하고 함께 고민할 수 있는 계기가 되었으면 합니다.

머리부터 발끝까지 반짝반짝 예뻐지고 싶니?

몸 _ 내 몸은 내 것이라는 인식이 가장 중요해

자기 몸을 사랑한다는 건 중요한 일이지만 쉽지 않아. 자기 몸을 사랑하는 법은 스스로 터득해야 하는데, 대부분의 사람들은 자신의 몸에 대해서 진지하게 얘기하지 않거든. 약간 다른 의미로 머리, 발, 배와 같이 특정 부위만 예를 든다거나, 위가 아프다거나 병에 걸렸다고 신체기관의 기능 혹은 질병에 대해서는 많이들 얘기해. 또는 환상적인 몸매라든지 쭉쭉빵빵 팔등신 미

인이라든지, 몸의 성적매력에 대해서는 귀를 솔깃해하며 말하지. 하지만 영혼의 그릇 역할을 하고 외부의 위험으로부터 지켜주는 커다란 포장이라는 개념으로 몸에 대해 진지하게 생각하는 경우는 거의 없어.

몸의 주인인 우리는 잘 모르지만 때로는 몸이 고통을 느낄 때가 있어. 몸을 별로 사랑하지도 않으면서 나쁜 영향만 줄 때 말이야. 우리 몸을 너무 오래 굶기거나 너무 많이 먹일 때도 있고, 가끔은 몸에 상처를 내거나 해서 극단적인 위험 상황에 빠지도록 내버려 둘 때도 있잖아? 그러면 몸만 괴로운 게 아니라 우리 마음도 힘들어져.

왜 몸을 사랑하지 않는지 생각해봐. 몸이 무슨 잘못이라도 한 거야? 아니

면 못생겨서 보기 싫고 불만이야? TV나 잡지에 멋진 몸매를 가진 사람들만 잔뜩 나온다고 해서 모두가 그런 몸매를 가져야 하는 건 아니야. 모든 사람이 그렇게 완벽할 수도 없고, 외형적으로 날씬한 것이 건강하고 즐거운 인생에서 중요한 것도 아니야. 이상하게 들릴지 모르지만 슈퍼모델처럼 깡마른 몸매를 가지고도 자기 몸을 싫어하는 사람도 있어.

몸을 사랑하려면 몸에 대해 제대로 알아야만 해. 또 몸이 하는 얘기에 귀 기울이고 존중할 줄 알아야지. 가벼운 운동을 하거나 무용 같은 것을 배워보면 몸을 자유롭게 다룰 수 있을 거야. 꾸준히 하다 보면 묵직하고 뻣뻣했던 몸이 점점 더 가벼워지고 유연해지는 것을 느끼고, 동작도 전보다 자연스럽고 아름다워질 거야.

말처럼 쉽지는 않지만, 내 몸은 내 것이라는 인식이 가장 중요해. 그리고 아무리 사랑하는 사람이라 해도 네 몸을 마음대로 하도록 그냥 놔두지 말아야 해. 그 사람이 너를 사랑한다면 당연히 너를 존중해줄 거고, 너를 존중한다면 네 몸을 단순히 자신의 욕망을 채워줄 도구로 여기지는 않을 테니까. 정말로 사랑하는 사람이라면 네가 하고 싶지 않는 일까지 억지로 요구하지 않을 거야. 만일 억지를 부린다면 그 사람은 네 사랑을 받을 자격이 없는 사람이니까 마냥 끌려 다녀서는 안 돼.

날씬하고 건강한 몸을 갖고 싶니? 몸에게 많은 것을 바란다면 너도 많은 것을 해주어야 해. 영양만점의 웰빙 음식도 골고루 먹어줘야 하고 잠도 푹 자고. 아름답게 가꾸어가려면 여러 가지 신경을 써야 해.

외모 _ 청순하게? 섹시하게? 건강하게? 도대체 내 스타일은 뭐지?

이건 상당히 중요한 문제야. 어떤 사람들에게는 자신에게 어울리는 모습을 찾는 것이 깜깜한 동굴에서 더듬더듬하면서 약초를 캐는 것만큼 난감한 일이거든. 하지만 외모 때문에 너무 심각하게 고민할 것도 없어. 네가 좋아하는 책이나 음악, 영화배우처럼 외모도 그 사람의 인격을 비춰주는 하나의 그림자라고 생각하면 어렵지 않으니까.

일단 외모라는 건 다른 사람들이 너를 잘 알기도 전에 너에 대한 많은 정보를 전달받는 통로야. 저 멀리 100m 쯤 떨어진 곳에서 걸어오는 널 보고 네가 심플하고 지적인 걸 좋아하는지, 편안한 캐주얼 스타일을 좋아하는지, 유행에 민감하고 패션의 최첨단을 걷는지, 아니면 섹시한 걸 좋아하는지 알 수 있게 해주거든. 옷 입는 스타일만 보고도 네 인격을 조금은 추측해볼 수 있으니까 외모는 그 사람의 성격하고 어느 정도는 일치한다는 거야. 어떻게 보면 당연한 얘기지만, 내 성격을 잘 표현하면서도 멋진 외모를 갖기란 그렇게 간단하지 않다는 게 문제지.

사춘기 때 우리는 정말 많이 변해. 특히 몸매나 취향 같은 것이 시도 때도 없이 변하잖아? 외모가 인격을 대변하는 건 사실이지만, 과연 어떤 인격을 대변하느냐가 문제인 거지. 어린아이인 나? 아니면 미래의 숙녀인 나? 얌전한 모범생? 아니면 자기 혼자서 독립하기만 꿈꾸는 반항아? 외적인 스타일도 그런 너의 혼란스러운 정체성을 표현하는 수단이 돼. 찢어진 청바지에 얌전한 정장 구두를 신고 있다든지, 아니면 어릴 때 입던 다 해진 조끼 위에 말쑥한 재킷을 입고 있다든지 하는 실수도 변해가는 너의 모습을 받아들이면서 자기만의 스타일을 만들어가는 과정이라고 생각해.

가끔은 자기만의 스타일을 찾기보다 다른 사람을 따라하는 편이 더 쉬우니까 친구가 새로 산 티셔츠랑 똑같은 걸 사기도 해. 반대로 다른 사람이랑은 절대 똑같이 하고 다니지 않겠다고 결심하고 아주 다른, 특이한 스타일로 입고 다니기도 하지. 다른 사람에게 눈총받을 각오를 하고서도 말이야. 네 또래의 아이들은 무엇이든지 자기 식으로 해석하려고 들고 자기와 다른 것에 대해서 끊임없이 궁금해하니까 이것저것 시도하는 것도 나쁘지 않아. 단지 너의 정체성과 개성을 온 세상에 알리고 싶어서 팬티부터 티셔츠, 매니큐어까지 연 노란색으로 휘감고 다닌다면, 아마 따가운 시선을 받을 뿐만 아니라 남의 험담하기 좋아하는 친구들의 단골손님이 되겠지. 뭐든지 너무 과한 건 좋지 않다는 것을 알아둬.

자, 이제 너만의 스타일을 찾아보자. 너에게 잘 어울리는 스타일을 찾고 싶다면, 하루 날을 잡고 옷장을 완전히 뒤져봐. 네가 갖고 있는 옷을 다 꺼내서 좋아하는 정도에 따라 분류하는 거야. 이 옷은 왜 좋고, 저 옷은 왜 싫은지 한번 생각해보고 잘 기억해둬. 그리고 다음에 옷을 사러 갈 때는 네가 좋아하는 옷과 비슷한 것을 사는 거야. 점점 네 스타일에 맞는 것과 맞지 않는 것이 구별되겠지? 스타일이 어느 정도 완성되었다고 판단되면 가끔 전혀 다른 스타일(어떤 사람에게는 청바지에 티셔츠, 운동화를 신는 게 기분전환일 수도 있지만, 반대로 항상 캐주얼하게 입는 사람에게는 얌전한 원피스를 입는 게 기분전환이야)을 시도할 수도 있어. 네가 좋아하는 너만의 스타일이 있기 때문에 무슨 옷을 입든지 자신감이 생길 거야. 싫은 옷은 안 입으면 그만이고!

기분이 안 좋은 날이라면 너무 튀는 스타일을 시도하지 마. 심플하고 편하게 입는 게 좋을 거야. 장소에 적합한 옷차림도 중요해. 스팽글이 달린 화려한 블라우스는 파티에서 사람들의 이목을 집중시키고 싶을 때는 좋을지 몰라도, 학교에 갈 때는 아마 보리밭에 핀 장미처럼 어색할걸?

내 몸 가꾸기 _ 가꾸면 가꿀수록 자신을 사랑하게 돼

가꾸면 가꿀수록 자기 자신을 사랑하게 되고, 자기 자신을 사랑하면 사랑할수록 더 가꾸게 된단다. 일종의 즐거운 순환이라고 할 수 있지.

네 나이에는 자신의 미운 부분까지 무조건 사랑하는 것이 힘드니까 부족한 부분을 가꾸는 것이 쉬울 거야. 너 자신을 아름답다고 생각할 수 있도록 약간의 돈과 시간을 투자하렴. 온 집안 식구들이 화를 낼 정도가 아니라면 욕실을 좀 오래 쓴다고 해서 나쁠 건 없지 않겠어? 네 나이에는 올바른 미적 감각과 위생관념을 가지는 것이 중요해. 자기 자신을 가꾸는 건 자기 몸에게 친절을 베푸는 거란다. 아주 중요한 일이지!

예뻐지는 방법은 크게 기초적인 몸 가꾸기와 외모 가꾸기로 나눌 수 있어.

기초적인 몸 가꾸기는 그야말로 타

고난 아름다움을 돋보이게 하는 거지. 깨끗한 피부, 탐스러운 머릿결, 매끈한 몸매 같은 거 말이야. 외모는 우리의 몸에 뭔가 더해서 얻는 아름다움이야. 화장, 보석, 액세서리, 염색, 멋진 옷같이 상점에서 살 수 있는 것들이지. 기초적인 몸의 아름다움을 가꾸는 것은 자기 자신에게 끊임없이 투자하는 일이기 때문에 생각보다 쉽지 않아. 하지만 장기적으로 봤을 때는 더 의미 있는 일이지. 피부가 깨끗하고 머릿결이 반짝거린다면 화장을 하지 않거나 옷이 좀 촌스러워도 넘어가 준단다.

이렇게 말했는데도 네 몸을 가꾸기 시작할 용기가 안 생기니? 절대 하루아침에 완벽한 여자가 될 수는 없다는 걸 명심하렴. 가장 중요한 건 기본적으로 깨끗한 몸이고 나머지는 취향의 문제란다.

골고루 먹어야 예뻐지는 거 알지? _ 음식

20세까지는 다양하고 균형 잡힌 식단을 유지하는 게 좋아. 영양학자들은 열흘 동안 100가지 음식을 먹으라고 말하지만 그건 너무 힘들잖아. 사실 필요한 모든 영양소를 한 번에 해결할 수 있는 완벽한 식품이 하나 있긴 해. 바로 모유야! 하지만 이 나이에 엄마 젖을 먹을 수는 없잖아?

골고루 먹는 것은 좋지만 제발 과식만은 참아줘! 사탕이나 탄산음료, 기름기 많고 달착지근한 음식은 피하는 게 좋아. 그리고 정해진 시간에 식사하는 습관을 들여야 소화가 잘 되고 체내에 불필요한 지방이 저장되는 걸 막을 수 있어. 우리 몸은 규칙적인 걸 좋아하거든. 나머지는 상식적으로 생각해봐. 밤 시간에 잠을 잘 때는 몸을 많이 움직이지 않지만, 낮 시간에는 활동도 많이 하고 생각도 많이 하잖아? 아침에 일어나서 저녁에 잘 때까지 몸을 움직이고 머리를 쓰고 생기발랄하게 생활하려면 충분한 에너지가 있어야 하겠지? 영양학적으로 말하자면 아침은 충분히, 점심은 적당히, 저녁은 가볍게 먹는 게 좋다는 거야. 그리고 물도 많이 마셔야 해. 적어도 하루에 1.5ℓ 이상!

덧붙여 음식의 영양소에 대해서 약간의 상식을 갖고 있는 게 좋아. 복잡한 것까지 알아야 할 필요는 없지만, 인체가 어떻게 움직이는지 알면 네 몸에 필요한 게 뭔지 이해할 수 있을 거야. 땔감이 있어야 불도 잘 타오르듯이,

영양가 있는 음식을 섭취해야 몸에서 힘차게 에너지를 생산할 수 있어. 만약 충분한 에너지가 공급되지 않으면 몸도 비실비실 해지지.

네 또래의 아이들이 하루에 먹는 양은 최소한 1,800~2,000kcal는 되어야 해. 그렇다고 초콜릿만 2,000kcal를 먹거나, 시금치만 2,000kcal를 먹으라는 게 아니야. 여러 가지 영양소를 균형 있게 섭취하는 것이 좋은데, 우리가 먹는 음식은 크게 세 가지 영양소로 분류할 수 있어.

- 곧바로 이용할 수 있는 에너지를 주는 **탄수화물**
- 포동포동한 살로 저장되는 **지방**
- 우리 몸의 조직을 생산하고 유지하게 해주는 **단백질**

성장기 청소년이 건강하게 자라기 위해서는 단백질 15%, 지방 20%, 탄수화물 65%의 비율로 하루에 2,200kcal 정도의 음식을 먹는 것이 좋아. 물론 지금 말한 3대 영양소 외에도 함께 먹어야 할 것들이 있어.

- 소화와 배변을 돕는 **섬유질**
- 신체 기능에 필요한 화학작용을 일으키는 칼슘, 철분 같은 **미네랄**
- 미네랄과 마찬가지로 필수적인 요소인 **비타민 A, B, C, D, E, H**

※ '비타민 *Vitamin*' 은 라틴어 'vita' 에서 나온 말인데, vita는 '삶' 이라는 뜻이래.

어떤 음식에 어떤 영양소가 들어 있을까?

⟶ **탄수화물**

복합 탄수화물 : 쌀, 감자, 전분, 빵, 곡물, 파스타

단순 탄수화물 : 과일 등 단맛이 나는 음식

⟶ **지방** | 버터, 크림, 치즈, 기름, 소시지

⟶ **단백질** | 달걀, 생선, 육류, 우유, 요구르트, 콩

⟶ **섬유질** | 야채, 씨 있는 과일, 곡물

⟶ **미네랄**

칼슘(Ca) : 유제품

칼륨(K) : 곡물, 땅콩, 바나나, 과일

마그네슘(Mg) : 곡물, 말린 과일, 초콜릿

인(P) : 치즈, 생선, 말린 야채

철(Fe) : 간, 육류, 말린 야채와 파슬리

나트륨(Na) : 소금

⟶ **비타민**

A : 달걀, 버터, 과일

B_1 : 간, 육류, 야채, 곡물, 말린 과일

B_2 : 생선, 유제품, 간

B_5 : 달걀, 육류 내장

B_6 : 육류 내장, 생선, 해산물

B_9 : 과일, 야채

B_8 : 땅콩류, 초콜릿, 육류 내장, 달걀, 육류

C : 감귤류와 과일

D : 달걀, 버터, 기타 기름진 유제품

E : 기름과 간

아침에 일찍 일어나 운동하는 것이 좋다는 것을 알면서도 막상 시작할 용기가 안 나고, 몸이 너무 피곤하고, 따뜻한 이불에서 10분만 더 자고 싶고, 결정적으로 운동하기 너무 귀찮고 싫을 거야. 그럼 어떻게 하면 운동을 시작할 수 있을까?

우선 운동을 하면 몸이 건강해진다는 측면 외에도 나 자신에게 좋은 점이 많아진다는 것을 깨달아야 해. 운동을 하면 항상 내 몸을 바라보니까 자신의 몸을 사랑하게 되고, 정신적인 스트레스가 풀리면서 기분은 더욱 좋아지고, 무엇보다도 몸과 마음이 건강해진단다. 헬스클럽에 등록하면 새로운 친구도 만날 수 있지. 특히 부끄럼을 많이 타거나 다른 사람에게 잘 다가가지 못하는 사람에게는 더욱 좋은 기회야. 단체운동을 한다면 단체활동의 기분을 맛볼 수 있는 좋은 기회가 된단다. 협동, 분배, 배려를 통해서 팀워크를 배울 수 있지. 게다가 운동을 하면 자연스러운 분위기에서 남자친구를 만날 수 있어! 특히 요즈음에는 여자들 운동, 남자들 운동이라는 경계가 모호해져서 함께 운동할 수 있는 기회가 많아.

지쳐서 쓰러지도록 무리하게 운동

하지 않는 이상 언제나 운동을 하라고 말해주고 싶어. 혹시 10km 마라톤에 성공하지 못했다고 절망할 것도 없고 배구시합에서 졌다고 해서 하늘이 무너지는 것도 아니야. 우리 모두 운동을 좋아하도록 하자구! 태권도 검은띠를 따라는 것도 아니고 국가대표 핸드볼 선수가 되라는 것도 아니야. 정원을 가꾸듯이, 자신의 정서를 가꾸듯이, 몸을 가꾸라는 것뿐이야. 조금씩, 천천히, 꾸준히, 즐겁게 네 몸을 발전시키라는 거지!

tip 01

운동, 지방 그리고 체중

운동을 하면 날씬해지는 건 당연한 사실이야. 하지만 운동을 시작하자마자 저절로 살이 빠지는 건 아니야(안타깝게도!). 오히려 운동으로 근육이 생기면 근육의 무게 때문에 체중계의 숫자가 늘어나는 경우도 있지. 그러나 근육이 생기고 몸무게가 늘어나는 것은 일시적인 현상이니까 걱정할 필요 없어. 일단 운동을 시작하면 별 다른 비법이 없어도 점점 살이 빠지게 된단다. 무슨 말인지 잘 모르겠다고? 원리를 자세히 설명하자면, 정기적으로 꾸준히 운동을 하면 기초 신진대사가 원활해져. 기초 신진대사란 아무것도 하지 않을 때 소비하는 에너지의 양을 의미하는 것으로 심장, 폐, 소화기관 등 주요 기관들이 기능하는 데 필요한 에너지를 말해. 몸 속에 근육량이 많으면 기초 신진대사가 좋아져서 에너지를 더 많이 소비할 수 있어. 예를 들어 러시아의 미녀 테니스 선수 마리아 샤라포바 *Maria Sharapova*는 아무것도 안하고 그냥 잠을 자면서도 보통 사람들보다 더 많은 칼로리를 소모한다는 거지. 또 운동을 하면 피부조직에 탄력이 생기고 보기 좋은 근육이 생겨서 몸이 더 단단해지고 생기 있어 보여. 그래서 한시도 가만히 있지 못하고 바쁘게 움직이는 사람들은 많이 먹어도 날씬한 거야.

운동이 죽기보다 싫다면

⋯✦ 결단력이 있는 친구와 함께 수영이든 줄넘기든 일단 시작을 해. 둘 중 하나가 가기 싫어
하면 서로 격려를 해주고 운동이 끝나면 맛있는 거라도 같이 사먹으면 좋을거야.

⋯✦ 다른 친구들이 하는 운동을 구경해봐. 구경하다 보면 하고 싶은 게 생길지도 모르니까.

⋯✦ 산책을 한다든지 고양이나 강아지와 산보를 하는 것도 좋을 거야. 평소에 걷는 것보다 조
금 더 빨리 걸으면 효과적이지.

탄력 있고 균형 잡힌 몸매가 부럽니? 그렇다면 일주일에 두세 번 30분 동안 네 방을 헬스클럽이라고 생각해. 방안에서도 얼마든지 헬스클럽에서처럼 운동을 할 수 있으니까. 혼자 하는 게 심심하다고? 가족이나 친구들이랑 함께 하면 재미있을 거야.

단, 주의할 것! 허리가 아플 정도로 첫날부터 절대 무리하게 운동하지 마. 하루하루 반복하면서 서서히 강도를 세게 하는 것이 좋아.

배 운동

A - ① 운동 매트나 두꺼운 수건을 깔고 바닥에 누운 다음, 무릎을 세우고 발은 바닥에 붙여.

② 바닥에서 어깨가 떨어질 때까지 팔을 앞으로 쭉 뻗어서 손이 허벅지에 닿게 해. 그리고 등도 바닥에서 최대한 높게 뗀 다음 숨을 멈추고 2~3초간 배를 집어넣어. 그동안 복근이 수축되는 거지. 그리고 천천히 힘을 빼면서 바닥에 누워.

③ 천천히 10회 정도 반복하도록!

B - ① A 운동을 할 때처럼 바닥에 누워.

② 어깨를 바닥에서 떼고 양 팔을 오른쪽 허벅지의 바깥쪽으로 뻗은 뒤 2~3초 정도 숨을 들이마시고 복근을 수축시켜. 옆구리 근육이 느껴지니? 그런 다음 천천히 힘을 빼면서 바닥에 누워.

③ 10회 정도 한 방향으로 반복한 다음,

④ 다음에는 왼쪽 허벅지 쪽으로 손을 뻗으면서 10회 정도 반복해.

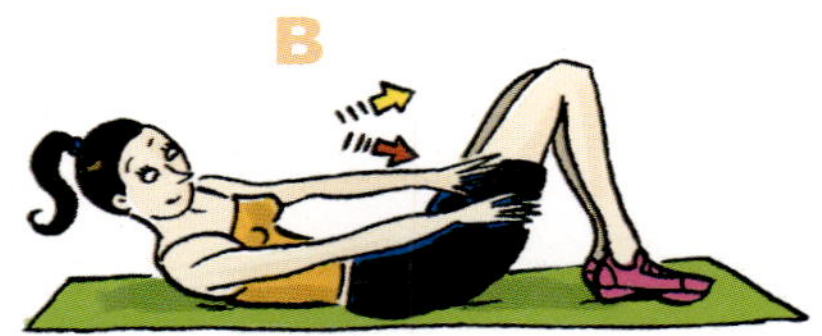

허리 운동

A –① 어깨 너비로 다리를 벌리고 팔을 자연스럽게 허벅지 옆에 붙여. 이
때 주의할 것은 허리와 다리를 굽히지 말아야 하는 거야.

② 왼쪽 어깨와 왼팔을 최대한 아래로 내려. 마치 아령을 든 것처럼 말
이야.

③ 배를 내밀지 말고 천천히 팔과 어깨를 올릴 것. 왼쪽 어깨와 팔이
올라오는 동안 오른쪽 허리근육이 운동되는 거지.

④ 왼쪽, 오른쪽 각각 15회씩 반복해.

B –① 다리를 어깨 너비만큼 벌린 다음, 손은 가볍게 주먹을 쥐고 허벅지
옆에 붙여. 이때 주의할 것은 허리와 다리를 굽히지 않는 거야.

② 상체를 아래로 굽히고 오른쪽 주먹으로 왼발을 치는 동시에 왼손은
천장을 향해 등 뒤로 뻗어. 다음에는 왼쪽 주먹으로 오른발을 치고

오른손은 등 뒤로 천장을 향해 뻗으면 돼. 무릎을 굽히지 말고 허리를 쫙 펼 것!

③ 오른쪽 왼쪽 각각 10회씩 반복해.

배 운동

A - ① 누워서 무릎을 세우고 발은 바닥에 붙여. 팔과 손바닥도 바닥에 붙이도록 해.

② 그 상태에서 어깨와 발은 그대로 바닥에 붙이고 천천히 힙을 들어 올려. 허리가 쫙 펴지고 힙의 근육에 힘이 들어간다는 느낌을 받을 정

도로 2~3초 정도 정지한 다음, 천천히 힙을 내려. 단, 바닥에 완전히 붙이면 안 돼. 올렸다 내리기를 10회 정도 반복해.

③ 10회를 한 다음 잠시 쉬었다가 다시 한 번 반복해.

B - ① 두 손으로 문 손잡이를 잡고 양 발을 문 사이에 놓은 다음 약간 벌려. 이때 힙은 발꿈치 뒤쪽에 있어야 해. 등을 곧게 펴고 팔을 쭉 펴.

② 허리를 굽히지 말고 천천히 힙을 아래로 내려. 공기 의자에 앉은 것처럼 말이야. 앉을 때는 힙의 근육을 조이고 일어날 때 천천히 이완시켜. 10회 정도 반복해.

③ 10회를 한 다음 잠시 쉬었다가 다시 한 번 반복해.

허리 운동

A - ① 옆으로 누워서 오른쪽 팔꿈치를 바닥에 붙이고 허리를 옆으로 약간 세워. 그리고 오른쪽 다리는 안 쪽으로 무릎을 약간 굽혀(그림을 보면 더 쉬울 거야!).

② 왼쪽 다리를 쭉 뻗어서 공중으로 올렸다 내렸다 10회 정도 반복해. 왼쪽 다리가 완전히 오른쪽 다리에 닿지 않도록 신경써.

③ 오른쪽, 왼쪽 번갈아서 10회를 한 다음 잠시 쉬었다가 다시 한번 반복해.

B - ① A운동의 기본자세에서 왼쪽 다리를 굽혀서 오른쪽 다리는 왼발을 오른쪽 무릎 앞에 놓은 다음, 오른쪽 다리는 쭉 뻗어(그림을 보면 더 쉬울 거야!).

② 아래에 있는 오른쪽 다리를 쭉 뻗어서 공중으로 올렸다 내렸다 10회 정도 반복해. 상체를 굽히거나 자세가 흐트러지면 안 돼.

③ 오른쪽, 왼쪽 번갈아서 10회를 한 다음 잠시 쉬었다가 다시 한 번 반복해.

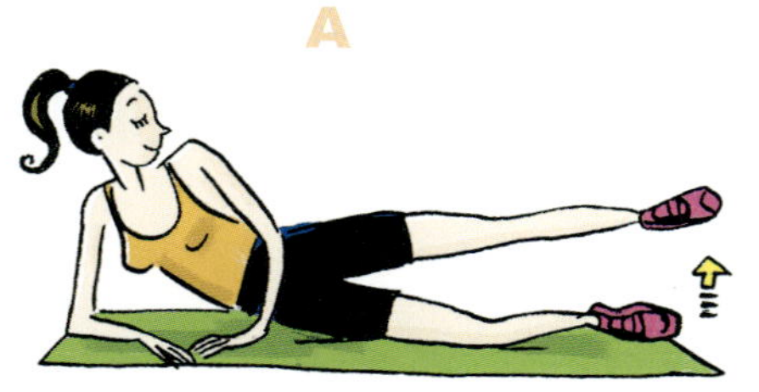

깨끗한 피부는 아름다운 여자가 되기 위한 필수 조건이라는 거 잘 알고 있지? 네 나이의 피부는 주름도 없고 탱탱하지만 여드름이라는 청춘의 꽃이 괴롭힐 거야. 사춘기 때는 신체내부의 호르몬 시스템이 변하기 때문에 호르몬 분비가 활발해지면서 피지 분비량도 늘어나고 피부가 지성으로 바뀌면서 여드름이나 뾰루지가 잘 나.

잡티 하나 없이 매끈한 사과 같은 피부를 갖고 싶으면 일단 피부를 청결하게 관리해야 해. 백화점에 가서 아무리 비싼 크림을 사다 발라도 더러운 손으로 얼굴을 만지거나 지저분한 수건으로 얼굴을 닦으면 아무 소용없는 일! 아침저녁으로 깨끗이 세수를 하고 보습에 신경 쓰는 거 잊지 마.

깨끗한 피부의 적! 여드름에는 여러 가지 종류가 있는데, 주로 코에 잘 생기고 피지가 모공에 고여 까맣게 산화한 '블랙헤드' 라는 것과 빨갛게 부어서 끝이 하얗고 짜면 피지가 나오는 화농성의 '화이트헤드' 라는 것이 골치를 썩이지. 여드름 종류에 맞게 약이나 연고를 쓰는 것이 필요해.

내가 정말 당부하는 것은, 여드름이 나면 되도록 피부과에 가서 치료를 받고, 의사선생님의 조언도 듣고 전문적인 처방이 가능한 연고도 받아오라는 거야. 네 마음대로 손으로 누르거나 짜면 결국에 거뭇거뭇한 흉터만 남아. 전문가의 처방을 따르는 것이 가장 좋지. 그리고 꼭 기억해둘 것! 수학 공부나 피아노 레슨처럼 피부 또한 올바르고 지속적인 관리만이 최고야.

마사지

⋯⋗　피부과 의사나 피부 관리사가 해주는 마사지는

- 클렌저로 피부에 있는 불순물을 제거하고

- 스팀타월로 모공을 열고

- 손을 깨끗이 씻고 특수 기구로 블랙헤드를 제거하고

- 마사지 기계로 모공을 좁히고

- 진정효과가 있는 수분팩으로 피부를 진정시키고

- 가볍게 마사지해. 마사지가 끝나서 나올 때는 피부가 군데군데 빨갛지만 다음날이면 아주 깨끗해지지.

피부에 관련된 단어정리

⋯⋗　**호르몬** : 호르몬 샘에서 분비되는 화학물질. 기관이나 조직에 직·간접적으로 작용해서 우리 몸을 지휘해. 예를 들어 뇌하수체에서 나오는 호르몬은 피부에 피지 분비를 명령하고, 그러면 피부의 모공이 크게 열리면서 피지를 내보내. 열린 모공 사이로 세균이 침입하면 여드름이나 뾰루지가 생기지.

⋯⋗　**피지** : 피부를 보호하는 역할을 가진 지방성 물질. 피지 속의 지방은 피부를 보호하기도 하지만 여드름이 생기는 주요 원인이기도 하지. 나이가 들면 피지 분비량이 적어지기 때문에 여드름도 줄어들어. 하지만 피지가 너무 없으면 피부가 메마르고 거칠어져서 주름살이 생겨. 역시 좋은 것이 있으면 나쁜 것도 있는 것 같아.

아침, 저녁으로 해야 할 것 | 세수하기 전에 먼저 비누로 손을 깨끗이 씻고(사소한 것 같지만 중요해!), 얼굴을 씻을 때는 흐르는 물에 씻도록. 다 씻고 나서는 수건으로 얼굴을 창문 닦듯이 벅벅 닦지 말고 가볍게 눌러서 물기를 제거하고, 스킨을 바르고 충분히 흡수된 후에 로션 같은 보습제를 발라.

일주일에 한두 번 정도 해야 할 것 | 여드름 예방을 위해서는 정기적인 각질제거가 필요해. 먼저 30분 정도 욕실을 쓰겠다고 식구들에게 알려야겠지? 얼굴을 잘 씻고 작은 알갱이가 들어간 각질제거제를 바른 다음 부드럽게 문질러서(너무 세게 문지르면 얼굴에 자극이 될 수 있으니까 조심해) 각질층을 제거해. 물로 잘 헹군 다음 가벼운 스킨을 바르고 수분팩이나 마스크 팩을 해. 수분이 많아서 피부 당김을 방지할 수 있지. 피부가 촉촉해지도록 5분에서 10분 정도 놔둔 후(얼굴에 팩을 하고 있을 때 누군가 들어오면 깜짝 놀라서 기절할지도 모르니까 목욕탕 문은 잠가두는 게 좋겠지) 잘 닦아내. 씻어내는 팩이라면 뽀득뽀득 소리가 나게 제대로 헹구고. 물기를 없앤 다음 가볍게 두드려주면 한결 환해진 얼굴을 볼 수 있을 거야.

아기 같은 피부를 유지하기 위해서 꼭 필요한 제품

⋯ 손 씻을 때 쓰는 그냥 비누, 클렌징 크림이나 로션, 세안용 순한 비누나 폼 클렌저, 알갱이가 든 각질제거제, 수분크림(유분이 적은 것이나 청소년용), 수분팩

⋯→ 일주일에 한 번 정도는 샤워를 할 때 알갱이가 든 각질 제거제로 꺼칠꺼칠한 팔꿈치나 무릎을 보들보들하게 해줘. 보디 로션이나 오일을 바르는 것도 잊지 말 것!

영양공급과 보습전략

아무리 피부가 지성이라도 유분과 수분은 엄연히 다른 것! 그러니까 지성 피부라도 수분을 공급해서 보습을 잘 해야 돼. 번들번들거린다고 얼굴에 아무것도 바르지 않으면 오히려 피부를 보호하기 위해서 피지가 두 배나 분비되거든. 지성이든 건성이든 어떤 타입의 피부라도 피부세포의 수분이 증발하는 걸 막기 위해서 보습을 하고, 피부를 부드럽게 하고 영양을 주기 위해 유분을 공급해야 돼. 하지만 사춘기 때는 피부가 자체적으로 유분을 충분히 배출하니까 영양 공급보다는 보습에 신경을 쓰면 되지. 유분이 적거나 거의 없는 매트한 크림, 또는 청소년 전용 보습크림을 쓰면 과도하게 피지가 흘러서 얼굴이 번들거리는 것을 막을 수 있지. 또 식물성분의 순한 화장품을 사서 쓰도록 하고 알레르기 테스트를 마친 제품인지 확인하고 사 (화장품의 겉포장이나 제품설명을 보면 알 수 있어). 그리고 민감성 피부라면 화장품을 좀더 세심하게 골라야 해. 약국에서 파는 화장품을 쓰는 것도 좋은 방법이지. 좀 비싸지만 그만큼 품질이 우수하니까. 그리고 세수한 후에 얼굴을 수건으로 닦지 않고 그냥 말리는 것은 좋지 않아. 피부 속의 수분까지 다 날아갈 수 있거든.

몸속부터 관리하자

몸이 아프면 금세 얼굴이 하얗게 질리고 입술은 창백해져서 바로 티가 나지? 마찬가지로 몸속은 관리하지 않으면서 얼굴에 화장품만 바른다면 노력한 만큼 깨끗한 피부를 가질 수 없을 거야. 물을 많이 마시라는 말 들어봤지? 물은 노폐물을 배출시켜 몸속을 깨끗이 하고 세포조직에 수분을 공급해. 하루에 적어도 1.5ℓ 정도는 마시는 습관을 가져봐. 피부에도 좋고 다이어트에도 효과가 있을 거야. 그리고 담배는 피부에 정말 좋지 않아. 담배를 피우면 피부가 빨리 늙고 시간이 지날수록 피부가 누렇게 뜬 것처럼 보이는데, 왜냐면 담배 속의 니코틴이라는 성분이 세포에 침투해서 표피가 숨 쉬는 것을 방해하고 피부재생을 막기 때문이야. 장거리 달리기를 하고 나면 얼굴이 온통 빨개지지? 그건 모세혈관의 혈액순환이 잘 안 되기 때문인데 니코틴도 모세혈관을 축소시켜서 혈액순환을 방해해. 건강뿐만 아니라 깨끗한 피부를 위해서도 담배는 정말 피우지 않는 게 좋아.

프랑스에는 맥주의 효모 성분을 이용해서 피부를 관리해. 맥주효모에는 비타민B가 풍부해서 피부와 두발을 부드럽고 윤기 나게 해주고 재생시켜 주거든. 여드름 소독에도 탁월한 효과가 있대 (맥주효모를 이용한 건강 보조식품이나 화장품도 있어).

화장 _ 화장을 한다고 다 예뻐지는 건 아니야

화장은 해야 할까 말아야 할까? 이 질문에 대답하는 건 쉬운 일이 아니야. 특히 부모님이 좋게 보시지 않는 경우라면 더욱 고민되지. 친구들은 다들 아무렇지도 않게 화장을 하는데 막상 짝사랑하는 남자애가 화장한 것을 싫어한다면 어떻게 해야 할지 난감할 거야.

'하자' 또는 '하지 말자' 이렇게 딱 나누어서 생각할 필요는 없어. 왜 화장을 해야 할까? 어떻게 화장을 하는 게 좋을까? 이런 여러 가지 질문을 생각하면서 자기한테 가장 잘 어울리는 아름다움을 찾아가는 게 좋아. 네 나이에는 화장을 하더라도 너무 튀지 않는 게 좋겠지.

그런데 사람들은 왜 화장을 하는 걸까? 화장을 하면 얼굴의 결점을 감추고 장점을 돋보이게 할 수 있기 때문이야. 사회학적으로도 여러 가지 의미를 갖고 있지. 4,000년 전 이집트 여성들에게는 검은 가루로 눈썹을 진하고 두껍게 칠하는 화장법이 있었어. 요즘 사람들로 치면 입술에 빨간 립스틱을 바르고 요란한 화장으로 남자를 유혹하는 것과 같은 의미였지. 화장은 이렇게 패션의 일부이자 유혹의 도구도 되고 사회적 관습의 의미가 있어.

가볍게 파우더를 바르는 정도의 피부화장이 아니라 본격적인 색조화장을 하고 싶다면, 아이섀도나 볼터치를 바르기 전에 이런 화장을 하면 내 인상이 어떻게 달라질지, 과연 그게 나와 어울리는지, 내가 상상하는 이미지가 될 수 있을지 먼저 생각해봐. 언니의 고혹적인 눈매를 살려주는 아이펜슬이나 친구의 체리빛 립글로스가 너에게는 생각만큼 안 어울릴 수도 있어. 하지만 화장은 자기 자신의 만족을 위해서 하는 거지 다른 사람의 마음에 들기 위해서, 남에게만 예쁘게 보이기 위해서 하는 게 아니란 것을 명심해.

파운데이션의 엄청난 효과

파운데이션과 파우더를 한 번 쓰기 시작하면 그 후로는 절대 맨얼굴로 다닐 수가 없게 돼. 안 바르고 외출하면 마치 옷을 다 벗고서 거리를 활보하는 것처럼 느껴지고 말이야. 그러나 아무리 좋은 화장품이라도 계속 화장을 하면 아무래도 피부색이 칙칙해져. 여기서 잠깐 화장의 원칙! 파운데이션과 파우더를 바르더라도 매일 쓰지 않으면 돼.

예쁜 피부를 화장품 속에 감추지 말 것!

대부분의 여자들은 젊고 어리게 보이고 싶어서 화장을 해. 나이가 들면 피부색도 어두워지고 눈 밑도 검어지잖아? 그러니까 싱싱하고 예쁜 피부 위에 두꺼운 파운데이션을 바르는 것은 말이 안 되는 일이지. 피부가 지금처럼 탱탱하고 예쁜 시기는 의외로 짧아. 그러니까 하루라도 젊을 때 잘 가꾸고 보호해줘야 해. 10년 뒤에 후회하지 않으려면 말이야!

화장이 잘 받는 얼굴을 원한다면 우선 바탕이 되는 피부관리를 잘 해야 돼. 세안, 각질제거, 수분공급은 필수적이지. 피부에 트러블이 많다면 되도록 화장을 하지 않는 게 좋아. 물어뜯은 손톱에 꽃분홍색 매니큐어를 바른다거나, 갈라진 입술에 립스틱을 떡칠하면 정말 보기 흉하지! 그러니까 여드름이 난 볼에 분홍색 볼터치를 하는 것만은 제발 참아줘.

내 얼굴, 쌍꺼풀은 예쁘지만 코는 너무 심각해 | 화장의 이론은 아주 간단해. 숨기고 싶은 부분은 감추고, 예쁜 부분은 강조해서 남들의 시선을 집중시키는 거야. 예를 들어 코가 못생긴 것 같으면 아이섀도, 아이펜슬, 특히 마스카라를 이용해서 눈매를 또렷하게 만들어봐. 만약 눈이 너무 동그란 것 같으면 아이펜슬을 그려 약간 길어 보이게 만들면 좋겠지. 마스카라를 여러 번 바르는 것도 도움이 돼. 속눈썹이 길고 짙게 보이겠지?

배우지 알아도 대충 다 안다고? | 피부관리나 화장은 배우지 않아도 다 알 것 같지만 사실 해보면 생각만큼 쉽지만은 않아. 화장을 배우기 시작할 무렵이라면 전문가와 한 번쯤은 상담을 해보는 것이 좋아. 피부에 맞는 기초 화장품과 색조 화장품을 골라주고 사용법도 알려줄 거야.

푹푹 많이 바를수록 좋다? | 아니! 화장품은 항상 조금씩 발라야 돼. 오히려 화장품을 많이 바르면 영양과다로 뾰루지가 나기도 해. 요리할 때 계속 소금을 넣다 보면 결국엔 도저히 먹을 수 없는 음식이 되는 것처럼 말이야.

스타일 UP! 처음 배우는 기본 화장법

⋯▸　모델들처럼 한 듯 안 한 듯 자연스럽고 맑게 화장하고 싶다고? 그렇다면 파운데이션을 조금만 사용해야 해! 파운데이션을 로션과 섞어서 바르는 것도 한 방법이야.

- 여드름 자국이나 거뭇거뭇한 곳에는 그곳만 가려주는 컨실러(파운데이션과 비슷한데 더 진하다고 생각하면 돼)를 바를 것. 눈 밑, 코 옆, 점이나 반점이 있는 곳에 바르면 돼.
- 파운데이션을 바른 후 피부색보다 조금 밝은 색의 가루 파우더를 바르면 피지를 흡수해 번들거리지 않고 피부가 맑아 보이지.
- 마스카라를 바르면 눈매가 또렷해 보여.
- 입술 보호제를 바르고 자연스러운 색깔의 립글로스나 립스틱을 살짝 바를 것.

절대로 NO!

⋯▸　부자연스럽고 과장된 화장은 절대로 NO!! 입술이 얇은 사람이 60년대 외국의 여배우처럼 두껍고 커다랗게 입술선을 그리면 잘 어울릴까? 작은 입술은 작은 대로 예쁘니까 거기에 잘 어울리게 화장을 해.

⋯▸　크리스마스트리 같은 색색깔의 화장은 절대로 NO! 네 앞을 걸어가는 여자 얼굴이 아무리 예쁘더라도 까만 매니큐어에 형광초록색 아이섀도를 하고 머리에 반짝이 무스를 바르고 있다면 결코 예쁘다는 생각은 들지 않을 거야.

머리카락 _으악~, 어떻게 해도 마음에 안 들어!

내 머리, 마음에 안 들 때

여자는 항상 갖지 못한 것을 동경하는 불만의 동물인 것 같아. 머리카락만 봐도 알 수 있지. 생머리인 사람은 머리에 힘이 없다는 이유로 볼륨 있는 곱슬머리를 부러워하고, 곱슬머리인 사람은 차분한 생머리를 부러워하잖아? 그래서 생머리는 웨이브 파마로 컬을 만들어 주고, 곱슬머리는 스트레이트 파마로 빳빳하게 펴지. 이봐 이봐, 그렇게 시도 때도 없이 파마를 하면 머리카락이 거의 다 빠질지도 모른다고. 파마와 염색에 더 이상 돈 낭비하기 전에 우선 너에게 어울리는 스타일을 생각해보고 모델로 하고 싶은 사람을 찾아봐.

내가 해도 쟤만큼 예쁠까? | 꽃무늬 비옷이 모든 사람에게 어울리지 않는 것처럼, 너는 네 외모에 어울리는 걸 찾아야 해.

만일 네가 하얀 피부의 긴 타원형의 얼굴에 가늘고 진한 검정색 단발머리인데, 굵고 힘 있는 컬이 들어간 기다란 노란 머리를 하고 싶다면? 당장 미련을 버려! 좀 냉정하게 들릴지도 모르겠지만, '괜찮지 않을까? 한번 해봐!' 라는 주위의 생각 없는 조언 때문에 고운 머리카락이 빗자루처럼 빳빳해질거야. 새로운 스타일을 시도하는 것도 좋지만 안 어울

리는 건 안 어울리는 것! 얼굴이 긴 사람이 머리를 기르면 얼굴이 더 길쭉해
보일 거고, 게다가 머리카락이 가늘어서 파마를 하더라도 볼륨 있는 컬이
나오지 않을걸. 게다가 노란색으로 염색하면 그렇지 않아도 흰 피부는 더
창백해 보일 거야. 머리를 짧게 잘라서 인상을 또렷하게 하고, 긴 얼굴을 짧
아 보이게 하는 게 훨씬 낫지. 그리고 머리색은 조금만 밝게 하면 더 잘 어
울릴 거야. 만약 키가 크고 몸집이 좀 있는 사람이라면 짧은 갈색 머리는
잘 안 어울려. 더 뚱뚱해 보일 수 있거든. 의외로 짧은 커트의 남자 같은 헤
어스타일은 여성스럽고 가냘픈 여자들에게 잘 어울려.

그러니까 전체적인 네 스타일에 맞춰서 헤어스타일을 결정하는 것이 중
요해! 멋있는 여자가 되려면 일단 똑똑해져야 되는 거지. 자기 자신을 제대
로 파악하고, 안 어울리는 건 과감하게 포기할 줄 알아야 돼. 모든 스타일을
완벽하게 소화하는 사람은 아무도 없을 거야!

저 사람 머리는 어때? | 파마를 했다가 풀었다…, 결국엔 머리끝이 다 갈라져
버리는 걸 원치 않는다면, 네가 따라할 수 있는 사람을 찾아. 주위 사람이나
연예인 중에 네게 어울릴 것 같은 헤어스타일을 한 사람을 찾아봐. 네가 보
기에 예쁘고 매력적이고 우아하다고 생각되는 사람의 헤어스타일을 보면
장점과 단점을 객관적으로 파악할 수 있을 거야. 촌스러운 단발머리에서부
터 대머리까지 각자에게 배울 점이 있는 거지. 그러나 먼저 아름다운 머릿결
이 우선이야! 그래야지 어떤 스타일을 하더라도 예쁘다는 걸 잊지 마. 수시
로 두피 상태를 체크하고, 손끝으로 톡톡 쳐주면서 마사지를 해주도록 해.

머리카락도 피부야. 피부를 관리하듯이 머리카락도 세심히 관리해줘야 해. 탄산음료나 사탕을 좋아하고 담배도 피우는데다 운동이라고는 누워서 TV 리모컨 누르기 밖에 안 한다면 아무리 미용실에 가서 비싼 트리트먼트를 받아도 폭탄 맞은 머리처럼 머리카락이 푸석푸석할 수밖에 없다는 거지. 먹는 것과 생활습관에 조금만 신경을 써도 매끄럽고 윤기 나는 머리카락을 가질 수 있어. 담배를 피우는 사람은 담배를 끊고, 밤에 활동하는 올빼미형도 일찍 자는 습관을 들이면 좋아. 특히 머리카락은 단백질로 구성되어 있기 때문에 단백질을 많이 먹어야 해. 검은콩, 검은깨, 두부, 우유, 해산물, 과일 등이 좋은데 그 중에서도 검은콩은 모발을 건강하고 윤기 나게 만들어 준단다.

그리고 샴푸를 한 후에 깨끗이 잘 헹궈야 해. 머리카락이 뽀드득 하는 느낌이 들면 제대로 헹군 거야. 그리고 좀 춥더라도 마지막에 찬물로 한 번 머리를 헹궈줘. 머리카락에 힘이 생기고 표면의 큐티클 층을 정리해주기 때문에 덜 엉키거든. 수분과 유분을 공급해주는 트리트먼트나 헤어에센스를 사용하는 것도 좋아. 단 트리트먼트를 바를 때에는 가급적 머리카락 끝에 듬뿍 발라주고 뿌리 쪽, 즉 두피에는 바르지 않는 게 좋아. 두피가 지성이 될 수도 있거든. 머리를 감은 후에는 뜨거운 헤어 드라이어를 사용하지 말고 그냥 말리도록 해. 바쁠 때는 헤어 드라이어를 사용하는 게 빠르고 편하겠지만, 뜨거운 열기 때문에 머릿결이 점점 더 거칠어지고 머리끝도 갈라지기 쉽거든. 되도록이면 수건으로 잘 닦고 신선한 바람으로 자연스럽게 말려줘. 머리카락이 잘 마른 다음에는 빗질을 해줘야겠지? 하루에 두 번 정도는 정성스럽게 빗어주면 두피를 자극해서 혈액순환이 잘 될 뿐 아니라, 머리카락에 붙은 먼지나 오염 물질을 제거하는 데 도움이 되거든.

사춘기에는 호르몬 변화가 극심하기 때문에 머리카락에 기름기가 많아. 피부와 두피를 보호하는 피지가 과다 분비되기 때문이야. 머리를 감고 나도 금방 기름이 생기기 마련이니까 하루나 이틀에 한 번 두피에 자극이 없는 순한 샴푸로 머리를 감는 게 좋지. 머리카락에 생기는 또 하나의 문제는 비듬! 비듬에도 종류가 있는데, 어깨 위에 눈이 온 것처럼 하얗게 떨어지는 건성비듬과, 머리카락에 찰싹 붙어서 잘 떨어지지 않는 지성비듬이 있어. 비듬은 비듬균이라는 곰팡이 때문에 생기는 건데 비듬균이 두피에서 염증을 일으키면 각질이 떨어져서 비듬이 되는 거야. 너무 창피해하지 말고 비듬전용 샴푸가 많이 있으니까 잘 맞는 걸 골라서 쓰도록 해. 그렇지만 비듬전용 샴푸는 일반 샴푸보다 독하기 때문에 일반 샴푸와 비듬전용 샴푸를 번갈아서 쓰도록 해. 약국에서도 비듬용 샴푸나 물약이 있으니까 써보고. 자, 이제 머릿결도 좋아졌고 상쾌한 기분일 테니 맘껏 멋을 내보자고!

나를 말해주는 제2의 얼굴 _ 손

손을 보면 그 사람을 짐작할 수 있어. 그러니까 점을 보기 위해 손금을 보는 건 나름대로 근거가 있는 거지. 전 인구의 99%가 육체노동을 하던 먼 옛날에는 손의 상태, 깨끗함, 모양을 보면 그 사람의 신분이나 지위를 알 수 있었어. 물론 시대가 변하기는 했지만 여전히 손은 외부세계와 나를 연결하는 중요한 창구 역할을 해. 악수를 하거나, 운동할 때, 음식을 먹거나 글을 쓸 때도 손을 쓰잖아. 그러니까 어렸을 때부터 손을 예쁘게 가꾸도록 노력해야 돼. 길고 날씬한 손이 아니라 기분이 안 난다고? 제대로 관리하지 못한 손이 있을 뿐, 못생긴 손이란 건 있을 수 없어. 물론 모든 사람이 드라마에 나오는 사람들처럼 손톱을 길게 기르고 알록달록 매니큐어를 칠하고 살 수는 없어. 하지만 손을 보들보들 깨끗하게 관리하고 손톱을 예쁘게 정리하는 건 누구나 가능한 일이지.

손 관리는 그렇게 복잡하거나 비싼 화장품이 필요한 것은 아니야. 꾸준히 하는 것이 중요한 거지. 일단 손톱용 작은 솔, 손톱가위, 핀셋, 손톱모양을 다듬는 손톱파일, 핸드크림이 필요해. 좀더 완벽하게 가꾸고 싶다면 손톱 영양제, 큐티클(손톱 아래쪽에 있는 얇은 피부조직을 말해) 제거용 오일, 투명이나 옅은 핑크색 매니큐어, 매니큐어를 바르기 전에 바르는 베이스코트, 매니큐어를 바른 후에 광택을 위해 바르는 톱코트를 준비하면 돼. 발을 관리하는 데도 사용할 수 있어.

예쁜 손톱을 위한 10분

따뜻한 비눗물에 5분 정도 두 손을 넣고 딱딱한 각질층을 부드럽게 만들어. 물기를 닦은 후 손톱에 핸드크림을 듬뿍 바르고 면봉으로 손톱 주변의 큐티클을 바깥쪽으로 살살 밀어. 그 다음에 손톱을 깎는 거야. 손가락이 길면 긴 손톱, 손가락이 짧으면 짧은 손톱이 잘 어울려. 손톱가위로 아프지 않게 손톱 주변의 각질을 잘 다듬은 다음, 다시 따뜻한 비눗물에 손을 담근 후 부드러운 솔로 손톱 구석구석을 잘 닦아. 깨끗하게 말리고 핸드크림을 바르면 기본적인 관리는 끝! 손톱 주변에 까슬까슬한 각질들은 핀셋을 가지고 제거하면 돼. 좀더 예쁘게 꾸미고 싶다면 연한 색의 매니큐어를 발라. 지저분하게 갈라지면 네일 리무버로 한꺼번에 지워줘.

레몬을 이용한 손 관리법

레몬이 있다면 레몬즙을 짠 후 껍질을 버리지 말고 껍질 안에 손가락을 넣고 있으면 손톱에 비타민이 흡수되어서 하얗고 반짝이게 돼.

매니큐어

매니큐어를 바를 때는 손톱 전체에 다 바르지 말고 옆에 0.5mm 정도 여유를 두는 것이 중요해. 단 손톱 끝부분은 끝까지 다 발라줘야지. 그리고 대부분 왼손으로 오른손에 매니큐어 바르기가 더 힘들어. 이럴 땐 삐뚤삐뚤 옆으로 삐치면 티가 나니까, 투명 매니큐어로 연습을 하는 것이 좋아.

배 _ 올챙이에서 브리트니 스피어스로 다시 태어나는 비결

배는 배꼽이 있는 부분을 제외하면 평평해 보여서 별로 중요하지 않게 여겨지지만 우리 뱃속에서는 생각보다 더 복잡하고 많은 일이 벌어지고 있어. 뱃속에서 나는 '꼬르륵' 소리가 바로 그 증거지. 배는 신체에서 굉장히 중요한 부분이야. 음식의 소화 작용이 이루어지는 장소이기도 하고, 언젠가 아기가 생기면 자라나는 집이 되기도 하지. 그래서 배꼽이 있는거야. 배꼽은 네가 태어났을 때 탯줄을 끊어서 생긴 예쁜 상처로, 엄마 뱃 속에서 한 몸처럼 연결되어 있었다는 훌륭한 증거지. 배꼽도 깨끗하게 잘 닦고 장식할 수 있어. 보석이 박힌 스티커는 괜찮지만 피어싱처럼 한 번 하면 쉽게 뗄 수 없고 상처가 날 수 있는 건 피하는 게 좋아.

　패션의 유행이란 항상 정신없이 빠르게 변하는 것 같아. 여자들이 밑위가 짧은 골반 바지에 손바닥만한 배꼽티를 입고 배를 내놓기 시작한 건 얼마 되지 않았어. 물론 그게 나쁘다는 것은 아니야. 그렇지만 노출을 했을

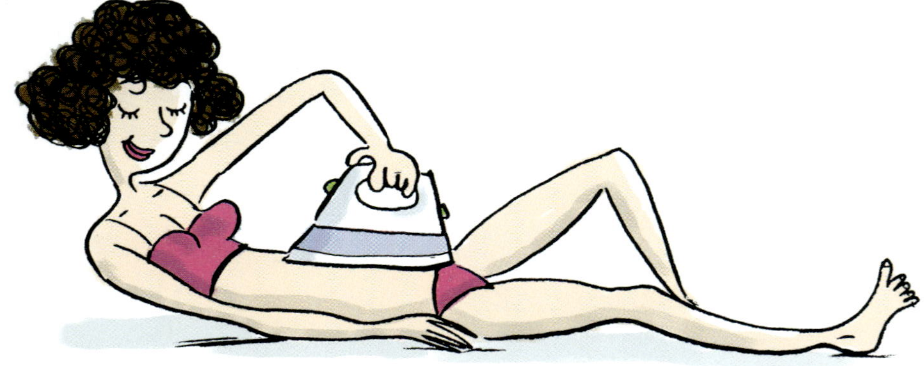

때 예뻐야 되는 거 아니겠어? 누구나 근육이 예쁘게 잡힌 납작한 배를 갖고 싶겠지만, 아직 배가 완전히 발달하지 않은 어린 소녀들의 경우에는 명랑만화의 주인공처럼 배가 동그래. 그래도 자라면서 복부 근육이 단단해지고 배도 평평해지니까 너무 걱정하지 마. 납작한 배를 만들고 싶다면 이런 연습을 꾸준히 해봐.

- 마이클 잭슨*Michael Jackson*처럼 엉덩이를 앞뒤로 여러 번 흔들기.
- 언제 어디서나 배에 힘을 주고 배를 집어넣는 연습하기.
- 꼭두각시 인형처럼 허리를 세우고 꼿꼿이 앉기.

이렇게 몇 주, 몇 달만 꾸준히 하면 반듯한 자세가 습관이 될 거고 어느새 배도 납작해져 있을 거야. 올록볼록 올챙이는 안녕! 섹시한 브리트니 스피어스*Britney Spears*로 다시 태어나는 거지!

완전평면 vs. 글래머 _ 가슴

가슴 속에 딱딱한 망울이 생기고 가슴이 생기기 시작할 때 혹시 놀라지 않았니? 사춘기가 돼서 생리를 시작하고 체모가 자라기 전에 가슴이 먼저 커지기 시작하지. 하룻밤 만에 동글동글한 아이의 몸에서 곡선이 아름다운 성숙한 여자의 몸으로 변하는 건 아니야. 몇 년에 걸쳐서 천천히 변하고, 또 사람마다 그 변화도 다르게 나타나. 여성호르몬의 분비에 따라 사람마다 조금씩 차이가 있는데, 어떤 경우는 12세에 벌써 어엿한 숙녀 같아 보이고, 또 16세가 되었는데도 아직 어린애 같은 몸매인 경우도 있어.

일반적으로 가슴은 11세에서 13세 사이에 자라기 시작하고, 몇 년이 지나면 완전히 다 자라. 하지만 몸이 완전히 다 자라려면 시간이 더 걸릴 수 있어. 만일 15세, 16세가 되어도 2차 성징이 나타나지 않으면 산부인과를 찾아가보는 게 좋아. 의사선생님이 네 몸이 정상인지 확인해주시고 여러 가지 조언도 해주실 거야.

그래, 나 완전평면이다!

네가 지금 가슴이 작다면, 넌 아마 큰 가슴을 뽐내고 다니는 다른 친구들을 볼 때마다 한숨을 쉬며 부러워할지도 몰라. 그런데 왜 그런 커다란 가슴을 부러워할까? 곰곰이 생각해봐. 우선 넌 빨리 한 명의 여자로 인정받고 싶은데, 가슴이 있다는 것은 여자라는 사실을 증명해줘. 또 남자아이들은 늘씬하면서도 가슴이 큰 여자애들에게 관심을 보이잖아? 하지만 끈기를 가지고 기다려봐. 조금만 시간이 지나면 상황이 바뀔 거야.

요즘엔 마냥 청순한 여자보다는 제니퍼 로페즈*Jennifer Lopez*같이 가슴이 크고 볼륨 있는 글래머 스타일의 여자가 인기 있지? 많은 남자들이 이런 스타일의 여자를 좋아한다고 해(물론 아닌 사람도 있지만). 재미있는 것은 여자들이 선호하는 가슴의 크기도 유행에 따라 다르다는 거야. 예를 들어 60~70년대에는 절벽처럼 납작한 가슴이 유행이었어. 그래서 어떤 여자들은 가슴을 최대한 납작하게 하려고 붕대를 칭칭 동여매기도 했지.

신체에 관한 책을 보면 대체로 여자는 일반적으로 엉덩이가 가슴보다 커.

실제로 오랫동안 엉덩이가 큰 여자들이 인기가 있었어. 자손의 출산에 유리하도록 평퍼짐한 엉덩이와 적당한 크기의 가슴을 가진 여자들 말이야. 하지만 피임이 일반화된 현대사회에서는 정반대의 몸매가 인기지. 요즘 사람들은 가슴은 풍선같이 빵빵하고 허리는 가늘고 엉덩이가 약간 작은 몸매를 선호해. 인공적으로 피임을 하기 전에는 사랑을 나눈다는 것 자체가 출산과 바로 이어지는 것이었고, 여자는 앞으로 아이의 엄마가 될 사람이라는 인식이 지배적이었대. 그래서 아이를 많이 낳기 위해 큰 엉덩이를 선호했지. 하지만 피임약이 일반화되면서 이제 남자와 여자가 사랑을 나눌 때 아기보다는 두 사람의 즐거움에 초점을 맞추게 되었고, 엄마가 아닌 여자가 남자들의 욕망의 대상이 되면서 출산과 상관없이 풍만한 가슴을 선호하게 된 거야. 너무 깊게 분석한 건가? 철학적으로 들릴지 모르겠지만 그럴듯한 이야기이기도 해.

가슴이 너무 커서 고민이라고?

아무리 풍만한 가슴이 유행이고, 남자들이 관심을 보여도 가슴이 조금만 더 작았으면 좋겠다고 생각하는 사람이 있어.

첫번째 가능성 | 다른 친구들에 비해 사춘기가 빨리 찾아온 것뿐이야. 별다른 해결책은 없어. 친구들도 얼른 사춘기가 되어 너 혼자만 튀는 아이가 되지 않기를 바라는 수밖에. 브래지어를 하는 것을 부끄러워하지 말고 스포츠 브라를 입어. 가슴을 모아주고 작아 보이게 해주거든.

두번째 가능성 | 넌 정말 가슴이 커. 남자애들이 너에 대해 얘기할 때는 가슴 얘기만 하는 것 같고, 사람들의 시선이 부담스러워. 특히 사춘기에는 어른이 되어 가는 과정 자체가 혼란스러운데, 가슴까지 크면 아이가 아니라 이미 어른이 되었다는 증거인 것 같아서 받아들이기 쉽지 않을지도 몰라.

첫번째 해결책 | 우선 좀 비싸더라도 가슴을 작게 보이도록 할 수 있는 브래지어를 구입해. 네 정신 건강을 위한 거라고 엄마를 설득해야지 뭐. 그리고 몸에 너무 착 달라붙지 않는 옷을 입도록.

두번째 해결책 | 하늘이 네게 준 선물을 있는 그대로 받아들여. 편한 대로 옷을 입는 건 좋지만, 가슴이 많이 파진 티셔츠나 민소매 옷은 피하는 게 좋겠지. 그리고 남자 애들이랑 얘기할 때 얼굴을 붉히거나 당황하지 말고 얘기해. 가슴이 너무 큰 경우에는 상체에 살이 찔 수도 있으니까 늘씬한 몸매를 유지하기 위해 신경 써야 돼.

세번째 해결책 | 성형수술이라는 방법이 있지만 좀더 나이가 들고 네 몸이 완성될 때까지 기다려. 25세가 되면 풍만한 가슴을 줄인 걸 후회할지도 몰라. 남들은 가슴을 키우는 수술을 하는데 말이야!

가슴이 작든, 크든, 동그랗든, 뾰족하든 간에 있는 그대로를 돋보이게 해. 모든 여자들이 바비 인형처럼 똑같은 체형을 가지지 않은 게 얼마나 재미있니? 게다가 남자들의 취향은 가지각색이란 점을 알아둬!

요즘 속옷은 편안한 스타일, 섹시한 스타일, 귀여운 스타일 등 너무 다양해. 팬티도 미니사이즈에서부터 사각팬티까지, 브래지어도 가슴을 커 보이게 해주는 기능에 어깨끈에 예쁜 장식이 있기도 하고. 또 브래지어에서부터 팬티까지 연결되어 있는 올인원에다 원피스 같은 슬립까지…. 아, 종류가 너무 다양해서 엄마들이 적응하기 힘들 정도야. 어떤 속옷을 선택해야 할까? 몇 가지 조언을 해줄게.

브래지어

브래지어는 가슴을 잘 감싸주고 나중에 젖이 나오는 유선을 압박하지 않는 형태가 좋아. 특히 와이어가 들어 있는 브래지어의 경우 입었을 때 아플 정도라면 곤란해. 가슴 모양도 이상해질 수 있고 건강에도 좋지 않지. 때로 브래지어를 사용해서 가슴을 작아 보이게 하거나 커 보이게 하는 눈속임을 하기도 하지? 물론 그게 나쁘다는 것은 아니지만 속옷은 외적인 아름다움보다 착용감, 청결함, 건강을 먼저 생각하는 것이 좋아.

팬티

삼각팬티, 사각팬티, 그것도 아니면 끈팬티, 어떤 걸 골라야 할까? 일단은 모양과 관계없이 인조섬유보다 면으로 된 걸 입도록 해. 분비물을 흡수해야 하니까.

특히 외음부의 피부는 연약하니까 꼭 끼는 바지를 입을 때는 건강과 청결을 각별히 신경 쓰도록! 요즘에는 손바닥만한 초미니 속옷을 입는 것이 일반화되기는 했지만 사실 모든 여자들이 편안하게 생각하는 건 아냐. 유행이라고 항상 좋은 것만은 아니지.

부끄러워! 엄마의 취향

엄마와 네가 맘에 들어 하는 속옷이 완벽하게 일치하는 경우는 거의 없지? 그렇다고 나 혼자 속옷을 사러 가는 것도 왠지 부끄럽고. 엄마가 사다주시는 평범한 흰색 팬티가 싫다고 무조건 레이스에 아기자기한 속옷을 사달라고 떼를 쓰면 성공하겠어? 그보다는 엄마한테 수영장에 갈 때나 체육시간에 옷 갈아입을 때, 아기 것 같은 속옷 때문에 얼마나 부끄러운지 얘기해. 그리고 이럴 때만 입겠다는 약속을 하고 위아래 속옷을 한 벌 사달라고 부탁해봐.

엄마와 속옷가게에 가서 네가 좋아하는 스타일, 친구들이 잘 입는 스타일, 네가 사고 싶은 걸 얘기하렴. 막무가내로 조르지만 말고 의젓하게 행동해. 엄마도 이제 네가 어린애가 아니라는 걸 인식할 시간이 필요하단다. 혹시 엄마가 네가 브래지어를 해야 할 나이라는 것을 모르고 계신다면 언니나 이모에게 도움을 청해. 이제는 나도 그런 게 필요하다고 엄마에게 알려드리는 거야.

몇 가지 조언

- 스타킹을 신을 때 올이 안 나가게 하려면 얇은 면 장갑을 끼고 신도록. 특히 손톱이 길면 장갑이 유용할 거야.
- 스타킹에 조그만 구멍이 나면 더 커지기 전에 재빨리 투명 매니큐어를 발라둬. 그럼 좀 더 오래 신을 수 있겠지?
- 세탁기에 넣어서 빨면 올이 나갈 수 있으니까 그물로 된 세탁망에 넣거나 신지 않는 스타킹 안에 넣어서 빨면 돼.

나도 이젠 성숙한 여인이라구! _ 향수

오랜 기간 동안 향수는 성숙하고 우아한 여성만이 쓰는 것이라고 여겨졌어. 그래서 16~17세쯤 되면 엄마가 딸에게 향수를 선물하곤 했지. 마치 첫 브래지어나 생리대처럼 이제 소녀에서 숙녀가 되었다는 상징적인 의미를 지녔었거든. 그렇지만 이제는 아기용 향수도 따로 나오고, 외국에서는 애완동물용 향수까지 나왔대. 이제는 향수가 보편화된 거지.

향수는 알코올과 향료가 얼마만큼 섞여 있냐에 따라 종류가 달라.

- 오드 콜로뉴*Eau De Cologne* : 가장 향료 농도가 낮은 2~5%의 가벼운 향수로 샤워 후에 가볍게 바를 수도 있고, 처음 향수를 사용하는 사람에게 좋아.

- 오드 뚜왈렛*Eau De Toilette* : 향료 농도가 5~10% 정도 되는 것으로 가벼운 향이지만 지속성이 오드 콜로뉴보다는 길어서 몇 시간 동안 향을 맡을 수 있어. 시중에 파는 대부분의 향수는 오드 뚜왈렛이지.

- 오드 퍼퓸*Eau De Perfume* : 좀더 진한 향수를 쓰고 싶을 때 좋아. 5시간 정도 향이 지속돼.

- 퍼퓸*Perfume* : 향료 농도가 15~25%로 가장 진하고 완성도가 높은 향수야. 6~7시간 정도 향이 지속되고, 꽤 진하기 때문에 낮에 쓰기보다는 저녁에 모임에 갈 때나 격식 있는 장소에 어울려.

향수의 종류뿐만 아니라 꽃에서 추출한 향, 인공적으로 만든 향, 동물에서 추출하는 향까지 향기의 종류도 정말 많아. 전문 향수가게에 있는 향수도 몇 백 개는 될 걸? 향수병만 해도 얼마나 다양하니. 각이 지고 현대적인 것, 장식적인 것, 유리로 된 것, 특이하게 철로 된 것 등 향수병도 향을 즐기는 중요한 요소야.

향수는 어디에 뿌려야 할까? 귀 뒤나 손목처럼 따뜻한 신체 부위에 뿌려서 향이 퍼져나갈 수 있게 해야 해. 예를 들면 팔꿈치 안쪽, 무릎 뒤, 가슴

가운데 같은 곳 말이야.

만일 매일매일 같은 향수를 뿌린다면 향기에 둔해져서 향수를 너무 많이 뿌릴 위험이 있어. 너는 향을 느끼지 못하지만 다른 사람들은 아주 기절할 정도가 되는 거지. 한 가지 향수에 너무 익숙해지지 않으려면 매일 뿌리지는 마.

젊은 사람들은 진하고 강한 향수보다는 상큼하고 달콤한 플라워 계통의 향수를 더 좋아해. 물론 취향의 문제이기는 하지만. 예를 들면 저녁에 외출할 때는 더 짙은 향수를 뿌릴 수 있어. 겨울에는 더 강렬한 것, 여름에는 더 가벼운 걸 쓸 수도 있지.

보통 여러 가지 향수를 기분에 따라 골라서 뿌리지만 한 가지 향을 자신의 분신처럼 사용하는 것도 매력적인 방법이지. 특히 네가 사용하는 향이 특이하고 잘 어울린다면 다른 사람들이 그 향을 맡고서 바로 너를 떠올릴 거야. 영화 속의 장면처럼 왠지 로맨틱하지 않아?

tip 01

땀 냄새가 난다고 향수를 뿌려?

체육시간 다음에 땀 냄새가 나서 향수를 뿌리고 싶다고? 절대 그런 짓은 하지 마! 땀은 산성이기 때문에 땀을 흘린 피부에 향수를 뿌리면 향수도 산성으로 변하면서 이상한 냄새를 풍겨. 땀 냄새보다 더 지독할지도 몰라.

향수는 알코올이 주 성분이라서 향수를 뿌리면 그 속의 알코올이 피부에 남아. 그런데 여름이 되면 짧은 옷을 많이 입으니까 피부에 남아 있는 알코올도 햇빛에 노출이 되지. 그때 알코올이 햇빛과 화학반응을 일으켜 피부를 손상시킬 수 있어. 피부에 반점을 남기기도 하고 심지어 없어지지 않는 경우도 있대. 그래서 여름에는 알코올이 많이 들어간 향수보다는 향료가 들어간 워터 스프레이를 많이 써.

선탠 _ 섹시함과 촌스러움은 종이 한 장 차이?

선탠은 어떻게 해야 할까?

혹시 타는 게 싫어서 한 여름에도 긴 팔과 커다란 모자를 쓰고 다니니? 그렇지만 해변에 누워 기분 좋게 선탠을 하고 있는 사람들을 보면 건강한 구릿빛 피부가 부러울 때도 있을 거야. 섹시한 구릿빛 피부는 좋지만 자외선은 주의해야 해.

햇빛에는 따듯한 적외선, 밝은 가시광선, UV라고 부르는 자외선이 포함되어 있어. 자외선은 피부에 닿아 멜라닌이라는 갈색 색소를 만드는데, 얼굴에 주근깨가 생기는 것도 멜라닌 때문이고 흑인들의 피부가 검은 것도 멜라닌 때문이야.

선탠할 때는 하얀 피부를 유지하는 것만큼 세심한 보호가 필요해. 자외선은 살갗을 태우는 힘이 엄청나서 잘못하면 햇빛에 피부가 손상될 수 있거든. 무턱대고 햇빛에 오랫동안 노출되어 있으면 피부가 뜨겁고 빨갛게 되는데, 바로 햇빛에 화상을 입는 것이지.

그리고 어렸을 때부터 자외선 차단제를 바르는 것이 좋아. 사춘기에 들어서면 피부에 자외선을 막을 수 있는 자연적인 보호막이 생기지만 15세 이전에는 피부가 아주 연약하기 때문에 더욱 주의해야 해.

자외선에 관한 몇 가지 편견

햇빛의 뜨거움과 자외선이 항상 똑같이 증가하는 것은 아니야. 적외선은 우리를 따뜻하게 해주지만, 자외선은 열기가 전혀 없이 살갗을 태우지. 심하게 태운 날 밤에 피부가 화끈화끈하고 따가워서 잠도 못 잔적이 있지? 자외선에 너무 많이 노출되어 화상을 입고 난 다음에야 피부에서 열기가 느껴지기 때문이야. 한 가지 중요한 충고! 구름 끼고 눈 오는 선선한 날을 특히 조심해. 햇빛이 없어서 자외선도 없고 안 탈것 같이 느껴지겠지만, 그런 날도 자외선은 계속 피부를 공격하고 있지. 그래서 사계절 내내 자외선 차단제를 바르는 것이 좋아.

비타민D 부족?

자외선은 체내 비타민D를 생성시켜 칼슘 흡수를 돕는다? 사실이야. 그렇지만 햇빛을 너무 오래 쬘 필요는 없어. 하루에 몇 분 정도로 충분하거든. 평생 동굴 속에서 눈만 반짝이며 살 생각이 아니라면 걱정하지 마!

햇빛을 쬐면 정신건강에 좋다?

맞는 말이야. 하지만 우리의 기분을 좋게 하는 건 자외선이 아니라 눈으로 볼 수 있는 가시광선이야.

자외선의 해로움

단기적으로 자외선에 너무 많이 노출되면 피부뿐만 아니라 눈동자도 화상을 입을 수 있어. 그러니까 선탠을 할 때는 반드시 선글라스를 써야 해. 그리고 장기적으로 너무 강한 자외선에 노출되면 피부도 빨리 늙고 피부암에 걸릴 수도 있어.

섹시하게 선탠하는 방법

우선 피부 타입에 따라 적절한 SPF지수의 자외선 차단제를 골라야 해. 크림이나 로션, 오일 타입이 있는데, 만일 여드름이 잘 나는 지성피부라면 얼굴전용의 유분기 없는 자외선 차단제를 바르는 게 좋아. 그리고 여드름이 났다면 햇볕을 직접 쬐지 않는 게 좋아. 햇빛은 피부를 건조하게 만들고 표피를 두껍게 만들거든. 피부가 엉망이 될지도 모른다는 거지.

그리고 '100% 자외선 차단!' 이라는 광고를 100% 믿어서는 안 돼. 자외선 차단제는 피부 위에 일종의 막을 씌우는 것이지 벽을 만드는 것이 아니거든. 말하자면 SPF지수가 높은 자외선 차단제일수록 체같이 구멍이 촘촘한 막을 만든다는 거지. 피부가 민감한 편이라면 자외선에 더 쉽게 상할 수 있으니까 SPF지수가 높은 제품을 사용하도록 해. 내 피부는 별로 안 민감하니까 괜찮다고? 그래도 절대 방심하지 마. SPF지수가 낮은 제품을 바르더라도 자외선은 언제나 조심해야 해.

자, 이제 자외선 차단제도 발랐겠다 좋은 자리를 찾아서 해변에 느긋하게 누워보자고. 여기서 또 하나 알아둘 점! 자외선 차단제는 시간이 지나면서 지속력이 떨어지기 때문에 2시간에 한 번씩은 다시 발라줘야 해. 그리고 물에도 잘 씻기니까 수영을 하고 나서도 다시 발라줘야 하고. 그리고 햇빛이 쨍쨍 내리쬐는 대낮에 너무 오래 나가 있으면 절대 안 돼. 4시간 연속으로 햇빛을 쬐면 아마 피부가 바싹 타버린 빵 색깔이 될 걸? 오전 시간이나 오후 4시 이후에 2~3시간씩 선탠하는 게 제일 좋아.

반짝이는 모든 것에 내 모습을 비춰보는 병 _ 거울 보기

공주병에 걸린 아이처럼 거울을 너무 자주 보는 것 같다고? 너뿐만 아니라 대부분의 여자들은 거울을 안 볼 수 없어. 간혹 거울 보는 걸 싫어하는 사람들도 있는데, 그런 사람들도 이 글을 읽어줬으면 좋겠어. 자신이 왜 그렇게 행동하는지 원인을 찾을 수 있을 테니까.

우리는 길을 가다가 쇼윈도에 비친 모습을 흘깃 보기도 하고, 엘리베이터 거울에 비친 모습을 보면서 차림새가 괜찮은지 확인하곤 하지. 걱정이 있을 때, 만족스러울 때, 멋을 부렸을 때 거울에 비친 네 모습은 너도 놀랄 만큼 순간순간 다를 거야. 그러나 거울 속의 내 모습에 항상 만족하기는 힘들지. 때로는 거울을 보면서 마음의 상처를 입지만 또 다시 거울을 손에 쥐고 얼굴을 비춰보게 되지. 도대체 왜 그런 거냐고? 거울 속의 많은 모습들이 모여서 바로 너를 만드는 거니까!

만일 이 세상에서 반짝이는 물건이나 거울이 모두 사라져버린다면 어떨까? 도대체 내가 어떻게 생긴 건지 전혀 알 수가 없겠지. 다행히 백설 공주의 계모가 그렇게도 아끼던 '거울'이란 것이 있기 때문에 우리는 우리의 모습을 확인할 수 있어. 그렇지만 우리가 가진 거울은 말을 할 수 없기 때문에 너에 대한 어떤 평가도 하지 않고 널 있는 그대로 비춰준단다. 프랑스의 한 극작가는 "세상의 모든 거울이 내 모습을 비춰주기 전에 한 번만 미리 생각을 해주면 좋을 텐데!"라고 말하기도 했대. 그러니까 너를 포함한 모든 사람들이 거울 속 자신의 모습에 대해 항상 만족하는 것은 아니란 걸 알겠지? '아니, 이런 이상한 표정을 한 애가 정말 나라고?'라는 생각이 들 때도 있을 거야.

넌 아직 자라는 중이니까 어떤 사람으로 성장할지 많이 걱정될 거야. 10년 뒤의 나는 어떤 사람이 될지 궁금하기도 하고, 다른 사람과 관계를 맺고 지내면서 '나는 누굴까?'라는 생각이 들 거야. 너라는 존재를 구성하는 것 중에는 외모도 있으

니까, 거울을 보는 것은 바로 네가 어떤 사람인지 해답을 찾아가는 행동이라 할 수 있지.

만일 부모님이나 친구들이 제발 거울 좀 그만 보라고 잔소리 하더라도 너무 속상해하지 마. 한번쯤 네 행동을 되돌아볼 필요는 있겠지만, 너에겐 거울에 비친 네 모습을 알 권리가 있다고! 그리고 거울에 비친 네 모습을 좋아할 권리도 있어.

그렇지만 거울 속의 자기 모습에 너무 빠져서 다른 사람에게 관심을 전혀 갖지 않는다면 문제가 있겠지. 그리스 신화에 나오는 나르시스 *Narcissus* 알지? 호수에 비친 자신의 모습에 매료되어서 계속 자기 얼굴만 바라보다가 결국 죽어서 수선화가 됐다는 이야기. 다시 말해서 자기 생각만 하고 살면 다른 사람과 어울릴 수 없고 감정도 메마르게 된다는 거야. 나르시시즘 *Narcissism*, 즉 자아도취라는 말도 여기서 나왔는데, '자기 자신에게만 관심이 있고 자신의 모습에 집착한다'는 뜻이야. 그렇다고 자아도취가 무조건 나쁜 걸까? 절대 그런 것은 아냐. 인생을 살면서 새로운 일을 시작하고 용기를 내려면 자기 자신을 사랑하는 마음이 있어야지.

오늘 저녁 거울 속의 네 모습을 천천히 관찰해봐. 재미있는 이야기를 하나 해줄까? 영국의 여류 소설가 버지니아 울프 *Virginia Woolf*는 "내가 거울 볼 시간에 공부를 했다면 그리스어를 완벽하게 할 텐데."라고 말했대.

유행 _ 좀 냉정해지는 게 어때? 모든 것을 따라할 수는 없어

유행은 계절에 따라, 시대에 따라 계속 변해가지. 게다가 유행은 우리의 즐거움, 기쁨, 고민, 집착의 시작이기도 해.

유행의 장점은 뭘까? 한참 유행하는 값싼 액세서리를 산 것만으로도 행복을 느끼고 기뻐할 수 있다는 거야. 그런데 행복과 기쁨을 따로 떨어뜨려 놓은 이유를 알겠니? 둘은 비슷한 것 같지만 사실 좀 달라. "난 우리가 기뻐하면서 같이 먹을 초콜릿 케이크를 만들 때 너무너무 행복해!" 둘의 차이점을 알겠니? 기쁨은 소비하는 것이고 행복은 무엇인가 창조한다는 점에서 서로 다른 거야. '소비'를 하면 뭔가 다 써버려서 남는 게 없지만, '창조'를 하면 아무것도 없는 것에서 무엇인가 만들어서 더 풍요로워지잖아. 행복과 기쁨 둘 다 중요하지만, 사람들이 '행복'을 좀더 중요하게 생각하는 이유가 바로 이것이지. 즐거움만 추구하는 인생은 자신이 가진 것을 다 써버리고 결국엔 남는 것이 없으니까.

유행도 마찬가지야. 미리 점찍어 놓은 운동화나 미니스커트를 사면 기분도 좋고 즐겁지? 여

기저기 구경하다 마음에 드는 물건을 발견하고, 그걸 입어보고 살까말까 망설이고, 고민고민 하다가 드디어 샀을 때의 기쁨이란! 그런 다음 어울리는 스타일을 찾기 위해서 여러 가지 옷과 색깔을 맞춰보면서 마치 그림을 그리듯이 행복을 느끼는 거지.

하지만 유행의 단점은 비용이 많이 든다는 거야. 사고 싶은 옷을 살 돈이 없을 때면 정말 괴롭잖아? 왠지 그걸 갖지 않으면 따돌림 당할 것 같고, 내가 너무 초라하게 느껴지기도 하고. 하지만 유행이란 것은 별로 중요하지 않아. 절대 그렇지 않다고? 네 또래의 아이들을 몰라서 하는 말이라고? 그럴 수도 있지. 하지만 네가 백화점의 10만 원짜리 셔츠를 입든 할인마트에서 산 1만 원짜리 셔츠를 입든 '너' 라는 사람의 근본은 바뀌지 않아. 좋은 옷을 입지 않았다고 너의 반짝거리는 눈망울이나 예쁜 보조개, 상냥한 성격이 사라지는 건 아니잖아? 용돈이 많지 않다면 유행하는 비싼 옷을 사기는 힘들 테니까, 최대한 심플하고 깔끔하게 입도록! 아니면 너만의 창의력과 상상력을 발휘해서 개성을 살려. 지금 당장 사지 못해도 유행이나 스타일에 대해서 꾸준히 관찰하고 공부하면, 나중에 그런 옷을 사 입을 여유가 생겼을 때 누구보다도 더 우아하고 아름다워질 수 있을 거야.

유행의 두번째 단점은 사람들이 유행을 너무 민감하게 받아들인다는 거야. 어떤 여자들은 자기가 가진 모든 돈을 쓰면서 유행하는 옷을 사. 다 입을 수 없을 만큼 많은 옷을 그냥 사 모으는 거지. 이렇게 심각한 수준은 아니더라도 자신의 정체성에 대해 고민하는 사춘기 때에는 유행이나 외모에 민감하게 반응할 수 있어. 잡지에서 형광주황색 바지를 입은 모델을 보고 아무 생각 없이 따라하는 것 말이야. 그러나 유행은 단지 유행일 뿐이란 거지.

패션 브랜드들의 고단수 전략을 주의해! 너를 유행의 유혹에 굴복시키기 위해서 수단과 방법을 가리지 않을 거야. 네가 정말 좋아하는 셔츠를 버리고 거의 똑같이 생긴 새 셔츠를 사게 만들거든. 그러니까 좀 냉정해지자고. 유행 정보를 알고 있는 건 좋지만 너무 맹목적으로 따라하지는 마.

모델 _ 부럽다구? 그거 다 화장발 조명발이야!

모델들은 다들 예쁘고 완벽해 보여. 우리같이 평범한 사람들은 모델을 보고 한숨을 쉬면서 발끝만큼이라도 닮았으면 좋겠다고 생각해. 하지만 현실을 직시하고 헛된 희망은 빨리 버리는 게 좋을걸? 피부관리실에서 몇 시간씩 마사지를 받고, 비싼 옷을 사 입고, 자세교정을 받아도 잡지에 나오는 패션 모델 같아질 수는 없어. 아무나 신디 크로포드 *Cindy Crawford* 같아질 수는 없다는 얘기야. 심지어 신디 크로포드도 이렇게 말했다고 해. "여러분 신디 크로포드처럼 되고 싶으세요? 그렇지만 나 자신도 신디 크로포드처럼 생기지 않은 걸요!" 이상하게 생각하겠지만 사실이야.

우선 기술적인 문제를 생각해볼까? 잡지, 신문, 특히 TV촬영을 할 때는 인위적으로 수정을 해. 게다가 화장과 머리손질은 어떻고? 전문 메이크업 아티스트와 미용사는 어떻게 하면 사람이 더 예쁘게 보이는지 잘 알고 있어. 패션잡지의 표지모델을 보면 화장을 한 듯 안한 듯 자연스럽고 예쁘다고 생각하겠지만, 그 모델이 사용한 화장품 수를 세어보면 아마 기절할걸. 화장품은 제대로 사용할 줄 아는 사람에게만 마술 지팡이 같은 거지.

조명은 어떻고? 조명을 비추면 주름이나 주근깨를 감추고, 평범한 눈도 깊이 있게, 납작한 코도 오똑하게 보일 수 있어. 조명을 효과적으로 활용하면 더욱 신비하고 매혹적인 이미지를 만들어낼 수 있는 거지. 아무리 예쁜 연예인이라도 엘리베이터 형광등 밑에 있으면 평범해 보이지 않을까?

그리고 사진작가의 끈기도 빼놓을 수 없지. 잡지에 실을 단 한 장의 사진을 얻기까지 수백 장의 사진들이 쓰레기통에 버려져. 한두 번 만에 찍는 동네 사진관에서는 기대할 수 없는 일이야.

마지막으로 컴퓨터 작업! 거의 모든 사진에서 마무리 작업을 할 때 이미지를 고치는 특별한 소프트웨어로 수정작업을 해. 눈동자는 더 또렷해 보이도록 색을 칠하고, 눈 아래 다크써클이나 잔털을 지워버리지. 긴 다리는 더 길게 늘이고, 머리를 더 가지런하게 정리하면 안 그래도 예쁜 모델은 정말 예뻐 보일 거야.

보통 사람이 모델처럼 예쁜 사진을 찍을 수 없는 데는 심리적인 이유도 있어. 잡지에 실리는 모델들의 사진은 전문 사진작가와 모델이 오랜 시간 의견을 나누고 느낌을 공유하면서 찍은 거야. 아름다움이란 그것을 알아보는 사람에 따라 달라지는 거라고 생각해. 세상에서 가장 예쁜 여자는 사랑받고

있는 여자라는 말이 있잖아? 사랑에 푹 빠지면 불룩 튀어 나온 뱃살도 안 보이고, 여드름도 안 보이니까 말이야. 그러나 우리는 애정을 가지고 사물을 소중하게 바라본다거나 굳이 아름다움을 찾으려고 하지 않잖아. 패션잡지의 사진은 사진작가가 애정을 가지고 모델의 가장 아름다운 모습을 포착한 것이기 때문에 더 아름다워 보이는 거야. 인위적이긴 하지만 어쨌든 사랑받고 있는 모델들의 사진을 보면서 나도 그렇게 되고 싶다고 꿈꾸거나 혼란스러워할 필요는 없어. 더 이상 잡지를 펴놓고 짜증내지 마. 널 사랑하는 사람의 눈에는 네가 슈퍼모델보다 백 배 아니 천 배는 더 눈부시게 보일 테니까!

닮고 싶은 사람 _ 너만의 이미지를 찾기 위한 과정

넌 지금 너만의 이미지를 찾기 위해 이것저것 해보기도 하고 고민도 많이 하고 있을 거야. 그러다 보면 차라리 다른 사람의 외모나 말투, 성격을 그대로 따라하는 것이 낫다는 생각도 들 거야. 그것도 좋은 방법이지. 어려울 것 없잖아? 그 사람이 갖고 있는 한두 가지 좋은 점만 닮고 싶은 경우도 있을 거고, 머리부터 말끝까지 모든 것을 따라하고 싶은 사람도 있을 거야. 예를 들면 똑똑한 친구가 쓰는 말투를 사용한다든지, 예쁘고 착하고 똑똑하고 옷도 잘 입는 사촌언니와 똑같이 꾸미거나. 그렇지만 정말 완벽해 보이는 사람들도 사실은 걱정 때문에 잠을 못 이루고, 숨기고 싶은 단점이 있을 거야.

　너만의 이미지와 스타일을 만들어가면서 여러 가지를 시도하다 보면 네 모습을 찾을 수 있을 거야. 지금 너는 잘하는 것도 없고 단점 투성이 같아도, 이 세상에서 단 하나 밖에 없는 소중한 존재고 장점도 꽤 많다는 걸 알게 될 거야. 너무 조급해하지 말기! 시간이 좀 걸릴 수도 있어. 25세가 되어서야 자신의 모습을 사랑하기 시작한다는 말도 있다고! 그러니까 '어떻게 하면 멋진 저 사람을 닮을 수 있을까?'를 고민하지 말고 '어떻게 하면 나 자신을 사랑할 수 있을까?'를 생각해.

행복해서 웃는 게 아니고 웃어서 행복한 거래! _ 미소

어릴 적에 본 동화책을 한번 떠올려봐. 우아하고 아름답고, 게다가 눈부시게 환한 미소를 가진 주인공들은 대부분 공주였지? 아름답고 도도하지만, 찬바람이 쌩쌩 불고 웃음이라곤 비웃음밖에 모르는 여자들은 마녀고. 미녀들에게 미소는 빼놓을 수 없는 필수 액세서리라고 할 수 있지. 게다가 돈 한 푼 안 들잖아?

상큼한 모습 _ 눈 뜨자마자 앙큼상큼!

어린아이들은 아침이나 밤이나 한결같이 귀엽고 상큼하지? 새벽 6시에 일어나서도 장난치느라 정신이 없잖아. 그때는 아침에 일어나 세수를 안 해도 아무도 눈치 채지 못했겠지만, 사춘기가 되면 완전히 달라져. 아침에 일어나면 입에서 냄새도 나고, 얼굴도 푸석푸석하거나 번들거리고, 머리카락도 모두 삐죽삐죽 솟아서 헝클어져 있지. 자, 어떻게 하면 바쁜 아침에도 상큼하게 보일 수 있을까?

- 자기 전에 가방을 미리 싸놓으면 아침에 여유 있게 준비할 수 있어.
- 밤에 잘 때 너무 덥게 자지 말 것. 가능하면 창문을 약간 열고 선선하게 자는 게 좋아.
- 자기 전에 미지근한 물을 한 잔 마시고 자면 아침에 혈색이 맑아져.
- 아침에도 일어나자마자 미지근한 물을 한 잔 마시면 건강에 좋지. 변비에도 효과 만점이야!
- 아침식사를 해야 기운이 나겠지? 여유 있게 아침식사 하는 습관을 가질 것.
- 3분 동안 양치질하기. 아침 먹기 전에 양치질해봤자 소용없으니까 밥 먹고 닦아.
- 빗질을 꼼꼼히 할 것. 헤어스타일을 만드느라 바쁘겠지만 머리를 자주 빗어주면 두피와 머리카락이 모두 건강해져.
- 자기 전에 냉동실에 젖은 수건을 넣어 놓고 아침에 세수를 하고 난 다음 1분 정도 지긋이 얼굴에 대. 차가워서 부기가 금방 가라앉을 거야. 그 다

음에 스킨이나 로션을 발라.

- 로션을 발랐으면 5분쯤 뒤에 얼굴에 티슈를 얹고 톡톡 두드릴 것. 얼굴을 번들거리게 하는 여분의 로션을 닦아내는 거야.
- 특별한 날에는 약간의 화장을 해줘야겠지? 큰 브러시를 사용해서 파우더를 펴 발라. 두껍게 콤팩트를 바르는 것보다 파우더로 가벼운 투명화장을 하는 게 훨씬 예뻐.
- 마지막으로 입술에는 립글로스로 마무리!

다시 거울을 봐! 30분 전의 네가 아닌 것 같지?

예쁘다는 사실 _ 예쁘다면 당당하게 행동해!

어떤 아이들은 자기가 예쁘다는 사실을 제대로 인정하지 않기도 해. 자신이 아름답다는 사실에 즐거워하면서도 한편으로는 부끄러워하고, 자신의 매력을 발산하고 싶으면서도 다른 친구들에게 미안해하고. 좀 어정쩡한 상황에 놓여 있다고나 할까? 아름답게 태어난 것이 행운이라면, 계속 가꾸고 잘 유지하는 것은 재능이야. 하지만 겉으로 봐서는 예쁜 애랑 잘난 척하는 애랑 구분이 잘 안가. 어떻게 해야 예쁘면서도 건방지지 않은 애로 보일 수 있을까? 몸을 배배 꼬면서 고민하지 마. 예쁘다는 건 분명 기분 좋은 일이야. 어떤 경우에도 예쁘다고 해서 죄책감을 느낄 필요는 없어.

하지만 좀 예쁘다고 해서 다른 사람보다 더 나은 인생을 살 거라고 생각하는 건 문제가 있어. 단지 예쁘게 생겼다고 해서 다른 사람들보다 우월하다거나, 무슨 짓이든 해도 용납되는 건 아니야. 물론 이런 경우에도 예쁜 것 자체가 문제라고 볼 수는 없어. 다른 사람보다 잘났다고 생각하는 게 문제지. 가끔은 외모가 아니라 부자라든가, 집안이 좋다든가 하는 별 것 아닌 이유를 내세워서 자신이 우월하다고 생각하는 사람들도 있어.

인간의 가치를 결정하는 것이 과연 무엇일까? 우연히 가지게 된 행운을 가지고 우쭐하는 게 당연한 걸까? 좀 유치하지 않아?

사춘기 여자아이들에게 일어나는 사건 중의 사건은 생리가 아닐까? 생리를 시작하면 육체적으로, 또 심리적으로도 뭔가 달라지는 것 같은 기분이 들거야. 생리를 시작함으로써 진정한 여자가 되는 거니까 분명 긍정적인 변화겠지만, 사실 처음에는 굉장히 당황스러워.

생리를 하면 피에 대해 많은 걸 알 수 있어. 처음에는 피에 대해 익숙하지 않으니까, 꽤 많은 양의 피가 몸속에서 흘러나와 검붉게 변해 있는 걸 보면 오싹해질 정도야. 생리혈은 더러운 것이 아니지만, 그래도 생리대를 자주 교체해주고 필요하면 체내형 생리대를 사용하는 법을 배우도록 해. 혹시 모르니까 갈아입을 속옷도 가지고 다니고. 생리통이 있다면 아픈 것 때문에 겁도 날거야.

우선 생리를 한다는 건 네 신체기능이 모두 정상적이라는 걸 의미해. 여자로서 갖고 있는 자궁과 난소, 질이 제대로 작동한다는 거지. 자, 그럼 자세히 살펴볼까?

생리주기는 생리 시작하는 날부터 다음 생리가 시작하는 날까지야. 생리가 시작된 날을 1일이라고 했을 때, 평균적인 생리주기는 28일 정도니까 29일에 다음 생리가 시작하겠지. 이때 난자는 생리주기의 14일째 정도에 난소에서 자궁으로 배출되는데 이걸 배란이라고 해. 난자와 정자가 만나면 수정란이 되는데, 배란기 때는 자궁에서 수정란을 받아들이기 위해 미세혈관이 모여서 점막을 만들고, 수정란이 자궁에 자리 잡으면 임신이 되는 거지. 하지만 임신이 되지 않은 경우에는 자궁이 수축운동을 해서 이 점막이 혈액과 함께 체외로 배출되는데, 이게 바로 생리야. 보통 2~3컵 정도의 혈액이 난자와 함께 배출돼(난자는 너무 작아서 눈으로 볼 수 없을 거야).

점막을 배출하기 위해 자궁이 수축될 때 약간의 통증이 있을 수도 있는데, 이게 바로 생리통이지. 아무렇지도 않은 사람이 있는가 하면, 생리기간 내내 너무 아파서 정상적인 생활을 거의 하지 못하는 사람도 있어. 다행히 요즈음에는 효과적인 생리통 치료제가 많이 있어.

tip 01

생리통 때문에 너무 힘들어!

통증이 심하다면 뜨거운 물로 샤워를 하거나, 배에 따뜻한 물주머니를 대고 있어. 생리통이 너무 심하다면 약사나 의사선생님에게 조언을 구할 것. 자궁수축의 통증을 가라앉혀주는 경련 완화제에서 가벼운 소염제까지 다양한 생리통 치료제가 있어. 약은 생리통이 시작되자마자 먹으면 더욱 효과적이고, 생리중에 아스피린을 복용하면 출혈이 많아지니까 주의할 것.

tip 02

난 아직도 시작 안 했는데…

15세가 넘었는데도 사춘기의 2차 성징이 나타나지 않거나, 17세가 되었는데도 생리가 없다면 산부인과를 가보도록 해. 의사선생님에게 궁금한 것들을 물어보고 앞으로 어떻게 해야 하는지 물어봐. 만약 다른 성징은 다 나타났는데, 생리만 없다면(그리고 아랫배가 자주 아프다면) 꼭 병원에 가서 진단을 받아야 해.

이번 달에는 없네?

⟶   생리를 처음 시작했다면 생리불순이 있다고 해서 이상한 것이 아냐. 우리 몸을 조절하는 호르몬이 완전히 자리 잡기까지 생리주기가 30일, 32일 심지어 50일까지 될 수 있어. 그러니까 처음에는 당황하지 않아도 돼. 만약 생리를 시작한 지 2~3년이 지나도 생리주기가 불규칙하고 안정적이지 않다면 꼭 산부인과에 가서 진찰을 받아봐.

자주자주 청결하게 유지해! _ # 생리대

생리를 처음 시작한다면 체내형 생리대보다는 일반 생리대가 좋아. 생리양이 많은지 적은지에 따라, 생리를 시작한 지 얼마 되지 않았는지 다 끝나 가는지에 따라서 알맞은 크기와 두께의 생리대를 골라서 쓰도록 해. 겉에 드러나지 않도록 특별히 얇은 생리대나, 밤에 잘 때 쓰도록 길고 두껍게 된 것 등 종류가 다양하지. 학교에 가거나 외출할 때는 생리대를 넣고 다닐 수 있는 작은 주머니를 준비해.

요즘 생리대는 착용한 후의 느낌도 나쁘지 않고, 낱개 포장이 돼 있어서 사용한 생리대를 포장에 싸서 버릴 수 있지. 생리대를 교체하고 나서 반드시 손을 씻는 거 알지? 생리혈은 손가락을 베였을 때 나오는 피와 달라. 색깔이 더 짙으면서 끈적거리고, 질과 자궁을 통해서 나오기 때문에 냄새도 달라. 더러운 건 아니지만 땀이 나면 냄새가 나는 것처럼, 어떤 사람은 생리할 때 냄새가 나는 경우도 있어. 그런 경우에는 최대한 생리대를 자주 교체해주고 청결하게 하는 게 좋아.

여성 청결제 _ 필요 없어, 거긴 더러운 곳이 아니거든!

슈퍼마켓이나 약국에서 여성청결제를 파는 걸 본 적이 있을 거야. 외음부와 질 내부를 씻는 제품이지. 그렇지만 별로 필요도 없고 좋은 점보다는 나쁜 점이 더 많아. 너무 독한 것들은 피부를 자극하거나 질 내부의 점막을 상하게 할 수 있어.

그렇다면 왜 여성청결제라는 걸 파는 걸까? 어떤 회사는 이윤을 얻기 위해 소비자가 굳이 필요하지도 않은 것들을 필수품처럼 만들어내고는 해. 여성청결제는 여성의 질과 외음부를 불결한 곳이라고 생각하는 남성우월주의와 지나친 청결주의가 만들어낸 것이지. 예전에는 생식기는 부끄러운 것이라는 논리로 거기에 대해서 이야기 하는 것도 꺼리게 만들었어. 점잖지 못한 일이라고 생각했거든!

외음부와 질이 은밀한 곳이기는 하지만 분명 더러운 곳은 아냐. 오히려 질은 스스로 정화할 수 있는 기능이 있으니 병원에서 처방하기 전에는 일부러 씻지 마. 물론 외음부와 질 입구도 우리 몸의 다른 부분처럼 깨끗하게 관리해야 해. 그렇지만 과도하게 닦거나 문지르지 말고 물과 비누로

살짝 닦으면 충분한 거야.

여성의 생식기는 절대로 더러운 게 아니야. 고귀한 생명이 탄생하기도 하고, 즐거움을 느낄 수도 있는 곳이지. 정말 놀랍지 않니?

너뿐만 아니라 다른 사람을 위한 배려야 _ 위생

과학문명이 발달한 21세기를 사는 청소년 대상의 책에 이런 항목이 들어 있는 게 좀 이상하다는 생각이 들 수도 있어. 그렇지만 위생은 단지 청결의 문제가 아니라 다른 사람들에 대한 예의의 문제이기도 해.

우울할 땐 욕조에 뜨거운 물을 가득 받아 몸을 담그고 천천히 긴장을 풀어봐. 다시 여유가 생기고 기분이 좋아질 거야. 이렇게 몸에 관심을 갖고 신경 쓰는 것은 자기 자신에게 관심을 갖고 아끼는 행동이야. 청결은 단지 몸을 관리하는 것뿐만이 아니야. 옷과 소지품을 깨끗이 하는 것도 자기 자신에게 신경을 쓰는 거지. 만약 네 방이 지저분하게 어질러져 있다고 가정해 봐. 네 방이니까 너 이외의 사람과는 상관없는 일이라고 생각할 수 있겠지만, 방구석에 떨어진 과자 부스러기가 그냥 썩어 버린다면 이건 너만의 문제가 아니라 집 전체에 바퀴벌레가 들끓는 심각한 상황이 될 수도 있어.

청결은 타인에 대한 배려라고 생각해. 자신의 체취로 다른 사람을 괴롭히는 것은 기본적인 예의가 아니지. 네 칫솔에 기침하는 동생에게 하지 말라고 하고, 요리를 하기 전에 손을 잘 씻지 않는 엄마에게 손을 씻으라고 말한다고 해서 너한테 결벽증 있다고, 까다롭다고 할 사람은 아무도 없단다.

마찬가지로 수학숙제를 낼 때 과자 부스러기 같은 것을 묻히지 않고, 수정액을 지저분하게 덕지덕지 바르지 않은 깨끗한 노트를 내는 게 좋겠지.

네 주위의 남자애들을 대상으로 시험해봐도 좋아. 그 애들이 얼굴은 예쁘지만 조금만 다가가면 땀 냄새, 발 냄새가 지독하고, 옷에는 양념이 튀어 지저분한데다 이 사이에 고춧가루가 낀 애를 좋아할까? 차라리 좀 덜 예뻐도 머리끝에서 발끝까지 깔끔한 애를 더 좋아할 거야.

나의 완벽한

미모를 망치는

곤란한 문제들

여드름 _ 인생 최대의 고민이자, 모든 문제의 원인

상쾌한 아침, 밝은 햇살에 눈을 뜨며 일어나 예쁜 네 얼굴을 비춰보려는 순간! 보들보들한 뺨에 왕여드름이 벌겋게 솟아올랐다면 짜증나겠지? 이럴 땐 정말 어떻게 해야 할까?

여드름을 없애기 위해서는 여드름에 대해서 과학적으로 분석해볼 필요가 있어. 피부세포 사이에는 피지가 흐르는 피지선이라는 것이 있고 그 위에 피지를 분출하는 모공이 있어. 끝이 까만 여드름이나 끝이 하얀 여드름은 모두 모공에 이물질이 끼어서 생기는 거지. 여드름 위에 각질이 덮이기 시작하면 빨갛게 부어오르고, 아프기도 하고, 허연 피지 덩어리까지 나와. 그럴 때 미치도록 짜고 싶은 마음은 이해하지만, 아무리 그래도 절대 짜면 안 돼! 모공과 모공 아래의 피지선까지 모조리 부어 있기 때문에 여드름을 짜면 염증이 번져서 더 빨갛게 돼. 몇 주 동안 얼굴에 검붉은 상처를 달고 다녀야 할지도 몰라. 더욱 끔찍한 건 평생 피부에 구멍이 뽕 뚫린 채 살아야 될지도 모른다는 거지. 그러면 도대체 이 여드름을 어떻게 해야 하냐고? 제대로 치료해서 말끔히 사라지게 하는 비법을 알려줄게.

치료하기

일단 손을 깨끗이 씻고 물기를 말린 다음, 여드름 연고를 발라. 빨리 없어지긴 하지만 하룻밤에 사라지는 것은 아니라서 3~4일 정도는 보기 싫은 여드름을 참아야 해.

감추기

여드름을 감추려면 연고를 바른 후에 붉은기를 가릴 수 있는 여드름용 컨실러를 발라. 파운데이션을 바를 수도 있지만 화장을 하면 모공이 막혀서 여드름이 덧날 수도 있으니까 컨실러가 더 좋아. 여드름 주위에 컨실러를 바르고 나서 피부에 잘 먹게 살살 펴주는 것이 중요해. 남자애들도 속아 넘어갈 걸?

너무 커도, 너무 작아도 고민이야 _ 키

키가 너무 클 경우

사람마다 신체가 발달하는 성장기가 있는데, 넌 아마 성장기가 일찍 찾아왔다든지 큰 키를 타고난 걸 거야. 키가 너무 커도 스트레스 받지? 아마 네가 힘들어하는 이유는 단지 키가 큰 것 때문이 아니라 심리적인 이유때문일 거야.

넌 지금 두 가지 문제를 겪고 있어. 우선 너의 내면은 아직 어린 아이인 것 같고 성숙하지 않은 것 같은데 몸이 마음보다 빨리 자라고 있다는 생각이 들 거야. 또, 다른 사람들의 이목이 너무 신경 쓰여서, 네가 일어서면 다른 여자애들의 머리핀이 다 보이고 남자애들보다 머리 2개 정도만큼 더 크다는 사실이 너무 싫을 거야. 그래서 조금만 더 작아 보이려고 등을 구부리고, 머리를 숙이고, 어깨를 움츠리고, 굽힐 수 있는 건 다 굽히겠지. 솔직하게 얘기해줄게, 그런 건 해결책이 될 수 없어. 브래지어를 배꼽에 한다고 네 키가 작아 보이겠어?

　네가 키가 큰 것 때문에 고민하는 동안 키가 작은 아이도 걱정이 많다는 것을 알 거야. 그런 애들은 너를 보고 키가 커서 모델 같다고 부러워하잖아? 그러면 너는 얼굴이 빨개지면서 꼭 그렇지도 않다고 주절주절 설명하겠지만 그 아이들을 이해시키기는 힘들지. 유명 수퍼모델들 중에는 사춘기 때 키가 너무 커서 너처럼 고민한 사람들이 많았대.

　키가 크다고 항상 좋은 것만은 아니란 것을 알아. 저 높은 찬장에 있는 과자를 의자 없이 내릴 수 있다고 다 모델처럼 잘 빠진 몸매를 한 건 아니니까. 그렇지만 키가 크다면, 지금 네가 말랐든 통통하든 간에 생크림이 듬뿍 발린 케이크를 좀 먹는다고 크게 걱정할 것 없어. 1~2kg쯤 살이 더 쪄도 별로 눈에 안 띌 테니까.

쑥쑥 자라는 키에 어울리는 날씬한 몸매를 만들려면 운동을 시작해. 팔다리를 자극하면서 움직임을 느끼고 몸을 유연하게 하는 데 도움이 될 거야. 만일 키가 급속하게 자라고 있다면 오랫동안 심한 운동은 하지 마. 장기적으로 조금씩 꾸준히 관리하는 게 우선이니까.

힘들기는 하겠지만 내가 해줄 수 있는 조언은 인내심을 가지고 기다리라는 거야. 지금은 네가 다른 애들보다 빨리 자라고 있지만 언젠가는 걔들이 널 따라잡을 날이 오겠지.

기운 내! 키가 큰 사람들이 모델이 되는 데는 다 이유가 있어. 키가 크면 옷 입을 때 아주 유리하지. 풍성한 스웨터, 긴 블라우스, 화려한 프린트, 롱스커트, 미니스커트, 반바지, 원피스 등 거의 모든 옷이 다 잘 어울린다는 것! 하지만 한 가지 유의할 점은 키가 큰 네가 옷을 입으면 뭐든지 더 강조되어 보인다는 거야. 조금만 신경 써서 입으면 굉장히 차려 입은 것 같아 보이는 거지. 그러니까 조절을 잘해야 돼. 키가 크면 효과도 극대화되니까.

키가 너무 작은 경우 : 작을수록 더 당당하고 자신 있게!

키가 작으면 느긋하게 생각하기 힘들어. 게다가 주위에서 땅꼬마나 엄지공주라고 놀리면 키 큰 친구들이 정말 부럽지. 하지만 그냥 웃으면서 받아 넘겨. 누군가가 말하길 발이 땅에 닿으면 딱 좋은 키래!

중요한 건 키가 아니라 신체의 비율이야! 180cm에 숏다리인 것보다는 160cm에 롱다리인 편이 훨씬 낫거든. 그러니까 160cm인 여자들 중에서도 180cm 여자들보다 훨씬 보기 좋은 경우가 있다는 거지. 영화감독들은 이런 사실을 잘 알고 있어. 영화 '아멜리에' 에 나오는 오드리 도투 *Audrey Tautou*

의 키가 아주 작고, 페넬로페 크루즈*Penelope Cruz*의 몸매가 빈약하다고 생각한 적 있니? 직접 마주치지 않으면 절대로 모를 거야. 그러니까 아름다움은 키의 문제가 아니야. 365일 하이힐을 신지 않는 이상 키를 속일 수는 없으니까, 다리가 길어 보이게 하는 데 중점을 두도록 해. 다리가 길어 보이는 치마나 원피스를 입고, 상하의가 잘 구분되도록 넓은 벨트를 메고, 허리가 가늘어 보이게 하는 데 중점을 두렴.

키가 작은 네게 좋은 정보! 남자들은 작은 여자들을 좋아해. 키가 작은 네가 옆에 있으면 남자는 당당하고 듬직해 보이거든. 귀엽고 사랑스러운 아기 고양이처럼 행동해. 그러나 발톱을 내세워야 할 때는 망설이지 말고!

간식 _과자, 초콜릿, 빵…. 그렇게 먹는데 살이 안 찌겠어?

밥을 많이 먹으면 살이 찌지. 간식을 먹는 것도 밥을 많이 먹는 것만큼 살이 쪄. 왜 그럴까? 간단하게 대답할 수는 없지만, 분명한 건 간식을 계속 먹으면 세 가지 문제점이 생긴다는 거야.

한 개, 두 개… 그것도 엄청나! | 찔끔찔끔 조금씩 먹는 것도 결국에는 먹는 거야.

사탕 한 개, 초콜릿 한 조각, 음료수 하나, 과자 두 조각. 아무것도 아닌 것 같지만 이걸 다 더하면 불균형적인 식사 한 끼에 해당된단다. 못 믿겠으면 수첩에 하루 종일 네가 먹는 음식을 쭉 적어봐. 그리고 네가 왜 그 음식을 먹었는지 생각해보렴. 배가 고파서, 그냥 먹고 싶어서, 짜증이 나서, 배는 안 고파도 입이 심심해서 먹는 경우가 의외로 많다는 걸 알게 될 거야.

안 먹느니만 못 하다니까 | 간식으로 먹는 것들은 대체로 몸에 해로운 게 많아. 간식으로 토끼처럼 당근을 먹는 경우는 드물잖아? 주로 과자를 먹지. 과자에는 단백질, 비타민, 섬유질 등 우리 몸에 좋은 영양소는 거의 없고 탄수화물과 칼로리만 많아. 다시 말해서 영양학적으로는 좋은 것이 하나도 없으면서 살만 찌게 되는 거지.

초콜릿은 초콜릿을 불러 | 간식은 주로 달콤해. 그래서 세포에 빨리 흡수되는 당분이 많아서 문제야. 당분을 흡수하면 혈액 내의 당분 수치를 유지하는 인슐린이라는 호르몬이 배출돼. 예를 들어 사탕을 한 개 먹으면 사탕의 당분이 혈액 속으로 너무 많이 녹아드는 걸 방지하기 위해서 인슐린이 분비돼. 인슐린이 당분을 혈액에서 세포로 이동시키고, 그 결과 오히려 혈당이 갑자기 낮아지게 되지(인슐린이 제 역할을 다하지 못해서 생기는 병이 당뇨병이야). 하지만 인슐린은 혈액 속에 그대로 남아 있

고 혈당만 낮아지니까 인슐린은 다시 설탕을 요구하게 되고, 그때부터 악순환이 일어나. 다시 단 것이 먹고 싶어져서 설탕을 먹고, 인슐린이 분비되고…, 다시 말해 설탕은 설탕을 부르는 거야. 인슐린의 조절은 그리 간단하지 않기 때문에 이런 문제를 피하려면 제대로 된 식사를 해서 설탕이 체내에 천천히 전달될 수 있도록 하는 게 중요해.

아직도 치과에 갈 거야? | 간식은 몸매를 망가뜨릴 뿐만 아니라 치아에도 치명적이야. 음식을 먹으면 입안이 산성으로 변해서 이가 물렁해지고, 식사 후에 1시간 반 정도 지나야지 산성에서 중성으로 전환되는데 만일 간식을 먹으면 입안이 다시 산성이 되는 셈이지.

12시쯤 점심을 먹는다고 하자. 오후 2시 30분쯤, 막 입 속의 산성이 사라졌을 때 초콜릿을 한 조각 먹는 거야. 그럼 또 다시 입 속이 산성이 되겠지? 오후 4시에 간식을 먹으면 또 다시 산성이 되고, 오후 6시에 음료수를 한 잔 마시면 또 다시 산성이 되지. 그리고 저녁을 먹으면 더 이상 말할 필요도 없어. 결국 오후 내내 입 속이 산성인 상태로 있는 셈이고, 8시간 동안 세균이 달려들어서 이가 썩을 위험이 아주 높아지는 거지. 한 마디로 밥 먹을 때 이외에는 단 걸 먹지 마! 만일 너무 먹고 싶다면 식사를 끝낸 후에 조금만 먹고 양치질을 해. 머리 안 빗고 외출하지 않지? 마찬가지야. 양치질도 안 하고 집 밖에 나가지 마!

만일 네가 정말 뚱뚱하다고 생각되면 '정말' 그런지 한번 생각해봐. 바보 같은 질문이라고? 그렇지 않을 거야. 우선 네가 뚱뚱하다고 생각하는 이유는 대부분 사춘기 때 여자애들의 몸매가 약간 동글동글해서 그런 거야. 뼈가 툭 튀어나올 정도의 깡마른 유행을 쫓아가는 것은 사춘기 시절의 몸을 학대하는 거나 마찬가지야. 그렇지만 의사들이 아무리 정상이라고 해도 대부분의 여자애들은 자기가 너무 뚱뚱하다고 생각해. 잡지에 나오는 뼈밖에 없는 여자들은 대부분 먹는 일 자체를 멀리해서 항상 굶주려 있어. 영화배우 리브 타일러 *Liv Tyler*가 "난 항상 배고픈 것이 정말 지긋지긋해서 제대로 먹기 시작했어요. 이제는 예전처럼 마르지는 않았지만 난 지금 너무 행복해요!"라고 말했다잖니. 사실 몸매를 결정하는 건 단순히 체중이 많이 나가는가 그렇지 않은가의 문제는 아니야. 키, 체형, 지방 분포도, 근육, 이 모든 걸 감안해야 해. 또한 키가 152cm에 젓가락처럼 가느다란 몸매라면 174cm의 안젤리나 졸리 *Angelina Jolie* 같은 탄탄한 몸매가 되는 것은 힘들어. 하지만 날씬하고 우아하고 예쁘면 되는 것 아니겠어?

만일 지금 독하게 마음먹고 살과의 전쟁을 벌이고 있다면, 가장 먼저 할 일은 네가 정말 뚱뚱한지 확인해보는 거야. 가족과 친구, 의사선생님의 의견을 들어보고 체지방 지수(BMI, 다음 박스를 참고해)를 계산해보렴. 의학적으로 심각한 수준의 비만이라면 비만전문병원을 찾아가 원인과 해결책을 찾아야 돼.

전체적으로 뚱뚱하지는 않지만 팔이나 다리만 부분적으로 날씬하게 만들고 싶다면 식습관을 바꾸는 것이 좋아. 하지만 뭐니 뭐니 해도 제일 좋은 것은 운동화 끈을 질끈 묶고 규칙적으로 운동을 하는 거야. 운동은 갓 피어난 튤립처럼 너를 싱싱하게 만들어줄 거야.

BMI (Body Mass Index, 신체질량치수)

BMI는 키와 몸무게를 이용하여 지방의 양을 추정하는 비만 측정법으로, 몸무게(kg)를 키(m)의 제곱으로 나누면 돼.

BMI가 19 미만이면 저체중, 20~24 사이면 정상, 25~30이면 경도비만, 30이상이면 비만이야. 예를 들어 키가 1.60m에 55kg나가는 사람의 경우, BMI가 21.5이지.

$$55 \div 1.60^2 = 21.5$$

BMI가 평균인데도 근육이 적은 사람은 통통하고 말랑말랑한 몸매일 거야. 그런 경우에는 먹는 것을 줄이는 것보다 규칙적으로 운동해서 근육을 키우는 편이 더 효과적이지.

깡마른 체형 _ 나는 과연 건강한 걸까?

네 주변에 바람 불면 날아갈 것 같이 삐쩍 마른 친구들이 많니? 요즘에는 '말랐다'는 것이 어느 정도인지 말하기가 조심스러워. 어떤 잡지에 프랑스 가수 셀린 디온*Celine Dion*의 몸매가 정말 훌륭하다는 기사가 실렸대. 셀린 디온 몸무게가 얼만지 아니? 키는 175cm인데 고작 50kg이래! 이 기사가 나가고 한 독자가 셀린 디온의 BMI를 계산해보라는 항의편지를 보냈어. 일반적인 BMI가 20~24일 때 정상이지만, 셀린 디온은 16밖에 안 됐던 거지! 깡마른 연예인들을 보고 어떤 사람들은 너무 말랐다고 생각하고 어떤 사람들은 아름답다고 생각해. 그러니까 '말랐다'는 것에 대해 선뜻 말하기 힘든 거지.

연예인들이 수단과 방법을 가리지 않고 살을 빼려고 안간힘을 쓰는 걸 보면서 많은 청소년들이 자신의 몸무게에 불만을 가지지. 넌 너무 말라서 고민이니? 다른 사람들이 너무 말랐다고 하면 기분이 나쁘니? 아니면 아무렇지도 않니?

우선은 정말 말랐는지 아닌지에 대한 판단이 필요해. 주변 사람들의 의견을 들어보고, 의사선생님과 상담하다보면 어느 정도 정확한 답변을 얻을 수 있을 거야. 만일 너무 말라서 힘도 없고, 입맛도 없고, 심지어 생리도 안 하는 심각한 경우라면 반드시 진찰을 받아보도록 해.

살이 찌고 싶다면 지금보다 좀더 많이 먹어야 해. 그렇다고 아무거나 막 먹으라는 건 아니야. 아무리 많이 먹어도 살이 찌지 않는 체질이라면 운동을 해서 근육을 키우는 것도 좋은 방법이야.

스스로에게 이런 질문을 해봐. 내가 과연 건강한 걸까? 내 자신을 소중하게 다루는 걸까? BMI 같은 수치보다 더 중요한 건 네 느낌이야. 사람들은 각자 다른 몸을 갖고 태어났어. 어떤 사람은 육감적인 몸매를 갖고 태어났고, 어떤 사람은 깡마른 몸매를 갖고 태어났지. 차이를 인정해야 해.

다른 사람들은 너에게 꼬챙이처럼 말랐다고 하지만, 네 생각에 마르기는 커녕 오히려 뚱뚱하다는 생각이 드니? 그렇다면 넌 네 몸매에 대해 환상을 갖고 있는 것 같아. 이런 경우에는 몸과 마음이 너무 힘들어. 가만히 있지 말고 의사선생님이나 심리상담원을 만나서 왜 그렇게 생각하는지 원인을 알아내야 해. 단순한 몸무게의 문제가 아닐 수도 있어.

식습관 _ 몸을 사랑하는 게 먼저야

살을 빼고 싶다면

20세 이전에는 심하게 과체중인 경우를 제외하고는 먹는 것을 조절하는 게 가장 중요해. 살을 빼는 것은 생각만큼 쉽지 않다는 사실을 유념하고, 살을 빼고 나서 다시 살이 찌는 걸 방지하는 게 정말 중요하다는 걸 기억해.

여름을 앞두고 봄부터 잡지에 쏟아져 나오는 '마법의 다이어트 약!' 같은 광고에 넘어가선 안 돼. 이런 약은 몸에 정말 나쁘거나 따라하기 힘든 경우가 많아. 물론 어떤 것들은 칼로리나 지방함유량이 적어서 좋을 것 같지만 대부분은 효과가 없어. 정말 효과가 있다면 해마다 새로운 다이어트 약이 나올 필요가 없잖아? 심지어 잠깐은 살이 빠지더라도 금세 요요현상이 나타나서 오히려 살이 더 찌게 되는 수도 있어.

우리 몸은 우리가 먹는 음식에 정말 민감하게 반응해. 살을 빼려고 밥을 한 끼 거르거나, 평소에 먹던 음식양보다 훨씬 적게 먹는

다면 우리 뇌는 '어, 요즘 경기가 안 좋은가본데? 나중에는 쫄쫄 굶을지도 모르니까 지금 모아둬야겠어.' 라고 판단하고 다람쥐가 겨울잠을 자기 전에 도토리를 모아놓듯이 평소보다 2배나 많은 양의 지방을 몸속에 저장해둬. 정말 끔찍한 이야기지만, 이런 사람은 매일 일정한 양의 식사를 하는 사람과 같은 양의 프렌치프라이를 먹더라도 허벅지가 2배는 더 두꺼워지는 거야. 그러니까 다이어트를 할 때도 절대로 굶으면 안 돼. 절대 급하게 생각하지 마! 가장 효과적인 다이어트는 천천히 식습관을 바꾸는 거야.

그리고 먹어도 살이 안 찐다는 다이어트용 식품을 너무 믿지는 마. 이런저런 것들을 먹으면 날씬해진다고 현혹하지만 이 세상에 살 빠지는 음식은 없단다. 그리고 '저지방 저칼로리' 라고 써진 음식은 맛을 좋게 하기 위해 설탕을 더 많이 넣거나, 지방을 많이 넣는 경우도 있어. 예를 들어 설탕이 들어가지 않은 초콜릿에는 지방이 더 많이 들어가 있지.

너무 살이 찐 경우가 아니라면, 적게 먹고 많이 움직이는 게 살을 빼는 데 가장 좋아. 점점 먹는 양을 줄이는 거지.

tip 01

단백질은 매일매일 반드시!

단백질은 몸의 골격을 구성하고 조직하는 데 반드시 필요한 영양소야. 고기와 생선에 포함되어 있는 단백질은 날씬한 몸매를 만들기 위해 필요한 작은 벽돌인 셈이지.

천천히, 꼭꼭 씹어 먹기

음식을 소화시키는 초기단계에서 가장 중요한 것은 침이야. 침 속의 아밀라아제라는 효소는 음식을 잘게 분해해주거든. 그러니까 아밀라아제가 활동할 수 있는 시간을 줘야겠지? 그리고 뇌가 배부르게 먹었다는 포만감을 느끼기 위해서는 약간의 시간이 필요하니까 음식을 천천히 먹어야 해. 만일 순식간에 밥을 먹고, 또 커다란 초콜릿 케이크를 먹었다고 해도 뇌가 포만감을 느끼지 못하면 여전히 뭔가 먹고 싶은 느낌이 들 거야. 패스트푸드를 먹는 사람들은 왜 쉽게 살이 찔까? 몇 분 만에 햄버거에 프렌치프라이, 콜라까지 먹어치웠는데도 제대로 먹은 것 같은 느낌이 안 들기 때문이야.

살이 찌고 싶다면

뜨거운 여름이 다가오면 잡지에서는 일제히 다이어트를 특집기사로 써. 대부분은 뚱뚱한 몸매를 날씬하게 만드는 내용이지. 그렇지만 너무 말라서 통통하게 살이 찌고 싶은 사람들도 분명히 있어. 만일 네가 그렇다면 몇 가지 조언을 해줄게.

살이 찌고 싶다? 보통은 과자나 사탕, 소시지, 고기 종류를 많이 먹으면 살이 찌지 않을까 생각하지만 결코 그렇지 않아. 기름진 음식만 먹으면 우선 음식에 대한 거부감이 생기고, 살이 찐다고 해도 몸이 마치 버터처럼 지방으로 가득 찰 거야. 일단 네가 이 정도로 마르게 된 이유가 뭔지, 주로 어떤 음식을 먹는지 잘 생각해보도록 해. 공통적으로 마른 여자들은 연속으로 몇 끼씩 굶기도 하고, 과자 2~3개를 먹고는 배가 부르다고 밥을 안 먹지. 건강하고 날씬한 몸매가 부럽다면 마른 사람들도 지방, 탄수화물, 단백질이 포함된 균형 잡힌 식사를 해야 해.

식사 때가 돼도 배가 안 고프다면 어떻게 할까? 본격적으로 밥을 먹기 전에 단 것을 조금 먹으면 식욕이 생길 수 있어. 과일주스를 한 잔 마시는 것도 효과적이야.

그리고 우리 몸의 골격을 구성하는 단백질을 꼭 먹어야 돼. 식사마다 단백질이 풍부한 고기나 생선을 조금씩 먹고, 밥이나 빵, 감자, 파스타 같은 탄수화물도 먹어 줘야 해. 마지막으로 요구르트 같은 유제품이나 과일을 디저트로 먹으면 좋아. 케이크같이 설탕이 듬뿍 들어 있는 빵도 좋아. 빵은 식욕을 당기고 기분을 좋아지게 만드니까.

그렇다고 먹기 싫은 것을 꾸역꾸역 먹으라는 건 아니야. 한꺼번에 음식을 다 먹기 힘들면 식사 사이에 간식을 먹으면 돼. 너무 바빠서 점심 먹을 시간도 없다면 요구르트, 땅콩, 말린 과일 같은 것들을 갖고 다녀. 말린 살구나 건포도 또는 아몬드, 호두, 땅콩 같은 견과류는 당분과 지방, 비타민, 미네랄이 가득 들어 있기 때문에 진하게 농축된 에너지를 먹는 거나 마찬가지야.

몸과 마음이 모두 망가지게 돼! _ 식사 장애

거식증은 심각한 질병

거식증에 걸린 사람들을 본 적이 있니? 거식증이란 살찌는 것을 두려워해서 아예 먹는 행동을 거부하고 급기야는 배고픔도 느끼지 않게 되는 병이야. 거식증이 있는 사람들은 활동적이지만 먹는 것을 싫어하고, 먹더라도 잠시 후에 다 토해버리기도 해. 가끔 TV나 신문에서 케이트 모스 *Kate moss* 같이 정말 깡마른 모델과 거식증에 대해 이야기하는 것을 본 적이 있니? 미국의 경우, 수천 명의 젊은 여자와 소녀들이 케이트 모스를 닮고 싶다는 이유로 평생을 먹지 않고 거식증에 걸려서 살고 싶다고 할 정도래. 거식증은 심각한 식습관 장애야. 초기에는 단순히 살을 좀 빼고 싶어 하는 정도겠지만, 거식증에 걸리게 되면 살을 빼는 문제는 뒷전이 되지. 아무리 말라도 자신은 여전히 뚱뚱하다고 생각하고, 배고픔과 체중을 자기 마음대로 조절하는 것이 자신의 몸을 지배하는 힘이라고 생각한대.

거식증에 걸리면 자신의 몸에 대해 잘못된 생각을 갖게 돼. 심리적으로 힘들고 고통스럽다는 것을 알려주는 병이지만, 막상 거식증에 걸린 아이들은 자신이 힘든 상태라는 것을 인정하지 않아. 오히려 몸을 마음대로 조절할 수 있는 우수한 사람이라고 생각하지. 심하게 말라가는 것도 자신의 의지를 표현하는 거라고 생각해. 실제로는 몸이 자라지 못하고 있는데 말이야. 자신의 몸을 학대하는 거나 마찬가지기 때문에, 생리가 몇 달이나 멈추는 등 신체의 기능은 점점 나빠져.

거식증은 분명 심각한 병이고 잘못되면 죽을 수도 있어. 거식증에 걸린 사람을 알고 있다면 절대 내버려 둬선 안 돼. 이야기를 해보거나 다른 사람들에게 상의를 해봐.

여자아이들에게 특히 심각한 문제

여학생 100명 중 1명꼴로 거식증에 걸린다고 해. 거식증에 걸린 아이들 중 4~10% 정도는 폭식증세까지 겪고 있지. 대부분 거식증에 걸렸다는 사실을 숨기기 때문에 이 수치가 정확한지는 모르겠지만, 확실한 건 거식증 환자 10명 중에 9명이 여자라는 거야. 이유가 뭘까? 전문가들도 거식증이나 폭식증의 정확한 원인을 잘 몰라. 병균이나 바이러스에 감염되는 것이 아니라 여러 가지 원인이 있는 거지. 하지만 확실한 것은 자신의 몸매와 이미지에 불만을 가져서 거식증이나 폭식증에 걸린다는 거야. 사춘기 때는 이런 문제를 더욱 심각하게 생각할 수도 있어. 또한 외모의 아름다움을 너무나 중요시하는 사회 분위기 때문에 거식증이나 폭식증 환자가 늘어나고 있대. 보통은 남자보다 여자가 외모에 대해 더 신경 쓰는 편이기 때문에 여자 환자가 많은 거라고 생각해.

폭식증은 혼자만의 끔찍한 비밀

폭식증은 한꺼번에 많은 양의 음식을 먹고, 배가 부른 데도 먹는 것을 멈추지 못하고, 무엇을 얼마나 먹어야 할지도 모르는 병이야. 폭식증 하면 흔히 뚱뚱한 여자가 끊임없이 뭔가를 먹고 있는 모습을 연상하곤 하는데, 폭식증에 걸린 사람들은 먹는 모습을 아무에게도 들키지 않는다고 해. 먹고 싶은 욕망을 참지 못하는 걸 부끄러워하기 때문에, 집에 혼자 있을 때 몰래몰래 냉장고에 있는 음식을 다 먹어치우는 거야. 다른 사람과 함께 식사를 하면 적당한 양만 먹지만 살찌는 게 두려워서 먹은 것을 토해버리거나 설사약을 먹는 거지. 어찌되었든 폭식증 환자의 절반 정도는 평균 체중을 계속 유지하기 때문에, 그 사람이 폭식증에 걸렸다는 사실을 알기 힘들어.

폭식증에 걸린 사람은 배가 고파서 음식을 먹는 것도, 식욕이 당겨서 먹는 것도 아니야. 배를 채워야겠다는 억제할 수 없는 욕망 때문이지. 그래서 눈 앞에 있는 걸 모두 먹어버려. 그러면 그 당시에는 기분이 나아지지만, 곧 욕망을 자제하지 못하고 너무 많이 먹었다는 죄책감에 시달리게 되지. 폭식증에 걸린 사람은 자신을 통제할 수 없다는 것을 부끄러워해. 혼자만의 끔찍한 비밀을 가지고 있다고 생각하는 거지.

폭식증에 걸린 사람은 자신에게 문제가 있다는 걸 알아. 그렇다고 치료해야 한다고 생각하는 건 아니래. 별로 심각하게 생각하지 않고 쉽게 그만둘 수 있다고 생각하는 거지. 그러나 폭식증을 완전히 치료하기는 힘들어. 거식증과 마찬가지로 자기 자신에 대한 불만이 쌓여 있다가 엄청나게 많은 음식을 먹는 것으로 표현되기 때문이지. 입으로는 음식을 먹기도 하지만 말을 하기도 하잖아? 폭식증에 걸린 사람이 원하는 건 음식이 아니라 따뜻한 말 한 마디일 수도 있어.

폭식증을 치료하려면 심리상담가의 도움을 받아 원인부터 찾아야 해. 시간이 흐를수록 폭식증은 점점 더 심해지니까, 저절로 나을 거라고 생각하기보다는 적극적으로 대처해야 해.

거식증과 폭식증 둘 다 자신을 학대하는 행동이야

흔히 거식증과 폭식증을 연결시켜 생각해. 거식증에 걸린 사람 중에는 폭식증에 걸렸던 사람들도 있고, 폭식증과 거식증에 한꺼번에 시달리는 사람들도 많아. 전혀 먹지 않거나 너무 많이 먹는 행동은 전혀 달라 보이지만, 이 두 질병은 심각한 정신적 장애가 음식을 통해서 표출되는 것들이야. 폭식증이나 거식증에 걸린 여자들은 대체로 자신감이 없고 자신에 대해서 나쁜 이미지를 가지곤 해. 정신적인 불안함을 해소하기 위해 내면의 공허함을 음식으로 채우려고 하고(폭식증), 몸을 완벽하게 통제하려고(거식증) 하는 거야. 둘 다 자신의 몸과 마음을 학대하는 행동이지.

걱정할 필요 없어! 자신감을 가지라구! _ 빨간 얼굴

얼굴이 쉽게 빨개지는 사람들이 있어. 다른 사람이 자기에 대해 이야기하거나, 남자가 말을 걸어올 때나, 자신에게 이목이 집중되면 마치 딸기처럼 얼굴이 빨개지지. 자기도 모르는 사이에 얼굴은 점점 불타오르는 거야.

얼굴이 빨개지는 이유는 그 상황에 자신이 없고 당황스럽기 때문이야. 객관적으로 봐도 정말 당황스러운 때가 있어. 바지의 엉덩이가 뜯어졌다든지 말이야. 그러나 네 성격 때문에, 과거의 좋지 않은 경험 때문에 자신감을 잃어버린 경우도 있지.

만일 주위에서 네 얼굴이 불타는 고구마 같다고 놀린다면 아무렇지 않게 이렇게 말해. "네 맞아요. 전 얼굴이 잘 빨개져요. 그래서요?" 네 얼굴이 좀 빨개진다고 해서 다른 사람들이 참견할 이유는 없잖아? 또, 현재 내가 어떤 상황에 있는지 냉정하게 파악할 수 있다면, 당황스러운 상황을 무사히 보내고 얼굴이 빨개지는 일도 줄일 수 있을 거야.

난처하고 부끄러운 순간, 얼굴이 빨개지지 않으려면 어떻게 하는 게 좋을까? 일단 네 장점과 특기를 작은 종이에 써봐. 그리고 얼굴이 빨개지려고 할 때 재빨리 그 종이에 적힌 좋은 것들을 떠올리면서 크게 숨을 쉬어. 얼굴이 시뻘겋게 타오르는 건 막을 수 있을 거야.

안경 _ 안경을 써도 여전히 예쁜 걸!

어떤 아이는 안경을 쓴다고 좋아하고, 어떤 아이는 울상을 짓지. 안경을 쓰면 공부벌레, 모범생처럼 보여서 놀림받는다고 싫어해. 물론 안경을 쓰면 튀는 스타일을 하기는 힘들지. 얌전한 금테 안경을 쓰고 댄스가수 같은 스타일의 옷을 입는 건 좀 힘들잖아? 그렇지만 무궁무진하게 많은 모양의 안경테가 있으니까 걱정 마. 네 스타일에 딱 맞아 떨어지는 세련되고 독특한 안경테를 골라보도록 해.

안경을 이용해서 눈매를 더욱 예쁘게 할 수도 있어. 책을 보면 중요한 내용을 색깔 있는 상자 속에 넣잖아? 마찬가지로 안경을 쓰면 안경테 안의 눈이 더 돋보이게 돼. 얼굴 화장은 연하게 하고 마스카라로 눈을 강조해봐.

단 아이섀도는 NO! 눈이 부어 보일 수 있거든.

만일 안경을 쓰는 게 죽어도 싫고 정말 안 어울린다고 생각되면 콘택트 렌즈를 착용하는 것도 하나의 방법이야. 부모님과 안과선생님께 물어봐. 단, 과학자가 실험을 하듯이, 렌즈는 깨끗하고 조심스레 관리해야 돼!

요 점만 없어지면 정말 완벽한 얼굴인데! _ 애교점

애교점이 누구에게나 애교스러운 건 아니야! 얼굴에 난 점을 좋아하는 여자들은 거의 없어. 그렇지만 18세기 프랑스에서는 우아한 멋쟁이들은 남녀 할 것 없이 일부러 까만 천으로 점을 만들어서 얼굴에 붙이고 다녔대. 하얀 피부가 돋보인 대나? 요즘에도 애교점을 좋아하는 사람들이 있긴 해. 점의 역사야 어떻든지 간에 점이 없었으면 좋겠다구? 어떻게 해야 할까? 의학적으로 보면 점이 이상하게 커져서 피부암이 되는 경우도 있지만 극히 드무니까 걱정 마. 점의 색깔이 변하거나 자꾸 커지는 것 같다면 피부과에 가서 점을 빼도록 해. 단지 외관상 보기 싫다는 이유로 점을 뺄 수도 있어. 아프지는 않지만 흉터가 조금 남을 수도 있단다.

점과 햇빛

만일 얼굴에 점이 한 20개쯤 있다면 햇빛을 조심해. SPF지수가 높은 자외선 차단제를 바르도록. 적어도 SPF20정도는 되는 것이 좋아.

털 _ 어쩔 수 없어. 우리는 원숭이의 후손이니까

다리에 숭숭 난 털이 스타킹 사이로 삐죽 솟아오른 것을 보았을 때, 당장 족집게로 뽑아버리고 싶은 충동이 들지 않니? 아무리 털을 뽑고 밀어도 털은 또 나. 어쩔 수 없어. 우리는 원숭이의 후손이니까. 원숭이의 친척이라니 짜증나는 일이야. 털 생각만 하면 차라리 매끈매끈한 풍뎅이의 후손이었다면 좋겠다는 생각이 들 정도인 걸.

인류의 증거, 자연의 선물인 털을 어떻게 해야 할까? 족집게를 들고 다리의 털을 뽑기 전에 네 털에 신경 쓰는 사람은 너밖에 없다는 걸 잊지 마. 일반적으로 남자들은 자기의 다리털을 별로 신경 쓰지 않지만 여자들은 그렇지 않지. 눈에 불을 켜고 다리가 뚫어질 듯 관찰하는 모습이란!

털을 없애는 방법은 여러 가지야. 만일 털이 가늘다면 탈색을 할 수도 있고, 제모크림이나 면도기로 깎아버릴 수도 있고, 레이저나 전기요법으로 영구제모를 할 수도 있어. 각각의 방법마다 가격이나 효과가 다르지. 어떤 방법을 사용하든지 털이 사라진 후 새 털이 자라면서 작은 뾰루지가 생길 수 있으니까 알갱이가 들어있는 각질제거제로 마사지를 해주면 좋아.

탈색

솜털이나 팔에 난 가는 털이 신경 쓰인다면 뽑는 것보다 탈색하는 것이 좋을 거야. 가는 털을 괜히 밀었다가는 더 진한 털이 날지도 모르니까 말이야. 색소를 없애주는 탈색용 크림을 바르고 몇 분 정도 그대로 둔 뒤에 물로 씻으면 간단하지. 입술 위에 수염처럼 난 털에도 효과적이야.

• 사용부위 : 팔, 입술 위, 솜털 전반

면도기나 제모크림

일단 털을 밀면 다음 번에는 더 많이, 더 무성하게 자라난다는 게 문제야. 털이 보이는 족족 밀어버리다간 귀여운 여자애가 아니라 털북숭이 오랑우탄이 될지도 몰라. 어쨌든 면도기와 제모제로 털을 없앨 생각이라면 귀찮더라도 매일 신경 쓸 각오를 해. 면도는 어떻게 하냐고? 일단 면도할 부위에 비누거품을 발라서 면도날이 부드럽게 미끄러지도록 한 다음, 털이 난 반대 방향으로 면도를 하면 돼. 면도를 시작해서 몇 년 정도 계속하면 아무리 바짝 깎아도 피부에 짧고 뻣뻣한 털이 약간 느껴질 거야.

제모크림은 일종의 화학 면도기라고 생각하면 돼. 제모크림을 바르면 털 아래 부분이 화학반응을 일으켜 피부와 분리되는 거지. 크림을 바르고 몇 분 정도 놔둔 뒤에 헹구면 아주 매끈해져. 하지만 제모크림을 바르고 너무 오래 두면 피부에 좋지 않으니까 조심해.

이 두 가지 방법은 특히 지저분한 겨드랑이 털을 제거하는 데 효과적이지. 털의 길이에 크게 영향 받지 않으니까 365일 내내 깔끔하게 유지할 수 있지. 단 매일매일 부지런해야 해!

• 사용부위 : 다리, 겨드랑이 등

털의 뿌리를 뽑는 제모

제모는 털을 미는 게 아니라 아예 뿌리를 뽑는 거야. 왁싱 *Waxing*이라고도 하지. 털이 완전히 뽑히면 뿌리, 즉 모근이 생기고 털이 다시 자랄 때까지 몇 주 정도 걸리기 때문에 그동안은 매끈매끈하게 지낼 수 있어. 몇 년 동안 제모를 계속하면 털이 얇아지고 적어지기 때문에 가격이나 노력에 비해 만족도가 가장 높은 방법이야.

원래 제모는 밀랍이나 설탕을 차게 혹은 뜨겁게 해서 쓰는 건데, 요즘에는 그 대신 젤 형태의 제모제가 많이 나와. 털에 찐득찐득한 젤을 바른 뒤 그 위에 종이 같은 것을 붙여서 털이 난 방향의 반대방향으로 재빨리 떼어내. 털이 젤에 엉겨 붙어 있다가 종이를 떼는 순간 떨어져나가는 원리야. 처음 해보면 떼어내는 순간 꺅! 소리를 지를 만큼 아플지도 모르지만 도자기처럼 매끈하고 예쁜 다리가 부럽다면 약간의 고통은 참을 수 있겠지? 단, 처음 제모를 시도한다면 제품에 적힌 사용방법을 철저히 지킬 것! 혼자서 하기 힘들거나 민감한 부위는 절대 함부로 하지 마. 모근이 뽑히면서 피부에 상처가 날 수도 있어.

• 사용부위 : 다리, 팔, 겨드랑이, 비키니라인

영구제모

털을 한 올 한 올 영구적으로 없애버리는 건 피부과나 전문 피부관리실에서만 가능하고 가격도 비싸. 영구제모의 원리는 털이 자라는 모근의 뿌리 부분, 즉 모낭에 전기를 흐르게 해서 모낭을 파괴하는 거야. 영구제모는 시간도 많이 걸리고 비용도 많이 들기 때문에 코밑의 털같이 작은 부위의 털을 없앨 때 적당해. 영구제모를 하고 싶다면 반드시 허가 받은 곳에서 하기!

• 사용부위 : 아주 눈에 띄는 털

엉덩이에 털이 난 경우

사춘기 때 다리나 팔, 음부에 털이 나는 건 알고 있지만, 생각지도 못한 부위에 털이 나면 당황스럽지? 엉덩이가 바로 그래. 물론 털이 났다고 해서 보이지는 않지만 어쨌든 신경 쓰이지. 그런데 생각보다 많은 여자들이 엉덩이에 털이 났다는 것을 아니? 털이 났다고 해서 네가 돌연변이는 아니야.

가슴에 털이 난 경우

젖꼭지 주변에 털이 날 수도 있어! 너무 부끄러워하거나 이상하게 생각하지는 마. 소독을 잘한 핀셋으로 뽑을 수도 있고 피부과에 가서 영구제모를 할 수도 있어. 단 면도기로 밀거나 제모크림을 사용하지는 말도록. 염증이 생길 수도 있으니까 조심하구. 만일 털이 너무 많이 났다고 생각되면 네 몸에 남성 호르몬이 과도하게 분비되고 있다는 신호일 수 있으니까 산부인과에 가서 진찰을 받도록 해. 호르몬 분비를 정상으로 돌릴 수 있을 거야. 그러면 털도 더 이상 안 자라겠지?

체취 _ 결정적인 매력요소, 나만의 체취를 숨길 필요는 없어!

머리에서 발끝까지 향수를 뿌리지 않아도 사람들은 모두 자신만의 독특한 체취를 가지고 있어. 그렇지만 비누나 향수를 과도하게 사용해서 자신의 체취를 감추고, 나만의 체취가 있다는 사실조차 잊으려고 하지. 하지만 그렇게 하다가는 평생 남자친구를 못 만들지도 몰라! 체취 속에는 이성을 유혹하는 페로몬이라는 것이 있거든.

페로몬은 동물들이 의사소통을 하기 위해 발산하는 물질인데, 사람들도 이성을 유혹할 때는 페로몬을 발산해. 마치 사랑의 묘약 같은 효과가 있단다. 페로몬은 겨드랑이와 음부의 체모 속에서 발산돼. 물론 이성의 겨드랑이에 코를 갖다 대고 킁킁 냄새를 맡지는 않지만 말야.

언젠가 체취와 호감도의 상관관계를 조사한 실험을 했었대. 여러 명의 남자들에게 몇 시간 동안 티셔츠를 입혀놓고, 티셔츠를 벗게 한 후 여자들에게 가져가 체취만으로 호감이 가는 티셔츠를 고르라고 했어. 그 다음 어떤 남자가 무슨 티셔츠를 입었었는지 여자들에게 알려주지 않고 남자들과 데이트를 시킨 후, 누가 가장 마음에 드냐고 물어본 결과! 거의 100%의 여자들이 좋은 체취가 밴 티셔츠의 주인공을 마음에 든다고 했대. 너무 신기하지 않니?

체취에 대해 이렇게 장황하게 설명하는 이유는, 체취는 더럽고 부끄러운 것이 아니라는 얘기를 하고 싶어서야. 물론 일주일 내내 샤워도 안 하고 고약한 땀 냄새를 풍기고 다니라는 건 아니고, 하루에 한 번 정도씩만 깨끗이 씻으면 충분하다는 거지. 그러니까 데이트 약속이 있는 날에는 향수를 너무 진하게 뿌리지 마!

팬티에 뭔가 흐물흐물한 액체가 묻어 있던 적이 있니? 무슨 병에 걸린 것이 아닐까 걱정도 되지만, 사실 그렇게 걱정할 일이 아니야. 냉은 이상한 것도 아니고, 더러운 것도 아니니까.

냉이란 질에서 나오는 투명한 분비물로 마르면서 하얗게 돼. 질의 내부는 자정활동을 위해 재생이 잘 되는 점막으로 덮여 있는데, 냉은 그 점막의 일부가 떨어져 나오는 거야.

냉 분비는 사춘기 때 시작돼. 생식능력을 관장하는 에스트로겐이라는 여성 호르몬이 분비되면서 나오거든. 그러니까 냉이 있다는 건 네 몸이 제대로 활동하고 있다는 증거지. 하지만 냉이 나올 때 따갑거나 가렵거나 냄새가 난다면 산부인과에 가서 진찰을 받는 게 좋아. 참고로 꽉 끼는 청바지를 입었을 때 질 입구가 자극되기 때문에 냉이 더 많이 나와.

세상에서 가장 무서운 곳, 그 이름 치과! _ 충치

하얗고 가지런한 예쁜 치아도 좋지만 그 전에 충치부터 없애야지? 꼬마도 아닌 숙녀가 충치 때문에 찡그리고 다니지 않으려면 이제부터 하는 충고를 잘 기억해두길! 충치는 유전적 요인, 세균, 산성도 때문에 생겨.

유전적 요인 ｜ 부모님께 튼튼한 이를 물려받았으면 다시 한 번 감사드리고, 약한 이를 물려받았다면 어쩔 수 없지 뭐. 사실 유전적인 요인은 바꾸기 힘들어. 불소성분이 어린애들의 이는 튼튼하게 만들 수 있지만, 청소년들의 경우에는 좀 늦었다고 할 수 있지.

세균 ｜ 생각만 해도 끔찍한 일이기는 하지만 입은 우리 몸 중에서 가장 지저분한 곳이야! 입 속에는 세균이 득실득실한 거지. 아침에 일어나면 자기 전에 이를 닦았는데도 입 냄새가 나지? 바로 세균 때문이야.

산성도 ｜ 입 속의 침은 보통 중성이나 약산성이지만 음식을 먹으면 산성으로 변해. 특히 설탕을 먹으면 더 그렇지. 침이 산성으로 변하면 이를 감싸고 있는 에나멜이 부식하면서 이가 녹아내리는 거야. 구체적으로 생각해볼까? 점심 때 샌드위치와 설탕이 듬뿍 발린 도넛을 먹었어. 음식이 섞이면서 화학작용이 일어나 침이 점점 산성으로 변해. 산성이 된 침은 이를 감싸고 있는 에나멜을 살살 녹이고, 그 공간을 노리고 지저분한 세균이라는 놈이 폭신한 이에 자리를 잡고 번식하는 거야. 세균에 감염되면 이가 아프기 시작하고 충치가 생기지. 빨리 치료하지 않으면 이는 점점 더 썩어서 곪아 버리고 말 거야.

아침에 먹은 밥알들이 이 사이에 끼어서 이를 녹이고 있다고 생각하면
너무 지저분하지? 이런 끔찍한 생각에서 해방되고 싶다면 밥이나 간식을
먹은 후에 꼭 이를 닦아. 이를 닦을 때는 잇몸에서 시작해 이가 있는 쪽으
로 닦도록. 음식물 찌꺼기가 이 사이로 몰리게 하지 않으려면 위에서 아래
로 칫솔질을 하는 게 올바른 방법이야. 치과치료는 아프기도 하고 비용도
많이 드니까 평소에 관리를 잘하는 게 가장 좋아.

<h2 style="text-align:right">교정기를 해도 얼마든지 매력적일 수 있어 _ 치아교정</h2>

치아교정은 정말 짜증나! 하지만 예뻐지기 위해서는 피해갈 수 없는 일이
야. 옷을 사려면 돈을 내야 되는 것처럼 예뻐지기 위해서 그만큼의 대가를
치러야 해. 지금은 창피하고 짜증나겠지만 2년만 기다리면 치약광고의 모

델처럼 가지런한 이를 드러내면서 활짝 웃을 수 있을 거야. 가지런한 치아는 미남미녀의 필수요소 같아서 연예인들도 치아교정을 많이 해. 이를 전부 뽑아서 새로 해넣은 사람도 있을 정도지.

교정기를 해도 전혀 이상하게 보이지 않을 거야. 교정

기를 했는데도 매력적으로 보이는 아이들이 얼마든지 있잖아? 우선 교정기를 깨끗하게 관리하는 것이 가장 중요해. 빨갛고 파란 음식물 찌꺼기가 끼어 있으면 얼마나 보기 싫겠어? 그러니까 결벽증에 걸린 사람처럼 교정기를 깨끗하게 관리하고 양치질을 꼼꼼히 하도록 해. 입술이 트면 보기 싫으니까 립글로스 같은 입술보호제도 자주 발라주고. 교정할 때도 조금만 노력하면 예쁘게 보일 수 있단다. 자기 자신을 사랑하고 끊임없이 가꾸는 여자라면 입 안에 철사를 좀 두른다고 해도 예뻐 보이는 법이야.

나도 이제
사랑 시작!

좋아하는 마음 _ 그는 과연 나를 사랑할까?

남자와 여자의 감정이 2차 방정식처럼 깔끔하게 떨어진다면 얼마나 좋을까? 사람들의 감정, 특히 이성간의 감정은 도저히 예측할 수도, 가늠할 수도 없어. '저 애가 나를 사랑할까?' 세상에서 가장 어려운 방정식이라도 이 질문에 답하는 것보다는 쉬울 거야. 네가 맘에 들어 하는 남자애가 너만 보는 것 같아도 혹시 나만의 착각은 아닐까, 말을 붙여 봐도 좋을까 가슴이 터질 듯이 고민될 거야. 심장은 콩닥콩닥 뛰다 못해 목구멍까지 튀어 올라올 것 같고, 도대체 어떻게 해야 할지 정말 난감하지. 그 애가 정말 나를 좋아하는지는 분명하게 알 수 없어. 왜냐면 모든 것이 나만의 해석에 달려 있기 때문이야. 그애의 태도나 말을 네 멋대로 해석하기 시작하면 실수할 확률도 높아진단다.

　예를 들어보자. 네가 맘에 들어 하는 S군이 화학시간에 자꾸 네 쪽을 돌아보고 있어. 넌 '오홋! 내가 오늘 좀 예쁜가 봐?' 라고 생각할 수도 있겠지만, S군이 네 쪽을 쳐다보는 이유는 단지 화학기호 표가 네 머리 쪽 벽에 있기 때문일 수 있지. 그래도 희망을 가져. 보통 남자애들은 여

자애들을 생각할 때 간단하게 두 가지 경우로 나눈대. 좋아하는 여자애, 아니면 좋아하지 않는 여자애. 널 좋아하는지는 알아채기 힘들지만, 암만 봐도 널 좋아하지 않는 경우라면 일찌감치 마음을 접는 게 좋아. '저 애가 날 보고 웃는 것이 날 좋아해서 그런 걸까?' 라고 고민하기보다, '다른 친구들에게도 원래 잘 웃어주는 걸까?' 라고 냉철하게 생각해보렴. 자, 그럼 두 번째 예를 들어보자. S군이 수업시간에 화학공식을 못 받아 적었다고 저녁 내내 너한테 전화를 한 거야. 네게 전화를 한 이유가 널 좋아하기 때문일까? 선뜻 대답하기 힘들어. 하지만 '나한테 손톱만큼의 관심도 없으면서 저녁시간 내내 화학공식 때문에 전화를 할까?' 라고 객관적으로 생각해봐. 대답은 당연히 'No!' 지. 한 반에 학생이 40명이 넘는데 그 중에 15명쯤은 S군이랑 친한 애들일 거고, 그 중 5명은 우리 반의 10등 안에 드는 아이들인데, 너를 좋아하는 게 아니라면 공부 잘하는 자기 친구들에게 전화하지 않겠니? 그러니까 S군도 너랑 통화하고 싶어 하는 게 거의 확실하다고 볼 수 있지!

넌 우정, 걘 사랑? _ 남녀 간의 우정

한 남자와 한 여자가 순수한 관계의 친구일 수 있을까? 이 질문에 대해 어떤 사람들은 '당연하지!' 또 다른 사람들은 '절대 불가능해!' 라고 대답할 거야. 남녀 간의 얽혀 있는 감정들을 이해해보기 위해 '남녀 간의 우정' 이라는 큰 틀에서 한번 살펴볼까?

소꿉친구 관계 ㅣ 어릴 때는 같이 게임도 하고, 인형놀이나 소꿉장난을 하면서 재미있게 지냈었지. 하지만 넌 이제 소녀가 되었고 모든 게 달라졌어. 사춘기 때는 이성에 대한 관심이 높아지면서 소꿉친구와의 관계가 서먹해지기 마련이야. 하지만 여러 가지 가능성이 있다는 것을 잊지 마! 여전히 사랑 혹은 우정이라는 이름으로 서로를 좋아하는 건 사실이니까.

불균형적인 관계 ㅣ 넌 그애를 순수하게 친구로 좋아하는데, 그 애는 너를 사랑한대! 아니면 네가 그애를 좋아할 수도 있겠지. 이런 관계는 사랑의 감정이 없는 한쪽에게 애인이 생기면 끝나버리는 경우가 많아. 내 애인의 '가장 친한 친구' 라는 사람이 사실은 자기 애인을 짝사랑한다는 것을 알면 세 사람의 상황이 복잡해지겠지.

우정과 사랑사이 ㅣ 단짝 친구사이에서 둘도 없는 연인사이로 발전할 수도 있을 거야. 처음에는 우정으로 시작했지만 점점 사랑이 섞인 우정에서 진실한 사랑으로 발전해가는 거지.

여러 명의 이성친구 ㅣ 가끔 보면 여자친구들보다 항상 남자친구들과 어울려 다니는 여자애가 있지? 그건 관심 있는 남자에게 접근하기 위한 그애만의 비법이라 할 수 있지. 남자친구들 중 좋아하는 한 명이랑 사귈 수도 있지만, '누가 누구랑 사귀다가 며칠 만에 깨

졌대!' 같은 소문의 주인공이 되고 싶지 않기 때문에 그애는 '남자' 친구보다 남자 '친구'를 원하는 거야. 어느 쪽을 선택하든 그애 맘이지 뭐!

진짜 친구 관계 ㅣ 아주 드물기는 하지만, 멋지지 않니?

남자의 마음을 사로잡는 여자

내가 좋아하는 그애의 마음을 사로잡아 그의 시선을 끌고 싶고, 그애의 관심을 독차지하고 싶지? 그럼 자기 자신부터 사랑하고 존중해야 해. 사람은 누구나 무조건적으로 남에게 사랑 받고, 남의 마음에 들고 싶어 한단다. 요즘엔 여기저기서 '남자에게 매력적인 여자가 되어야 한다', '섹시함으로 승부해야 한다'는 등의 이야기를 많이 하다 보니 우리도 당연히 그렇게 되어야 한다고 생각하기 쉬워. 하지만 이건 잘못된 생각이야. '섹시한 여자가 돼야지!' 해서 하루아침에 섹시한 여자가 되는 것도 아니고, 또 모든 남자에게 매력적으로 보일 필요도 없어.

생물학적으로 보면 생리를 시작하면 동시에 신체적으로 성숙한 여자가 돼. 하지만 정신적, 육체적으로 진정한 여자가 되기 위해서는 앞으로 몇 년은 더 걸릴 거야. 어떻게 보면 준비의 시간을 가지는 셈이니까 다행이지. 하지만 15세 소녀도 얼마든지 예쁘고 멋지고 세련될 수 있어. 조급해하지 마. 당장에 성숙한 여자가 되는 것은 아닐지라도, 그때까지 여유를 가지고 나 자신을 가꿔가는 거야.

앞으로 점점 성장하면서 네 자신을 사랑하는 아름다운 여자가 되어간다면, 널 사랑하고 아끼는 남자를 꼭 만나게 될 거야. 그러면 그 사람의 마음을 사로잡고 싶고, 매력적인 여자로 보이고 싶어서 섹시하고 육감적인 옷을 입을 수도 있겠지. 아주 자연스럽게 그렇게 될 거야. 달콤한 노래 가사처럼 인생은 아름답고, 사랑이 활짝 핀다는 뜻을 마음속 깊이 느끼게 되겠지!

상대방의 감정 _ 내가 좋아하는 사람도 날 좋아했으면!

내가 정말 좋아하는 사람이 나를 좋아하게 만들려면 어떻게 해야 할까? 네 친구들이 모두 모여서 밤새 토론을 해봐도 특별한 비법이 있는 것은 아냐. 사랑이란 초콜릿 케이크처럼 조리법이 있는 것이 아니거든. 답도 없고 공식도 없다는 거지. 그렇지만 그의 사랑을 얻기 위해서 해도 되는 일과 절대로 해서는 안 되는 일 정도는 있어.

Do! 해도 돼 | 조금씩 서로 알아가도록 해. 일반적인 인간관계의 측면에서 본다면 사랑이란 사람 사이의 좋은 만남이야. 그러니까 사랑도 일단은 '만나야' 이루어지지. 그애를 만날 때마다 눈도 마주치지 못하고 도망가버린다면 그와 아무리 멋진 사랑을 꿈꿔도 절대로 이루어질 수 없어. 일단 상대방에게 나를 알리려면 같이 일을 한다거나, 함께 있을 수 있는 시간을 가져야겠지? 단, 권투선수를 좋아한다고 해서 같은 체육관에 다닐 필요는 없음!

얼굴에 온통 멍이 든 여자를 좋아할 사람은 별로 없을 테니까.

Don't! 절대 안 돼 | 수단과 방법을 가리지 않고 상대방의 관심을 끄는 행동은 절대 안 돼. 안 봐도 뻔해. 남자가 눈을 동그랗게 뜨고 얼굴이 하얗게 질려서 슬금슬금 너를 피할 거야. 학교에서 가장무도회를 한다고 그애가 좋아하는 토끼로 분장할 필요는 없다는 거야. 네가 어떤 사람인지 알리는 데 주력해. 네가 그에게 필요한 사람인지는 상대방이 판단할 일이지, 네가 어떻게 할 수 있는 건 아냐. 사랑을 쟁취하기 위해서 주변의 전문가와 상담할 필요도 없어. 사랑은 전쟁이 아니니까. 만일 그애가 네게 필요한 상대이고, 또 너도 그애에게 필요한 사람이라면 굳이 노력하지 않아도 너에게 넘어올 거야.

나 너 좋아해! _ ## 고백하기

넌 그애를 좋아해. 세상 모든 사람들이 놀린다고 해도, 하늘이 두 쪽 난다고 해도 그것만은 확실해. 목소리만 들어도 가슴이 콩콩 뛰고, 그애가 보이면 기절할 것 같지만 뭐라고 말을 건네고 싶어. 네 마음 다 알아. 그렇지만 서두르지 마!

만일 상대방이 아무것도 눈치 채지 못하고 있다면, 네 빨간 얼굴과 열정적인 고백에 깜짝 놀랄 수도 있어. 소설이나 영화에선 한눈에 반하는 사랑 얘기가 많이 나오지만, 현실에서 사랑이란 서로의 존재를 발견하는 것에서 시작하거든. 얼굴도 잘 모르는 애가 갑자기 나타나 '나 너 좋아해!' 라고 고백해버리면 당황하지 않겠어? 우선은 서로 알아가는 시간을 가져야 돼. 사랑은 비슷한 취향과 생각을 가지고 둘만의 느낌과 추억을 만들어가는 과정이야. 서로를 알아갈 수 있는 기회를 만들기 위해 그애와 친구들을 모아 놀이공원을 간다거나, 영화를 보러 가. 자연스러운 자리를 만들라는 거지.

네가 푹 빠진 그애가 네 감정을 눈치 채고 있는 것 같거나, 이미 잘 아는 사이라면… 그래, 과감하게 고백하는 것도 나쁘지 않아. '나 너 좋아해!'라고 쪽지를 써봐. 그애도 생각할 시간을 가질 수 있게. 직접 얘기하는 것이 쑥스러우면 그애에게 사랑스런 눈길을 보내거나 활짝 웃어봐. 벌써 데이트하는 사이라고? 뭐 하는 거야? 빨리 뛰어가서 좋아한다고 외쳐!

연애편지 _ 언제 어떻게 써야 하지?

오랫동안 가슴 깊은 곳의 사랑을 표현한 연애편지들은 사람들의 마음을 감동시켰어. 나폴레옹이 그의 연인 조세핀에게 보낸 편지들을 엮어 책을 만들기도 하잖아. 사랑의 말은 소리가 되는 순간 공중에 사라지지만, 편지는 사랑의 언어를 글자로 표현해 영원히 존재하게 해주지. 낭만적이지 않아?

그렇지만 요즘에는 연애편지를 잘 쓰지 않는 것 같아. 좋아하는 사람에게 편지를 써도 될까? 물론 써야지! 하지만 편지를 받는 상대방을 잘 골라야 돼. 연애편지는 네 인격과 깊은 감정이 드러나는 것이라서, 받는 사람에게 너의 내면을 보여주는 거지. 그럼에도 그애가 너의 편지를 받고 당황하거나 비웃을 수도 있어. 그애가 나쁜 애라서 그런 것만은 아니야. 아직 너의 마음을 온전히 받아들일 수 없으니까 조금 거리를 두려고 그러는 거지. 그러니까 눈물로 쓴 연애편지는 아무에게나 주는 게 아니야. 네가 지금 만나고 있는 남자친구? 그애라면 좋아! 네가 짝사랑하는 남자친구? 그건 좀 생각해봐야지. 잘 모르는 사람인데 데이트하고 싶은 사람? 그건 절대 안 돼!

연애편지를 쓸 때는 너무 고민하지 말고 일상적인 말들을 쓰면 돼. 일단 네가 하고 싶은 이야기를 연습장에 한 번 정리해보고, 네 감정을 가장 잘 표현할 수 있는 단어들을 찾아. 아름다운 시를 인용해도 좋고, 유명한 연애편지나 유행가의 가사를 인용하는 것도 좋아(단, 남자친구에게 출처를 밝히는 것이 창피당하지 않는 방법이겠지?).

네가 연애편지를 받은 경우에도 그 사람의 감정을 받아들일 수 없다고 비웃으면 안 돼. 다른 사람에게 그 편지를 보여주면서 널 좋아하는 사람이 있다는 걸 자랑하고 싶겠지만 참아. 네게 편지를 보낸 사람은 놀림을 받을 거고, 너한테도 특별히 득이 될 게 없어.

사귀는 사이 _ 우리, 언제부터 사귄다고 말할 수 있는 걸까?

사실 단순한 친구사이를 넘어 이성친구로서 사귄다는 건 단순히 같이 논다는 의미가 아니야. 네 살짜리 여자애가 남자친구와 '데이트' 한다는 건 같이 간식을 먹으러 간다는 거겠지. 또 너의 할머니에게 '데이트' 라는 건 찻집에서 마주보고 조용히 커피만 마시는 것을 말하는 걸 거야. '사귄다' 는 건 사람에 따라 생각하는 것이 모두 달라.

한 가지 확실한 건 남녀가 사귀고, 데이트를 한다는 것은 서로에게 호감이 있고, 서로 사랑하거나, 적어도 서로 사랑하려고 노력하고 싶은 사이라는 거야. 사랑은 함께 만들어가는 것이라잖아? 상대방은 나와 다른 존재이기 때문에, 데이트를 하면서 상대방을 탐색하고 알아갈 수 있어. 같이 영화를 보거나 음악을 들으면서 자기의 취향을 공유하기도 하잖아. 신체적으로도 상대방을 알고 싶어서 만지기도 하고 안기도 하지. 지금 남자 친구에게 당장 달려들라는 건 아니야. 손을 꼭 잡고 나란히 길을 걸어가는 것도 훌륭한 데이트지. 시간이 흐르면서 자연스럽게 발전할 거야.

저녁에 데이트하기 | 주말 저녁에 그애와 영화를 보러 가고 싶은데 부모님이 나가지 못하게 한다고? 과연 부모님을 설득시킬 수 있을까? 어쩌면 부모님도 너희에 대해서 모르고 계시는 것이 많을지 몰라. 딸도 점점 성숙하게 자라고 있다는 걸 인식하지 못하고 사랑스러운 딸에게 무슨 일이 생길까봐 걱정만 하시는 거지.

부모님의 걱정을 덜어 드리려면 너도 네 행동에 책임을 질 수 있어야겠지. 세상은 네가 생각하는 것보다 더 복잡하고 무서워. 부모님이 괜히 걱정하는 게 아니란다. 그러니까 잘 알지도 못하는 사람들과 밤새 놀다 오겠다는 무리한 부탁은 아예 하지마. 부모님께 네 친구들은 믿을 수 있는 좋은 아이들이라고 당당하게 말씀드려. 밖에 나갈 때는 누구와 어디에 가는지, 몇 시까지 돌아오겠다고 알려드리고. 네 행동에 거짓이 없다면 부모님들이 널 믿고 통금시간을 조금 늦춰주실지도 몰라. 엉뚱한 곳에 간다든가 거짓말을 할 생각은 마. 진실을 말해도 야단을 맞고, 거짓을 말해도 야단을 맞는다면, 처음부터 진실을 말하는 편이 낫지 않을까?

부모님께 네가 더 이상 여덟 살짜리 어린애가 아니란 것을 인식시켜 드려. 그리고 행동으로 증명해야겠지? 네 몸도 깨끗하게 하고, 방 정리도 잘 하고, 독립적으로 행동해. 이제 어엿한 소녀라는 걸 증명해보이렴. 그리고 네가 한 일에 대해서는 솔직하고 당당하게 이야기해. 너는 책임감 있는 사람이니까!

그애가 네 곁에 있을 때 _ **사랑**

사랑에 빠지게 되면 잠잘 때나 눈을 뜨고 있을 때나 몸과 마음에 활기가 넘쳐. 누군가를 진심으로 사랑할 때 비로소 자신이 행복한 존재란 것을 알 수 있지. 그애가 전교에서 몇 등을 하는지, 잘생겼는지, 용돈을 많이 받는지 하는 것들을 친구들이 조잘대도 네 귀에 전혀 들어오지 않아. 누구를 사랑하게 되면 그런 건 중요하지 않거든!

사랑에 빠지면 자동차 소음이 아름다운 노랫소리로 들리고, 햄버거도 진수성찬처럼 느껴지고, 거미줄이 쳐진 창고도 은밀한 궁전처럼 보여. 사랑하면 이 세상 모든 것이 아름다워 보이거든. 네 다이어리에는 같이 여행가면서 끊었던 기차표가 붙어 있고, 네 지갑에는 그 애와 같이 찍은 사진이 들어 있겠지. 머릿속에 온통 그애 생각뿐이야. 생각만 해도 미소가 흐르는 거지!

그애랑 입 맞출 수 있다면 온 동네를 한 발로 깡충깡충 뛰어 갔다 오라고 해도 힘들지 않을 거야. 어둠이나 추위도, 천둥이나 번개도 무섭지 않고, 주위의 시선이나 비난에도 신경 쓰지 않을 거야. 사랑하면 무서운 게 없어지니까. 전화가 오지 않으면 걱정되고, 며칠 동안 못 만나면 울고 싶고, 만나면 헤어지기 싫고, 내가 그애에게 너무 모자란 아이인 것 같아서 두려운 마음도 들어. 별것 아닌 일에도 까르르 웃어대고, 하루 종일 아무것도 먹지 않고 마시지 않아도 배가 하나도 안 고파. 사랑하면 그런 거야. 제 정신이 아니게 돼.

눈은 별처럼 반짝이고 온몸이 긴장되면서, 머리카락이 바람에 날리면 마치 영화배우가 된 것 같아. 사랑하면 아름다워져. '사랑해' 라는 그애의 낮은 목소리에 날개를 달고 날아갈 것 같고, 하루 종일 예쁜 미소를 머금게 될 거야. 사랑에 빠지면 세상에서 가장 행복해지거든!!

네 친한친구의 남자친구를 공원에서 만났어. 그런데 그 남자애가 다른 여자랑 입 맞추고 있는 것을 본 거야! 그 남자애는 분명 잘못을 저질렀고 네 친구는 큰 상처를 입겠지. 그 남자애가 네 친구와 전혀 특별한 사이가 아닌 것처럼 행동하면서 다른 여자를 만나는 거라면 그 남자애는 네 친구와의 사랑을 부정하고 무시하는 거야. 그건 정말 참을 수 없지! 너무 놀라고 당황스럽더라도 침착하게 정리해보자. 그 남자애는 네 친구가 아닌 지금 같이 있는 그 여자를 사랑하는데, 네 친구에게 그 사실을 숨긴 거야. 네 친구와 사귀고 있으면서 그 여자와 사랑에 빠진 거지. 잔인하지만 있을 수 있는 일이야. 사랑은 연약한 것 같으면서도 강렬한 것이거든. 만일 평생 동안 한 사람만 한결같이 사랑할 수 있다고 한다면 인생은 재미없을 거야. 영원한 사랑의 맹세? 과연 맹세가 지켜질지는 아무도 모르는 거지.

다시 친구의 남자친구 얘기로 돌아가자. 친구의 남자친구가 다른 여자한테 반해버렸다는 사실은 네게도 끔찍하고 괴롭겠지. 하지만 인생이란 그런 거야. 물론 그 남자애가 네 친구에게 솔직하게 얘기하지 않은 건 정말 비난받을 만한 일이야. 솔직하다는 건

상대방을 고려한다는 증거거든. 만일 그 남자애가 다른 여자가 생겼다고 네 친구에게 솔직히 털어놨다면, 친구가 그 당시엔 충격을 받고 괴로워하더라도 자신이 존중받고 있다는 걸 느낄 수 있었을 거야. 하지만 거짓말을 하고 사실을 숨긴다는 건 마치 네 친구가 지구상에 존재하지 않는 것처럼 무시하는 행동이지. 친구에게 "네가 너무 아깝다"고 말해줘. 그리고 가만 두지 말라고 그래. 다른 여자를 사랑한다는 것도 충격인데 거짓말까지 해서 두 배로 충격을 받았다고 큰 소리로 따지라고 해! 한바탕 소리치고 나면 속이 후련해질 거야.

헤어지자고 말하기 _ 굳이 못되게 굴 필요는 없잖아?

아, 더 이상 남자친구를 좋아하지 않아. 이젠 끝내야겠어. 슬픈 일이지만 어쩔 수 없지. 남자친구와 사귀기 전 네가 상상했던 것과 현실의 거리가 멀다면? 네가 착각한 거지. 다른 사람들도 그런 경험을 해. 아무리 노력해도 같이 있으면 지루하다고? 네 잘못이 아니야. 지루하지 않은 척하는 것보다는 헤어지는 편이 나아. 더 이상 행복하지 않다는 것을 거짓말로 애써 가릴 필요는 없어.

　헤어지자고 하면 남자친구가 슬퍼하겠지(슬퍼하지 않는다면 다행이지만, 만일 그렇다면 더더욱 헤어져야지). 그러니까 굳이 못되게 굴면서 상대방을 더욱 슬프게 할 필요는 없어. 상대를 더 이상 사랑하지 않는다고 존중하지 않아도 되는 건 아니니까. 확실하게 네 뜻을 전달하되, 입장을 바꿔서 한번 생각해보고 상처를 덜 줄 수 있는 말들을 선택해. 어렵고 힘들겠지만 고비를 잘 넘겨야 해. 용기가 사라진다면 마음을 정리한 후에는 훨씬 상황이 좋아질 거라고 생각해.

헤어지자는 말을 들었을 때

사랑하는 사람이 나를 더 이상 필요로 하지 않아서 나를 버린다는 것은 생각만 해도 너무 슬퍼. 세상에서 가장 슬픈 일 중에 하나일 거야. 실연의 상처를 이겨 내려면 오랜 시간이 걸리지. 너무너무 힘들겠지만 그래도 몇 가지만 기억해두면 힘이 될 거야.

우선 실컷 울고, 그 다음 너와 그애는 헤어졌다는 인식을 해. 현실을 똑바로 바라보는 것이 쉽지는 않을 거야. 그렇지만 매일 밤 혼자서 옛사랑의 사진을 바라보면서 울고 괴로워한다면 실연의 상처를 극복하기 더 어려울 거야.

시간이 흐른 뒤 눈물도 어느 정도 마르고 나면, 너와 그애 사이의 진실한 사랑이 끝났다는 사실을 받아들이기 힘들 거야. 그렇게 사랑을 맹세했는데 그것이 모두 거짓이었을까? 사랑이 끝난 것과 남자친구가 떠난 것이 같은 의미인 듯해도 엄연히 달라. 그애는 떠났지만 너와 그애의 사랑은 사라진 게 아니야. 네 기억 속에 영원히 남아 있을 거야. 슬픈 기억이든 아름다운 기억이든 누군가를 사랑했다는 건 네 인생에서 중요한 사건이고 오늘날의 너를 성숙하게 해주지. 사랑했던 기억은 절대 사라지지 않으니까.

낭만적인 사람 _ 세심하면서도 열정적인 나만의 로맨티스트!

낭만적인 사람은 상대방의 마음을 세심하게 챙겨주면서도 열정적이고, 상상을 잘하지. 혹시 운명적인 사랑을 꿈꾸는 낭만적인 로맨티스트니? 너의 낭만적인 기질을 부끄러워하거나 숨기지 마. 왜 숨겨야 돼? 낭만적인 꿈을 꾸는 것은 큰 행운이야. 때로는 남들의 비웃음을 살 때도 있고, 현실적이지 못한 것 같아서 한심하게 여겨지기도 하지만 말이야. 누구나 아름다운 상상을 하지만 로맨티스트들은 자신의 상상이 현실이 될 거라고 믿어. 나는 어렸을 적부터 멋진 왕자님을 상상해왔고 열여덟 살이 되면 그 왕자님이 나를 데리러 올 거라고 당당하게 말하는 거야. 그게 백마 탄 왕자든 개구리 왕자든 간에! 자신의 꿈을 헛된 공상으로만 생각하는 사람들의 입장에서는 너의 그 굳센 의지에 질투가 날 수 있어. 그래서 속으로는 질투하면서 일부러 비웃곤 하지.

어쩔 수 없는 로맨티스트라고? 당당하게 고개를 들어. 자신의 꿈을 믿는다는 건 용기가 필요한 일이야. 네 꿈이 이루어질지도 모르고 그렇지 않을지도 모르지만, 중요한 것은 네게 확신이 없다면 그 꿈은 절대 이루어지지 않는다는 거야. 눈에 보이지 않고 확신할 수 없다고 그 멋진 꿈을 포기할 거야?

 # 백마 탄 왕자님

신데렐라, 백설공주, 잠자는 숲 속의 공주. 이 동화들의 공통점은 뭘까? 바로 왕자님이 나온다는 거지. 이 왕자님들은 어떤 사람들이었을까? 어쩌면 모두 따분한 타입이 아니었을까?

사실 우리는 왕자님의 이름조차 몰라. 그렇지만 공주들에게는 이름도 있고, 가족이 어떻게 되는지, 성격은 어떤지, 어떤 옷차림을 좋아하는지 세부적인 사항까지 알고 있지. 왕자들에 대한 이야기는 어때? '옆 나라 왕의 아들이고, 멋있다' 는 심심한 표현이 있을 뿐이야. 영화나 소설 속의 백마 탄 왕자님은 어떨까? 대부분 조지 클루니 *George Clooney* 처럼 터프하고 아담 샌들러 *Adam Sandler* 처럼 재밌고 알버트 아인슈타인 *Albert Einstein* 처럼 똑똑한 데다 친절하기까지 해. 하지만 영화는 영화일 뿐이지. 영화 속에서는 이런 멋진 남자가 여자에게 사랑을 바치지만, 현실에서는 여자 쪽이 이런 남자에게 목을 매는 경우가 많아.

백마 탄 왕자는 한 마디로 정의할 수 없어. 그렇지만 영화나 소설에서 나오는 백마 탄 왕자는 실제로 있을 수 없어(잔인하지만 사실이야). 대신 내 사랑을 모두 바칠 수 있고 그만큼 나를 사랑해줄 나만의 백

마 탄 왕자를 찾도록 해. 무슨 말인지 알지?

자, 이제 백마 탄 왕자 얘기는 끝. 왕자님에 대한 상상을 멈출 수 없다면 네가 누군가를 사랑하고 싶다는 의미니까 좋게 생각 해.

가슴이 떨리고 한숨이 저절로 나오고 심장이 두근거리는데 네가 기다리는 그 사람은 아직도 보이지 않아. 도대체 '그'가 누굴까? 영화나 소설 속의 뻔하고 뻔한 그런 왕자 말고, 네가 진심으로 사랑할 수 있는 운명의 남자가 분명히 있을 거야. 인내심을 가지고 네 꿈과 열정을 곱게 간직해. 누가 아니? 내일 아침 등교 버스 안에서 왕자님을 만날지?

특선! _ 남자 친구를 위한 프랑스식 저녁요리

남자친구를 집에 초대하고 싶다고? 너와 남자친구만의 특별한 저녁을 위해 직접 프랑스 요리를 해보지 않을래? 어렵지 않게 간단히 따라할 수 있는 요리 몇 개를 소개할게. 간단해 보이긴 하지만 근사한 레스토랑 요리처럼 애피타이저부터 디저트까지 있어.

음, 어떤 사람들은 남자친구를 위해 요리를 한다는 것에 대해 부정적으로 생각하기도 해. 여자들은 남자들을 위해 요리를 하는 존재일 뿐이냐고, 남성 우월주의라고 할지도 모르겠어. 그렇지만 사랑하는 사람에게 맛있는 음식을 만들어주는 건 최고의 선물이 아닐까? 좋아하는 사람을 위해 맛있는 케이크를 굽는 것은 애정의 표현이니까. 남자친구 집에 놀러갈 때는 그 애에게도 맛있는 것을 만들어 달라고 해봐!

메뉴 • 애피타이저 : 미니 피자
　　• 주 요리 : 레몬 치킨 또는 4가지 허브를 곁들인 스파게티
　　• 디저트 : 쇼킹 러브

● 미니 피자

준비시간 : 10분
요리시간 : 10분
재　　　료 : 식빵 2조각, 으깬 토마토 통조림 1개(통조림 대신 병에 든 스파게티
　　　　　소스도 좋아), 바질 가루 1티스푼(허브의 한 종류야. 대형마트에서 살
　　　　　수 있지만 없으면 생략해도 됨), 얇게 썬 햄 2장, 치즈 2장, 설탕, 소
　　　　　금, 후추 약간

01 캔 속의 으깬 토마토를 냄비에 넣고, 토마토 양의 2배쯤 되는 물을 부어
　　중간 불에서 천천히 끓인다.
02 다 끓으면 불을 끄고 바질을 넣는다. 입맛에 맞게 소금, 후추로 간한다.
03 식빵 위에 소스를 듬뿍 바른 후
04 햄을 얹고 그 위에 치즈를 올리고
05 미리 예열시킨 오븐(오븐토스터도 좋아)에 넣고 치즈가 녹을 때까지 3분 정
　　도 굽는다.
06 세모로 예쁘게 자르면 끝!

※ 토마토소스에 양파, 양송이버섯, 모짜렐라 치즈를 넣어도 맛있어.

● **레몬치킨**

준비시간 : 10분
요리시간 : 15분
재   료 : 닭 가슴살 2조각, 생크림 3티스푼, 레몬즙 2티스푼, 타라곤 가루
(허브의 한 종류야) 1티스푼, 소금, 후추

01 180°로 오븐을 예열해둔다.
02 닭가슴살을 가로 3cm, 세로 1cm로 얇게 저민 다음 오븐에 넣을 수 있는
그라탕 그릇에 담는다.
03 생크림과 레몬즙, 타라곤을 잘 섞은 다음 소금과 후추로 간을 보고
04 닭고기 위에 3번의 소스를 뿌린 다음
05 10~15분 정도 오븐에 노릇노릇 굽는다.

※ 식빵이나 바게뜨빵에 올려서 먹으면 정말 맛있어!

준비시간 : 15분
요리시간 : 8~10분
재　　료 : 스파게티 200g, 닭고기 육수 1컵, 양파 1개, 올리브 오일 3티스푼,
으깬 토마토 통조림 1개(없으면 병에 든 스파게티 소스도 좋아), 설탕
1티스푼, 민트 가루 1티스푼, 바질 가루와 파슬리 가루 각 2티스
푼, 다진 마늘 1티스푼, 소금, 후추 조금씩

01　닭고기 육수에 소금을 조금 넣어서 준비한다. 스파게티를 넣을 수 있는 큰
냄비를 준비한 뒤 물을 넉넉히 받아서 끓을 때까지 기다린다.

02　그동안 양파를 채 친다. (주의! 양파를 썰 때는 눈이 매워서 눈물을 흘릴 수 있
으니까 물안경을 쓰면 예방할 수 있음! 단 남들이 웃어도 책임 안 짐!)

03　깊고 오목한 프라이팬에 올리브 오일을 두르고 먼저 양파와 마늘을 볶는
다. 그 사이에 냄비의 물이 끓으면 스파게티를 넣되, 스파게티는 약간 덜
익은 듯 삶은 것이 중요! 9~10분 정도 삶으면 알맞지만 푹 익힌 면이 좋
으면 더 삶아도 된다.

04　프라이팬의 양파가 익으면 으깬 토마토를 넣고 닭고기 육수 1컵, 설탕, 준
비해 둔 허브를 넣는다. 5분 정도 저으면서 소금, 후추로 간을 한 뒤 소스
가 너무 신 것 같으면 설탕을 더 넣도록!

05　스파게티가 다 익었으면 건져 채에 받친 다음 물기를 빼고, 커다란 접시
에 예쁘게 올린다.

06　면 위에 뜨거운 소스를 얹는다.

● **쇼킹 러브**

준비시간 : 10분
요리시간 : 냉동고에서 30분 혹은 냉장고에서 1시간 30분
재   료 : 초콜릿 100g, 가루설탕 30g, 계란 노른자 2개, 버터 60g, 소금, 버
　　　　　　터쿠키 6개

01　초콜릿을 녹이려면 중탕을 해야 한다. 큰 냄비에 물을 넣고 데운 다음 스
　　테인리스나 플라스틱 소재의 오목한 그릇을 띄우고, 그 안에 초콜릿을 넣
　　어 천천히 녹인다.

02　초콜릿이 걸쭉하게 녹았을 때 버터와 가루설탕을 넣는다.

03　냄비에서 초콜릿 그릇을 꺼내 계란 노른자 2개와 소금을 넣는다.

04　버터 쿠키를 비닐에 넣고 잘게 부순 다음

05　그 쿠키 조각을 초콜릿에 넣고 잘 섞는다.

06　초콜릿과 쿠키범벅을 넙적한 판에 평평하게 깐 다름 랩을 덮고 냉동실에
　　넣는다. 위에 무거운 물건을 올려놓으면 모양이 더 깔끔해진다는 사실!

07　30분 후 쇼킹러브가 굳으면 작게 잘라서 접시에 담는다.

※ 쿠키와 함께 아몬드나 호두, 마시멜로, 초콜릿 칩을 섞어도 맛있어.

누구도 가르쳐 주지 않았지만
꼭 알아야 하는
은밀한 이야기

질 _ 얼마나 예쁜지 들여다본 적 있어?

'질' 이라는 말, 사실 자주 하게 되는 말은 아니지? 왠지 말해서는 안 되는 것 같고, 부끄러운 말인 것 같고. 생각해보면, 남자들은 자신의 성기를 보고 싶은 만큼 볼 수 있지만, 여자들은 질을 들여다볼 기회가 별로 없어. 여성의 성기는 보이는 부분뿐만 아니라 신체 내의 감춰진 부분까지 포함한 것을 말해. 감춰진 부분은 자궁, 난소, 나팔관이고, 노출된 부분은 질과 외음부야. 외음부는 질을 감싸고 있는데, 거울을 가지고 들여다보면 대음순과 소음순 사이에 질 입구가 보일 거야. 질은 자궁, 즉 아기 주머니까지 연결되어 있는 좁은 통로야. 질 내부에 있는 신경세포들은 고통과 쾌락에 민감하게 반응하고 질 내부의 점막은 성적인 욕구가 생기면 촉촉해지지.

사람마다 손 그리고 발, 얼굴 생김새가 다르듯이 질도 모두 다르게 생겼어. 질의 길이는 평균적으로 10cm 정도 되지만 정확하게 알기는 힘들어. 일단 질 입구와 질 자체의 크기를 구분하기가 힘들고, 질 전체는 근육과 점막으로 구성된 신축성이 큰 조직이기 때문이야. 그러니까 자궁에서 질을 통해 2~3kg이나 되는 아기가 세상에 나올 수 있겠지? 성관계를 가질 때도 질이 늘어났다가 원래 크기로 돌아와.

자연의 이치는 정말 놀랍지! 질이 그렇게 유연한 기관이 아니었다면 성관계를 가지지도 못할 테고, 아기가 태어나지도 못할 거야.

자위란 혼자 성적 쾌감을 느끼기 위해서 하는 행동이야. 자위는 수음(手淫), 오나니 *Onanie*라고 부르기도 해. 자위는 성적인 즐거움을 위한 행동이긴 하지만 유년기의 연장선상에 있는 행동이래. 무슨 말이냐고? 잘 들어봐.

사춘기가 되어 2차 성징을 일으키는 호르몬이 분비되면 동시에 성적인 욕구도 조금씩 생겨나. 2차 성징이 일어나면 생식기관이 완성되면서 생식 활동을 할 수 있는데, 바로 성생활을 할 수 있는 몸이 되었다는 뜻이지. 그 런데 사춘기가 되기 전에도 성적 쾌감을 느낄 수 있다고 해. 뇌에서 쾌락을 관리하기 때문이지. 뇌는 태어나면서부터 활동하는 기관이라서, 아주 어릴 때에도 사람들은 성적 쾌감을 느낄 수 있는 거야. 단지 기억을 못 할 뿐이 지. 아이들은 엄마 아빠가 부드럽게 몸을 쓰다듬어줄 때, 자신의 성기를 만 질 때 즐거움을 느끼는데, 이런 감정이 성적 쾌감과 관련이 있는 것이래. 그 렇다고 아이들이 성적 쾌감이나 오르가슴을 얻기 위해 이런 행동을 한다기 보다, 자기 몸을 탐색하면서 기분 좋은 감정을 찾는 거라고 생각하면 돼.

자위는 오랫동안 사람들 사이에서 '해서는 안 되는 것'이라고 여겨졌어. 혼자서 자위를 하면 귀머거리가 된다거나, 남자와 잠자리를 가질 수 없게 된다거나 하는 말을 퍼뜨려서 겁을 주곤 했지만 전혀 사실이 아니지. 자위 는 성적인 것에 집착하는 음란한 행동이 아니야.

하지만 자위란 것은 분명 은밀한 주제야. 성적인 이야기를 금기시하는 분위기를 없애야 한다면서 자기 자신과 성생활에 대해 거리낌 없이 말하는 것은 바람직하지 않아. 사회적인 금기와 은밀한 사생활을 혼동해서는 안 돼. 금기는 윤리적인 문제지만 사생활은 자아를 형성하는 중요한 요소잖아. 다시 말해 자위는 자연스러운 행동이지만, 그렇다고 다른 사람에게 떠벌리고 다닐 문제는 아니라는 거지.

성적 욕구와 흥분 _ 성적 욕구와 흥분의 관계

성적 욕구란 쉽게 말해 성관계를 하고 싶은 감정이야. 성에 대한 욕구가 생기면 흥분이 되지만 둘은 좀 달라. 특정 인물에 대해 성적 욕구를 느끼게 되면 그 사람과 키스하고 포옹하고 사랑을 나누고 싶어지면서, 뇌에서는 그와 관련된 이미지가 마구 생겨. 이런 욕구는 성관계를 갖고 싶다는 흥분에서 비롯되는 거야. 뇌에서 성과 관련된 이미지가 생기는 동시에 우리 몸도 신호를 보내기 시작해. 등에 전율이 흐르고 젖꼭지가 단단해지고 아랫배가 따뜻해지지. 보이진 않지만 자궁이 젖으면서 음핵*clitoris*이 수축해. 남자의 경우는 성기로 혈액이 모여들면서 딱딱하게 발기가 되지.

흥분이란 건 식욕과 같아. 하지만 식욕은 음식을 먹으면 사라지지만, 성욕은 식욕보다 강해서 끊임없이 일어난다고 해.

성에 대해 이야기할 때, 사람들은 자신만의 상상력을 발휘해 자신을 흥분시키는 이미지를 갖고 있어. 머리 속에 떠오르는 야한 이미지들을 성적 판타지라고 해. 예를 들면 로켓이 발사하는 장면을 보면 남자의 성기가 떠오른다거나, 자주 들르는 찻집의 웨이터가 알몸으로 서빙을 한다든지 하는 상상 말이야. 자기 의지대로 꿈을 통제할 수 없듯이 성적 판타지도 통제할 수 있는 것은 아냐. 야한 상상을 한다고 자기 자신에게 문제가 있다거나 변태인 건 아니란 거지. 너무 걱정할 건 없어.

일반적으로 사람들은 자신의 성적 판타지를 남에게 말하지 않아. 아주 가까운 사람들에게는 얘기할 수도 있겠지만 자기만의 비밀로 간직하는 게 좋아. 자기만의 비밀이기 때문에 마음껏 상상할 수 있는 거니까. 자신의 상상력을 다른 사람 앞에서 마구 떠벌리는 사람도 있지만 그건 그 사람 사정이고. 사실 성적 판타지는 좀 이상한 경우가 많기 때문에 도저히 남에게 말할 수 없는 것들도 있어. 폭력적인 상상을 할 수도 있지. 여자들의 경우에는 낯선 남자에게 강제로 강간 당하는 상상을 많이 한다고 해. 그렇지만 그런 상상을 한다고 해서 실제로 그렇게 되고 싶다는 의미는 절대 아니야. 상상의 세계와 현실은 별개니까! 그런 상상을 하는 여자들도 만약 실제로 그런 일을 당한다면 엄청난 상처를 받을 거야. 그렇다면 왜 그런 상상을 하는 걸까? 사람들은 모두 폭력적인 면을 가지고 있기 때문이지. 현실에서는 폭력성을 드러낼 수 없기 때문에 꿈이나 상상을 통해서 표현하는 거야.

키스 _ 키스는 자기 방식대로 하는 거야!

키스를 해봤든, 해보지 않았든 모두들 키스를 궁금해해. 아직 키스를 해보지 않았다면 도대체 어떤 것인지 궁금해할 테고, 키스를 해봤다면 제대로 하고 있는 건지 고민하겠지. 그러나 누군가가 키스는 어떤 것이고 어떻게 하는지 묻는다면 선뜻 대답할 수 없어. 왜냐하면 초콜릿 케이크를 만드는 방법이나 음악을 듣는 취향처럼 키스도 자기 방식이 있는 거니까. 한 사람의 키스방법에 대해서도 어떤 사람은 정말 키스를 잘한다고 생각하고, 또 다른 사람은 싫다고 생각하는 거지.

음, 아무리 이런 얘기를 해줘도 별로 도움이 안 될 거야. 말뿐인 얘기는 접어두고, 좀더 실용적인 이야기를 해줄게. 지금부터 말하는 키스는 두 사람의 혀가 닿는 프렌치 키스*French Kiss*, 또는 딥 키스*Deep Kiss*를 말하는 거야. 키스는 동생이나 햄스터에게 뽀뽀하듯이 뽀뽀로 시작돼. 서로의 입술을 포개서 뽀뽀를 하다가 점점 입술을 벌리고 혀가 서로 만나게 되지. 일단 키스를 하기 시작하면 3시간 전에 마늘을 구워먹고 양치질을 안했다는 게 기억나도 이미 늦었어. 사실 키스하는 순간에는 정신이 없을 거야. 일단 혀가 닿게 되면 사람들마다 취향이 다를 수 있는데, 천천히 움직이는 것 정도가 무난하겠지.

중요한 건 억지로 키스를 해야만 하는 것은 아니란 거야. 키스를 하면 성적인 만족을 느낄 수도 있지만 반대로 남자와 키스를 하는 것이 지저분하다고 생각할 수 있으니까! 남자의 혀가 닿는 순간 놀랄 수도 있어. 그렇지만 상대방에 대해 차츰 익숙해지고 진심으로 사랑하는 마음이 생긴다면 키스를 기분 좋게 느낄 수 있겠지. 키스가 어떤 것인지 아직도 잘 모르겠다고? 당연해. 말로 설명하기 쉬운 문제가 아니니까. 키스란 인공호흡처럼 기계적인 게 아니기 때문에 그럴 수밖에 없어. 방법이나 기술에 집착하지 말고 사랑하는 상대방을 알아가는 과정이라고 생각한다면 나머지는 저절로 해결될 거야.

부끄러워도 알 건 알아야지! _ 섹스

서로 호감을 느껴서 한 번 두 번 데이트를 하고, 손을 잡으면서 신체적인 접촉이 늘어나면 키스를 하게 되겠지. 그럼 그 다음에는? 서로 상대방의 몸을 만지고 탐색하다 보면 서로를 원하게 되고 함께 사랑을 나누게 되는 거지. 섹스에는 생각보다 많은 책임이 따라. '해도 된다' 아니면 '하면 안 된다' 라고 너에게 정해줄 수 있는 사람은 아무도 없어. 결혼 전까지 순결을 지켜야 한다는 의견도, 순결이란 여자를 구속하는 것일 뿐이라는 의견도 모두 맞아. 단, 마지막의 결정은 네가 하고, 그에 따른 책임도 모두 네게 있는 거지. 우선은 섹스에 대해 정확히 알고 있는 것이 중요해.

서로를 사랑하는 감정이 타오르면 자연스럽게 몸을 쓰다듬게 되겠지? 이게 애무란 건데, 서로 몸을 만지면서 성적인 쾌락을 즐기는 곳, 즉 성감대를 발견하는 거야. 남자들은 성적으로 흥분하면 성기가 커지면서 딱딱해져. 이걸 발기라고 하지. 여자의 성기는 약간 부풀어 오르면서 질이 축축해져. 남자는 여자의 질 입구를 찾아 성기를 질 내부에 삽입하게 돼. 그러면서 질 입구에 있는 음핵이 자극을 받으면 성적 쾌감을 느낀대. 외음부는 성기의 접촉에 민감하게 반응하고 질 내부는 성기의 압력에 반응한단다. 남녀 모두가 성적인 만족감을 느끼는 거지.

　남자는 흥분을 하면 성기가 커졌다 작아졌다를 반복해. 요도로 정자가 배출되는 것을 사정이라고 한단다. 요도로 정자가 나온다고 해서 소변이 나오거나 하지는 않아. 사정을 하면서 남자들은 절정에 이르는 거지. 여자의 경우 성적 쾌락이 절정에 달하면 오르가슴을 느낀다고 하는데, 음핵이 수축하고 성기 안쪽에서 항문까지 수축을 한 후 온몸이 나른한 상태에 이르는 것을 말해. 남자와 여자가 동시에 오르가슴을 느끼는 건 아니래. 보통 남자는 짧고 격렬하게 오르가슴을 느끼지만, 여자는 길게 여러 번에 나누어서 오르가슴을 느껴.

정말 궁금한 것들

사랑의 소리 ｜ 어떤 사람들은 사랑을 나눌 때 큰 소리를 지르기도 해. 또는 짧은 비명소리나 숨소리를 내지. 어떤 게 정답이고, 어떤 게 좋다고 할 수는 없어. 소리 내지 않을 수도 있는 거지. 보통은 자기도 의식하지 못하는 사이에 자연스럽게 대화를 하거나 속삭이고, 숨소리를 내거나 소리를 지르는 거야. 언제나 자연스러운 것이 중요한 거야.

체위 ㅣ 침대에 누워서 하기도 하지만 여러 가지 자세를 취하기도 해. 이걸 체위라고 하지. 인도의 성 지침서인 '카마수트라'에는 69가지 체위가 있다고 할 정도야. 그렇지만 복잡한 체위로 사랑을 나눈다고 쾌감이 더 커지는 건 아니야. 물론 여기에도 법칙이나 규칙이 있는 건 아니지.

사랑 없는 섹스 ㅣ 사랑하는 사람과의 섹스가 물론 제일 좋겠지만, 많은 사람들이 사랑과 섹스는 별개의 문제라고 생각해. 사랑하지 않는 사람과도 잠자리를 가질 수 있다고 생각하는 거지. 일반적으로 남자들이 그런 경우가 많아. 여자들은 섹스 그 자체보다는 감정을 중요시하는 경우가 많거든.

처음 하면 아프다? ㅣ 처음에는 자기 맘대로 몸이 잘 안 움직여. 그래서 처음에는 여자가 좀 아플 수도 있지. 남자가 여자를 배려하도록, 아프면 아프다고 이야기를 해야 해. 특히 거칠게 구는 사람에게는 꼭 표현을 해야 하지.

긴장을 풀어! ㅣ 사랑을 나누기 전에 긴장을 풀어야 돼. 너무 긴장하면 간지러움을 못 참고 웃어버릴 수 있고, 질 입구의 근육이 긴장해서 성기가 삽입될 때 아플 수도 있단다.

▪ ‧ ‧ 우리나라의 경우 청소년보호법 및 청소년의성보호에관한법률 상의 청소년은 19세 미만이라고 정해져 있어. 19세 이상의 어른이 13세 미만의 미성년자와 성행위를 하거나 성추행을 한 경우라면 미성년자가 동의했다 하더라도 미성년자 강간죄나 강제추행죄에 적용이 돼.

신체적 접촉 _ 내가 싫으면 절대 싫은 것!

남자와 여자 사이의 신체적인 접촉은 상대방의 허락이 있어야 정당한거야. 네가 싫다면 그 어떤 행동이라도 이루어져서는 안 되는 거지. 어떤 여자애들은 남자애들이 어깨에 팔을 올려도 그냥 가만히 있어. 팔을 두르는 게 싫은데도 남자애가 계속 그런다면 "그만해."라고 당당하게 말할 수 있어야지. 아마 그애도 의도적으로 나쁜 마음을 먹은 것은 아닐 거야. 사춘기 때의 남자애들은 자신이 잘 모르는 여자 몸을 알고 싶은 마음에 무례한 행동을 하기도 하거든. 모욕적인 의도가 아니더라도 남자가 자꾸 내 몸을 만질 때, 내가 어떻게 느끼는지가 가장 중요한 거야.

내 몸은 내 것이야. 다른 사람이 내 몸을 어떻게 대해야 할지도 내가 정해야 해. 규칙이 정해져 있는 것은 아니지만, 예를 들어 네가 옷을 갈아입고 있을 때 오빠가 노크도 없이 방문을 활짝 여는 게 싫다면 오빠에게 노크를 하라고 당당하게 말해. 그건 네 권리야. 그러니까 '나의 정숙함'에 대한 기준을 스스로 정하는 거지. 네가 허용할 수 있는 수준을 결정하고 상대방이 그걸 침범하면 "싫어!"라고 단호하게 표현해야 돼. 단호하게 뿌리치기 힘든 경우도 있겠지. 새로 만난 남자친구와 영화를 보러갔는데 자꾸 네 다리를 만지려고 하는 거야. 당장 그만두라고 말하고 싶지만 큰 소리를 냈다간 다른 사람들이 나를 쳐다볼까 걱정되기도 하고, 고리타분하고 성질 나쁜 애로 보일 것 같아서 싫다는 말을 못하고 마는 거지.

스스로 허락할 수 없는 신체적인 접촉은 자신에게 큰 상처가 될 수 있어. 직접 만지지 않아도 야한 농담 같은 불쾌한 말을 듣는 것도 큰 상처가 되거든.

가끔은 주위의 남자들이 이상한 짓을 해서 무서워하는 아이들도 있을 거야. 이럴 때는 두 가지 경우를 구분해서 행동하는 것이 좋아. 또래의 남자애가 자꾸 괴롭힌다면 침착하고 단호하게 그만하라고 말해. 쉬운 일은 아니지만 분명 그렇게 해야 해. 장난이라도 장난의 경계를 분명히 할 필요가 있어. 그래도 그 남자애가 계속 괴롭히면 선생님이나 양호선생님, 부모님께 도움을 청해야 돼. 그애가 이런 행동을 했다고 고자질 하는 것이 아니라, 네가 존중받기 위해서야. 다시 한 번 강조하지만 아무도 네가 원치 않는 행동을 너에게 할 권리가 없단다. 혼자서 끙끙 앓지 말고 용기를 내서 도움을 받아. 만일 너보다 나이가 많은 남자가 널 괴롭힌다면 주위 어른들에게 빨리 도움을 청해야 해. 그 사람이 나쁜 마음을 먹고 너에게 접근한 것일 수도 있잖아? 나이가 어릴 때는 항상 어른이 옳다고 생각할 수 있지만 넌 이제 어른이 되어가는 과정에 있으니까 무엇이 옳고 무엇이 나쁜지는 눈치 챌 수 있을 거야. 믿을 수 있는 어른에게 반드시 도움을 요청해.

NO라고 말하기가 왜 이렇게 힘든 걸까? _ NO 라고 말하기

'NO' 라는 단어는 살아가면서 꼭 배워야 하는 말이야. 하지만 필요할 때에 올바르게 사용하는 것은 생각보다 힘들어. 부모님들은 아이들에게 이것 하지 말라, 저것 하지 말라 지적하면서 교육하지만, 막상 아이들이 "안 돼." 라고 거부해야 하는 때를 가르쳐주시지 않아. 정말 안타까운 일이지.

'싫어, 안 돼, No!' 라는 단어는 네가 원치 않는 것, 네가 받아들일 수 없는 것이 무엇인지 확실하게 해줘. 다시 말해 심리적으로, 신체적으로 너의 영역을 표시하는 방법이야. 전문가들이 말하길, "싫어."라고 말하지 못하고 성적인 학대를 당한 사람들은 그에 대한 충격뿐만 아니라 자신의 정체성에 대한 혼란까지 겪게 된다고 해. 자신의 몸이 자기 자신의 것인지, 아니면 나보다 힘이 센 그 사람의 것인지 혼란을 느끼는 거지.

폭력이나 학대 같은 극단적인 경우를 제외하고도 "싫어."라는 말은 너의 개성과 인격을 드러내줘. 엄마가 네 방의 벽지를 골라왔는데, 넌 맘에 안 들었어. 아무 말 하지 않고 있으면 좋다는 건지 싫다는 건지 엄마가 네 의견을 알 수 없잖아? 싫다고 하지 않으면 앞으로 엄마는 네 의견을 묻지 않으실지도 몰라. 네가 표현을 안 했으니까. 벽지는 작은 일이지만, 앞으로 더 큰 일이 생겼을 때는 어떻게 할래? 너의 진로, 남자친구, 공부 모두 엄마 마음대로 하시게 둘 거야?

왜 "싫어."라고 거부하기 힘든 걸까? 상대방을 기분 나쁘게 하거나 상처를 줄 수도 있다고 생각하니까 그래. 또는 자기 의견을 주장하기가 힘들고, 자신이 강하지 않기 때문에 의견을 말해도 소용없다고 생각하는 거야. 아니면 그 뒤에 일어날 문제가 두렵거나, 생각하기 귀찮거나, 잘 모르기 때문일 수도 있지.

부정적인 의견을 표현할 수 있는 습관을 들여야 해. 단 예의바르고 책임감 있게. 다른 사람의 의견에 대해서 단지 네 마음에 안 든다고 아무런 이유도 없이 거부한다면 다른 사람들의 따가운 시선을 각오해야 할 거야. 하지만 "죄송하지만 싫어요.", "다른 약속이 있어서 곤란해요."라고 당당하게 네 의견과 이유를 밝히면 네 말을 무시할 사람은 아무도 없어. 주위 사람들이 어떻게 생각하는지는 그 이후의 문제야.

진심으로 사랑하는 남자를 위해 _ 처녀성

남자와 성관계를 갖지 않은 여성, 즉 질 내부에 남자의 성기가 삽입된 적이 없는 여자를 처녀라고 해. 질 입구에는 질을 보호하고 있는 처녀막이란 것이 있는데, 섹스를 처음 할 때 남자의 성기가 처녀막을 찢을 수 있어. 그때는 약간 아프고, 경우에 따라 피가 나기도 하지. 모든 여성들이 처녀막을 가지고 있는 것은 아니야. 또는 처녀막에 구멍이 나 있을 수도 있고, 틈이 있는 경우도 있어. 성관계를 가진 후에는 처녀막의 가장자리가 꽃잎처럼 오그라드는데, 프랑스에서는 '처녀성을 잃는다'는 말을 '꽃을 잃는다'라고 상징적으로 표현하기도 했대.

지금도 그렇지만, 과거에는 처녀성이라는 것을 무척 중요하게 생각했어. 결혼할 신부가 반드시 처녀여야만 미래에 태어날 아기의 아버지가 신랑이라는 것을 확신할 수 있으니까 말이야. 아니면 아기의 아버지가 다른 남자일 수도 있다고 생각한거지. 그래서 옛날 프랑스에서는 신혼부부가 첫날밤을 지낸 후, 피가 묻어 있는 이불보를 길거리에 걸어놓았대. 신부가 처녀라서 처녀막에서 피가 흘렀다는 것을 사람들에게 인정받기 위해 그런 거지. 아직도 이런 풍습이 남아 있는 나라도 있대.

많은 여자들이 처녀성을 소중하게 생각해. 진심으로 사랑하는 남자에게 처녀성을 주고 싶어 하지. 또 어떤 여자들은 처녀인 것을 부끄러워하면서 빨리 처녀에서 벗어나고 싶어 하기도 해. 부모님과 선생님, 다른 친구들의 의견도 고려해서 너는 어떻게 할지 결정해. 아무도 너에게 이래라 저래라 강요할 수 없는 일이니까 말이야. 동시에 책임도 네게 있다는 것을 명심해.

첫경험 _ 일생일대의 중요한 사건!

생리를 시작하거나 만 19세가 지나 어른이 되는 것만큼이나 여자로서 중요한 사건은 '첫경험'이라고 할 수 있겠지? 이 세상 모든 여자들이 아마 똑같이 생각할 거야.

물론 첫경험은 무섭고 불안해. 아프거나 피가 나기도 하거든. 또 마음속에서는 인생의 중요한 순간을 겪는다는 생각에 겁이 나겠지. 사실 첫경험과 관련된 단어들도 듣기에 매력적이지만은 않지? 순결을 잃다, 처녀막이 찢어지다, 피를 흘리다…, 더 심한 것들도 많지.

여자들은 첫경험에 대한 두려움 때문에 각기 다른 두 가지 경향을 보인대. 첫째는 잘 알지도 못하는 남자와 첫경험을 하고 싶어 하는데, 단지 첫경험을 빨리 치르고 싶다는 생각 때문이야. 또 하나는 정말 사랑하는 남자에게 자신의 순결을 바치고 싶어 하는 경우지. 어느 것이 옳다 그르다 같은 도덕적인 판단은 네게 달렸어. 너의 생각이 중요한거야.

처음으로 섹스를 하면 아플 수도 있어. 하지만 성적으로 흥분하면 질이 팽창되기 때문에 큰 고통 없이 남자의 성기를 받아들일 수 있어. 처녀막을 통과할 때도 못 느끼는 수가 있지. 남자가 얼마나 여자를 배려하는지, 여자가 얼마나 준비되었는지에 따라 아픈 정도가 달라져. 처녀막이 찢어지면 피가 나는데, 대부분의 경우 출혈이 심하지 않아. 몇 방울 정도? 피가 많이 흐른다고 해서 더 아프거나 문제가 있는 것은 아냐. 그리고 어떤 경우에는 출혈이 없을 수도 있어. 자연스러운 거야.

처음 하게 되면 뭐가 뭔지, 제대로 할 수 있을지 미리부터 걱정되겠지만, 너뿐만이 아니라 남자도 똑같은 고민을 할 거야. 사랑을 나눈다는 건 대화의 한 방식이야. 힘든 점이 있으면 솔직하게 말을 해. 둘 사이를 더욱 돈독하게 해줄 거야. 성적인 즐거움에 있어서는, 글쎄, 사실 처음 할 때는 아무런 느낌이 없을 수 있어. 너무 긴장 했다거나, 서로를 잘 모르니까 그렇겠지. 일단 자기의 몸에 대해서 잘 모르기 때문일 거야.

둘이 함께 느끼는 감정 _ # 성적인 쾌락

인간의 다양한 감정 중에 가장 말로 하기 힘든 게 아마 성적 쾌락일거야. 성적 쾌락은 살아가면서 느끼는 뜻밖의 선물이라 할 수 있지. 잘 알지 못하는 상태에서 받는 선물이기 때문에 더 즐겁다고 할까? 의학적으로 보면 음핵은 여자의 몸에서 가장 민감한 성감대인데, 아주 작은 부분에 신경이 집중되어 있어. 그래서 다른 부분보다 더 민감하게 느낌을 감지하고 성적인 쾌락을 느끼는 거지. 오르가슴의 원천인 수축이 일어나는 곳이기도 해. 수축은 몸이 바짝 긴장할 때처럼 당기는 느낌과 가장 비슷할 거야. 일반적으로 수축은 3~15회 정도 일어나면서 몸 전체로 퍼져나가. 실제로 섹스를 하지 않더라도, 혼자서 야한 상상을 하거나 야한 감정을 느끼는 것만으로도 오르가슴을 느낄 수 있어. 왜냐면 성적인 쾌락을 느끼는 기관은 뇌이기 때문이지.

성적인 쾌락과 오르가슴에 대해서 이렇게 과학적으로 분석하지 않고, 집착하지 않는다면 진정한 즐거움을 느끼게 된대. 사랑을 나눌 때 느끼는 즐거움은 책에서 배울 수 있는 게 아니야. 둘이서 함께 찾아가는 거니까.

tip 01

불감증이 뭐지?

성관계를 가지면서 아무런 쾌락도 느끼지 못하는 것을 불감증이라고 해. 오르가슴을 느끼지 못 하는 경우도 있고, 성적인 즐거움이나 성에 대한 욕망을 느끼지 못하는 경우도 있어. 신체적인 이유나 심리적인 이유 때문일 수 있지. 필요하다면 의사와 상담을 해야 해. 때로는 그 이유가 남자 때문일 수도 있어.

그런데 성적인 쾌락과 오르가슴이 같은 걸까? 꼭 그런 것만은 아니야. 오르가슴을 느끼지 않더라도 쾌락을 느끼고, 즐거움, 행복을 느낄 수 있어. 사랑을 나눌 때 오르가슴을 느끼지 않는다고 해서 즐거움까지 느끼지 못하는 것은 아니란 거지.

피임은 임신을 하지 않고 섹스를 하기 위해 사용하는 방법을 말해. 우선 남자가 쓸 수 있는 것은 콘돔이 있고, 여자가 쓸 수 있는 것은 여성용 콘돔, 루프 같은 것이 있어. 또 여자의 체온변화를 관찰하는 자연적인 방법도 있고, 정자를 죽이는 살정제나 먹는 피임약 등 화학적인 방법도 있지.

여자가 할 수 있는 피임법을 먼저 살펴볼까? 자연 피임법은 여자의 체온을 관찰하는 건데, 임신을 할 수 있는 기간을 체크하는 거야. 이 방법은 사실 100% 안전한 것은 아니라서 조심해야 해. 질이나 자궁에 삽입하는 피임 기구는 나이가 좀 있는 여자들이 써야 안전해. 루프란 것은 자궁 내에 설치하는 장치인데 병원에서 시술하는 거지. 난자가 자궁에 착상하는 걸 막아 줘. 잘못 하면 불임이 될 수 있기 때문에 출산을 해본 적이 없는 젊은 여자에게는 루프를 해주지 않아.

남자가 쓰는 콘돔은 성병의 전염을 막을 수 있는 유일한 기구야. 하지만 피임기구로서의 성공률은 97%밖에 안 돼. 100명 중 3명은 콘돔을 착용한 경우에도 아기를 가질 수 있다는 거지. 하지만 살정제와 함께 쓰면 확실하게 피임을 할 수 있어. 살정제란 일종의 화학약품으로, 말 그대로 정자를 죽이는 효과가 있지. 크림이나 좌약으로 되어 있어.

첫경험 때 10~20% 정도의 여자들이 피임을 하지 않는다는데, 이건 아주 위험해. 처음으로 사랑을 나눈다고 해도 얼마든지 임신할 수 있어. 산부인과 의사나 가족계획센터에 가면 올바른 피임방법에 대해 조언을 받을 수 있어.

콘돔 _ 반드시 쓰도록!

섹스를 할 때는 반드시 콘돔을 사용해야 해. 피임을 위해서 뿐만 아니라, 성병이 생기는 것도 예방할 수 있고, 혹시 모를 에이즈의 위협에서도 안전할 수 있어. 콘돔을 사용한다고 둘 사이의 분위기가 깨지거나 쾌감이 줄어드는 건 아니야. 처음부터 반드시 콘돔을 사용해야 한다는 생각을 하면 별로 문제가 되지 않을 거야. 무슨 일이든 예방이 중요하잖아?

남자가 콘돔을 쓰기 싫어하면 어떻게 하냐고? 아무리 그 사람을 좋아하더라도 절대 관계를 가지면 안 돼. 그 남자에게 알지 못하는 병이 있을 수도 있어. 일단 그 사람이 자신과 상대방을 존중한다면 콘돔을 사용해야 하는 이유를 잘 알거야.

그런데 콘돔은 누가 씌우는 거냐고? 남자든 여자든 상관없어. 사람 마다 선호하는 방법이 다르니까.

콘돔이 도대체 뭐야?

⋯⋄ 콘돔에 대한 두 가지 사실

01 콘돔은 작은 양말처럼 생겼는데, 끝에 조그만 주머니가 붙어 있어. 정자가 분출되면 이 주머니에 모이는 거지.

02 콘돔은 발기한 성기에 씌워.

⋯⋄ 콘돔의 사용법

새 콘돔은 납작하게 말려 있어. 포장을 벗긴 후 조그만 주머니를 바깥쪽으로 해서 성기 끝에 콘돔을 맞춰. 한 손으로 음경(성기)의 끝을 누르면서 다른 손으로는 콘돔을 아래쪽으로 살살 내리면 돼. 중간에 공기가 들어가지 않도록 잘 눌러주는 것도 필요해.

⋯⋄ 주의! 콘돔은 그다지 효과적인 피임도구는 아니야. 콘돔을 잘못 착용하면 임신할 확률이 높아져. 정자가 밖으로 샐 수 있기 때문이지. 콘돔이 찢어진 경우에도 마찬가지야.

사랑하기 전, 콘돔 사용법

01 콘돔이 찢어지지 않게 주의하면서 포장을 뜯고

02 콘돔을 포장지에서 꺼내서

03 끝부분을 누르며 음경 끝에 맞추고

04 조심스럽게 펴서 씌울 것.

※주의 : 정자가 질 속으로 흐르는 것을 막으려면, 사정 후 밑으로 뺄 것.

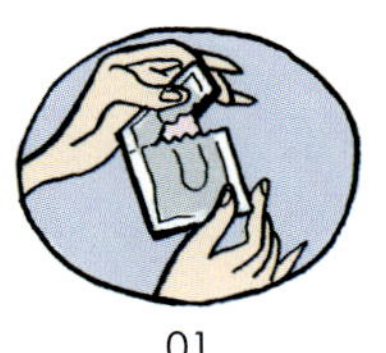

01

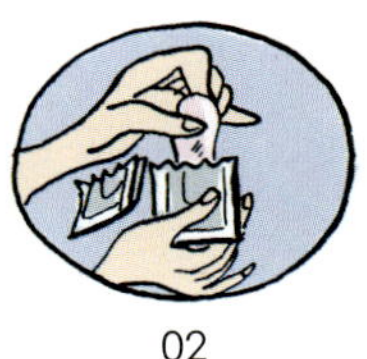

02

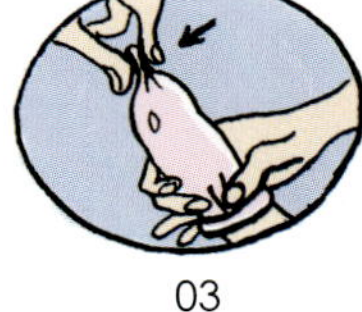

03

04

먹는 피임약 _ 빼먹지 말고 꼬박꼬박

피임약은 난소에서 분비되는 호르몬인 에스트로겐과 프로게스테론을 인공
적으로 만들어서 섞은 거야. 우리 몸속에도 있는 호르몬이지만, 많은 양을
섭취할 경우 이런 반응이 나타난데.

- 배란이 멈추고
- 자궁 내부의 분비물을 줄이기 때문에 정자가 난자까지 거슬러 올라가지
  못하고(물살을 거슬러 올라가는 물고기를 생각해봐)
- 자궁 내의 점막을 얇게 해서 수정난이 자궁벽에 착상할 수 없게 돼.

피임약은 1갑에 21알이 들어 있어. 1갑이 1달
치지. 생리를 시작하는 날부터 먹기 시작해서 하
루에 1알씩 가급적이면 같은 시간에 먹도록. 절대
하루라도 빼먹으면 안 돼. 21일 동안 먹고 7일 동
안은 쉬는 거야. 그러면 보통 생리할 때보다 양이
적은 생리를 하게 될 거야. 7일이 되어서도 생리
가 멈추지 않더라도 8일째에는 다시 약을 먹기 시
작하면 돼.

피임약을 먹으면 살이 찐다고 생각하는 사람도
있는데, 초창기에 개발된 피임약은 정말 살을 찌
우기도 했어. 하지만 요즘 피임약은 그럴 일이 없

고, 부작용도 별로 없어. 살이 조금 찌거나 가슴이 조금 동그래질 수는 있지만 크게 눈에 띄는 변화는 없대. 피임약이 자기와 맞지 않는다고 생각하면 약사에게 물어보고 다른 약으로 바꾸면 되겠지.

피임약을 처음 먹는다면 몸이 적응할 기간이 필요해. 처음에는 메스껍기도 하고 생리처럼 출혈이 약간 있을 수도 있지만 2~3달 꾸준히 먹는다면 다음 달에는 이런 증상이 사라진대.

• • • 한국에서는 의사의 처방전 없이 약국에서 직접 피임약을 살 수 있어.

응급피임약

응급피임약은 피임을 하지 않고 섹스를 한 경우에 먹는 피임약이야. 난자의 배란을 억제해 난자와 정자가 수정되지 않도록 하고, 수정란이 자궁벽에 착상하는 걸 막아줘. 준비 없이 섹스를 하게 된 경우나, 콘돔이 찢어진 경우에 유용하게 사용할 수 있어. 처방전 없이도 구입할 수 있고, 위급한 경우라면 학교 양호선생님에게 부탁하면 돼. 응급피임약이 제대로 효과(75%)를 발휘하려면 성관계를 맺고 24시간 이내에 복용해야 해. 72시간이 지나면 54%밖에 효과가 없어. 보통 2개의 알약으로 구성되어 있는데 성관계를 맺고 가급적 빨리 한 알을 먹고, 12시간 후에 또 한 알을 먹어야 돼.

임신 _ 정자와 난자의 운명적인 만남

사춘기가 되어 2차 성징이 시작되면, 남자는 정자를 생산하고 여자는 난자가 될 난모세포를 난소에 저장해. 남자는 평생 수천억 개에 달하는 정자를 생산하지만, 여자는 태어날 때 100만 개 정도의 난모세포를 가지고 태어나. 사춘기가 되면 오히려 30~40만 개 정도로 줄어들어. 사춘기가 되면 생리가 시작하고, 생리가 시작하기 10~14일 전에 성장한 난모세포, 즉 난자가 난소에서 배출되는데 이를 배란이라고 해. 난자는 나팔관에서 정자를 기다리고 있지. 배란이 일어나기 전에 여자와 남자가 사랑을 나누게 되면, 수백만 개의 정자가 여자의 질에 들어오게 되고(남자의 정자는 쪼그만 올챙이처럼 생겼어), 나팔관을 향해 힘차게 헤엄치지만 대부분은 질 내의 산성에 견디지 못하고 죽고 말아. 가장 건강하고 재빠른 놈들만 나팔관까지 올라가 난자를 만나는 거지. 건강한 정자는 질 속에서 4~5일 정도 살아 있을 수 있어. 난자가 배출된 기간 사이에 난자와 정자가 만나면 수정이 되고, 임신이 되는 거야!

정자가 난자에 달라붙으면 정자는 난자(난자는 세포 중 가장 크기가 커. 지름이 2mm 정도 된다니까!)보다 40배 정도 작기 때문에, 마치 지구를 향해 떨어지는 유성같이 보여. 단 하나의 정자만이 난자의 벽을 뚫고 들어가서 난자의 핵과 결합하고 나면, 난자는 그 외의 다른 정자를 모두 쫓아 버린대. 수정란은 자궁벽에 착상해서 자라고, 아홉 달 후에 아기가 태어나는 거지!

중절수술, 또는 낙태수술은 태아가 28주 동안 완전히 자라기 전에 인공적인 방법을 사용해서 태아를 체외로 끄집어내는 것을 말해. 화학적 방법이나 기계적 방법이 있어. 임신 초기에서 12주까지는 진공 흡입술을 사용하는데, 마취를 한 후 질을 통해 자궁에 튜브를 삽입하고 자궁 내에 있는 태아를 흡입하는 방법이야. 12주가 지나 16주에 이르면 자궁 내의 태아를 떼내는 소파술을 사용하고, 16주가 지나면 분만과 마찬가지로 완전히 성장하지 않은 태아를 강제로 밖으로 끌어내는 유도분만법을 사용해.

중절수술에 대해 처음으로 자세히 알게 되었을 때 기분이 어땠니? 분명 중절수술은 여자의 몸과 마음에 큰 상처를 주는 힘든 일이야. 이성적으로 생각해보면 원치 않는 임신으로 인해 어린 엄마와 앞으로 태어날 아기가 사회에 적응하지 못하는 것보다 나을 수 있어. 하지만 뱃속에 있는 아이도 살아 숨쉬는 존재라는 것을 생각하면 끔찍한 일이지. 낙태수술이 윤리적으로 옳은가 그른가 하는 문제까지는 여기서 다루지 않을게. 하지만 분명히 시간을 두고 진지하게 생각해야 할 문제란 걸 명심해둬.

가장 해주고 싶은 말은, 부모가 될 준비가 전혀 안 된 청소년들이 임신을 하면 성인들과 달리 아이에 대한 책임을 지기가 힘들다는 거야. 만약 중절수술을 한다면 고통스러운 경험 때문에 모든 게 전과 달라질 거야. 어른들은 너무 경솔하게 행동했다고 생각하시겠지. 나름대로 힘든 결정을 내렸고 희생을 치렀지만 말이야. 그러니까 그런 고통스러운 경험을 하지 않으려면 미리 예방을 하고, 만약의 경우에는 반드시 피임을 하라고 말해주고 싶어.

• • • 우리나라의 경우 임신한 여자가 약물이나 기타 방법으로 스스로 낙태한 때에는 1년 이하의 징역 또는 200만원 이하의 벌금에 처하고(형법 269조 1항), 낙태를 한 사람도 같은 형벌을 받게 돼. 원칙적으로 낙태는 처벌되어야 하지만 산모의 생명에 위험이 있다거나, 태어날 아기의 유전적인 장애를 발견했을 때, 혹은 강간 등에 의해 원치 않은 임신을 한 경우는 허가받은 의사에게 중절수술을 받을 수 있어. 미성년자가 낙태수술을 받아야 할 경우 자신의 동의와 법정 보호인(부모님)의 동의가 있어야 해.

성병 _ 감기처럼 별다른 이유 없이 걸릴 수도 있어

우리 몸의 다른 기관처럼 성기도 바이러스나 박테리아 같은 세균에 감염될 수 있어. 성관계를 통해서 전염되기도 하지만, 어떤 성병은 감기나 소화불량처럼 별다른 이유 없이 걸릴 수도 있어. 그냥 자연적으로 걸리기도 한다는 거야.

지금도 그렇긴 하지만, 성병은 오랫동안 수치스러운 질병으로 여겨졌어. 원래 세균이란 청결하지 않은 장소에서 나타나잖아? 특히 사람들이 보기에 특이한 성적 취향(동성애 등)을 갖고 있는 사람들이 주로 성병에 걸렸기 때문이야. 물론 지저분한 곳에 살면 이가 생길 수 있는 것처럼, 잘 모르는 사람들과 복잡한 성관계를 가진 사람은 에이즈에 걸릴 확률이 더 높겠지. 하지만 성병 자체가 충격적인 것이라고 생각하지 마. 그러니까 혹시라도 성병에 걸렸다고 생각되면 혼자 고민하지 마! 의사선생님께 말하는 것이 부끄럽다고? 네가 어떤 경유로 성병에 걸리게 되었든 의사선생님은 윤리적인 판단을 하기 위한 사람이 아니라 네 병을 치료해주기 위한 사람이라는 것을 명심해.

성관계를 통해 병을 얻었다고 생각된다면, 다른 질병과는 달리 너와 네 남자친구가 함께 치료를 받아야 해. 서로에게 균을 옮겼을 수가 있거든. 성병에 걸리면 큰 충격을 받겠지만 그렇다고 너무 걱정하지 마. 나을 수 있는 병이니까. 에이즈 같이 성관계를 통해서 전염되는 성병은 콘돔을 사용하면 피할 수 있어.

에이즈 *AIDS*

에이즈의 정확한 명칭은 후천성 면역 결핍증(AIDS : Acquired Immune Deficiency Syndrome)이야. 면역체계를 파괴하는 바이러스에 감염되었다는 거지. 에이즈에 걸리면 세균에 저항할 수 없어지기 때문에 가벼운 질병으로도 사망하게 돼. 많은 노력으로 효과적인 치료법이 등장하고 있지만 에이즈는 여전히 치명적인 질병이야.

에이즈 바이러스인 HIV 바이러스는 혈액이나 정액, 질에서 나오는 점액으로 감염되지만 타액으로는 감염되지 않아. HIV 바이러스에 감염되면 당장에는 아무런 증상이 없을 수도 있어. 몸속에 잠복하고 있거든. 자신이 HIV 바이러스에 감염되었다는 것을 모르기 때문에 자신도 모르는 사이에 다른 사람에게 에이즈를 감염시킬 수 있어. 그렇기 때문에 꼭 콘돔을 사용해야 돼.

기타 전염성 성병

에이즈뿐만 아니라 다른 종류의 전염성 성병에 대한 관심이 증가하고 있어. 학교의 성교육 프로그램에서 가르쳐주기도 하지만 좀더 자세하게 알 필요가 있어. 다행히 에이즈 이외의 전염성 성병은 치명적이지 않아. 대부분 치료가 가능하고 콘돔을 이용하면 감염을 막을 수 있어.

- 임질 : 임질균에 감염되면 걸리는 병이야. 남자가 임질에 걸리면 소변을 볼 때 아주 따끔거려. 여자에게는 별다른 증상이 없을 수 있지만 나팔관 염으로 발전할 수 있기 때문에 조심해야 해. 남자친구, 여자친구에게 알려주고 함께 치료를 받아야 하지.

- 매독 : 트리포네마 팔리둠균에 의해서 발생하는데, 예전에는 요즘의 에이즈만큼 무서운 질병이었대. 성기뿐 아니라 뇌, 심장, 눈, 코, 귀, 편도선까지 닥치는 대로 망가뜨리는 무서운 병이거든. 요즘에는 항생제로 비교적 쉽게 치료할 수 있어. 매독은 재발할 수 있고, 태아에게 전염된다는 것이 문제야. 위가 쓰린 궤양의 증상이 있고, 피부에 반점이 있는데도 별로 아프지 않다면 병원에서 진찰을 받는 것이 좋아.

- B형, C형 간염 : A형 간염(유행성 간염)은 음식이나 물로 인해 감염되지만 B형, C형 간염은 혈액, 정액, 질의 점액에 의해 감염돼. 에이즈처럼 바이러스에 감염되었는데도 모를 있을 수 있어. B형, C형 간염은 자칫하면 죽을 수도 있는 무서운 질병이야. B형 간염은 백신이 있지만, C형 간염은 아직 백신이 개발되지 않았어.

- 트리코모나스 질염 : 질에서 자라는 기생충으로 초록색 거품이 나고 냄

새가 나는 냉이 나와.

- 칸디다성 질염 : HPV라는 곰팡이의 일종인 바이러스 때문에 외음부에 사마귀가 생기는 병이야. 처음에는 별로 아프지 않지만 시간이 지나면서 근질근질해지지. 항생제 연고를 바르거나 몸에 난 사마귀를 치료할 때처럼 전기요법 혹은 냉각요법을 사용할 수 있어.

- 음부포진 : 헤르페스 바이러스가 일으키는 병인데, 감염도 잘 되고 통증도 심해. 헤르페스 바이러스는 입 주위나 코 안에 감염을 일으키는 바이러스와 비슷하대. 치료는 가능하지만 재발의 가능성이 높고 바이러스가 장기간 몸속에 잠복해 있을 수 있어.

- 클라미디아 : 아주 흔한 박테리아로 초기 증상은 심각하지 않아. 냉이 생기고 소변을 볼 때 불편하고 출혈이 조금 있는 정도지. 하지만 병이 진전되면서 나팔관염으로 발전할 수 있기 때문에 항생제 치료가 필요해.

영화는 영화일 뿐이야! _ 야한 영화

솔직히 말해봐. 네 또래 아이들도 야한 영화나 동영상을 본 적이 있지? 혼자서든지 친구들과 함께든지 한 번쯤은 볼 기회가 있었을 거야. 처음에 그런 영화를 보게 되었을 때 어떤 느낌이 들었니? 친구들에게 아무렇지 않은 척하려고 일부러 무표정한 얼굴로 태연하게 있었니? 이 정도는 아무것도 아니라고 말했어? 하지만 청소년들에게 이런 영화는 가볍게 무시할 수 있는 것이 아니야.

야한 영화(포르노 영화까지 포함해서)와 동영상이 청소년들에게 끼치는 영향에 대해 조사한 결과에 따르면, 영화 속의 자극적인 장면은 그 당시에는 아무렇지 않다 하더라도 머릿속에 남아서 무의식 중에 정신적인 혼란을 불러일으킨대. 바로 여기에 함정이 있는 거야. 야한 영화나 포르노를 볼 정도로 컸다고 생각하지만 꼭 그렇지 않다는 거지. 일반적으로 이성보다 감성이 성숙해지는 데는 시간이 걸려. 그렇기 때문에 야한 영화 속의 장면들이 머리로는 이해될지라도, 감정적으로 100% 받아들이는 데 시간이 필요한 거야. 단지 눈에 보이는 영상에 충격을 받는다기보다, 영상을 보면서 자신의 감정을 조절하기 힘들기 때문에 충격을 받는 거야. 천둥의 예를 들어볼까? 어린아이들은 천둥이 뭔지 알고 있지만, 한밤중에 천둥소리가 들리면 큰 소리와 울림 때문에 감정을 조절하지 못하고 무서워해. 좀더 크면, 천둥소리는 원래 크고 나에게 해를 끼치지 않는다는 것을 알기 때문에 두려움이 줄어들겠지. 그러나 천둥소리와는 달리 네 또래의 아이들은 야한 영화를 처음 보고 충격을 받아도 되도록 감추려고 해. 하지만 놀랐다, 무서웠다, 징그러웠다고 솔직하게 이야기를 하는 편이 감정을 조절하는 데 도움이 될 거야.

야한 영화의 또 다른 문제점은 성과 폭력을 연관시켜서 생각한다는 거야. 영화 속의 여자들은 싫다고 말하지만 진짜 저항의 행동을 하지는 않아. 그래서 그런 영화를 본 남자들은 상대방이 싫다고 할 때도 실제로는 좋아하는 거라고 착각하는 거야. 심지어 강간을 당하는 여자가 울면서 소리치는 걸 보고도 진심이 아니라고 생각하는 거지. 이런 생각은 정말 위험해.

야한 영화는 거짓말투성이

야한 영화는 현실에서 일어날 수 있는 일들을 다룬 것이 아니야. 마음대로 만들어낸 가상의 이야기지. 대부분의 야한 영화는 남자를 위해 남자들이 만든 거야. 이 사실이 중요해. 영화 속에 나오는 여자들은 성관계를 하면서 괴성을 지르고 이상한 행동을 하지? 남자들은 여자에 대해 잘 알지 못하기 때문에 남자들이 원하는 여자의 모습을 영화에 그대로 옮겨 놓은 거야. 여자마다 느낌을 표현하는 방법은 모두 다른데도 말이야. 게다가 영화 속에 나오는 남녀들은 대부분 사랑하는 관계도 아니지. 또 성관계를 너무 과장해. 그렇게 소리를 질러야 좋은 걸까? 아니야. 서로 진심으로 사랑하는 사이라면 표현이 어떻든지는 상관없어.

상대방의 동의를 얻지 않고 하는 모든 성행위 _ 강간

강간은 기습적이거나 위협적으로 상대방을 저항하지 못하게 한 뒤 저지르는 성폭력이야. 상대방의 동의를 얻지 않고 하는 모든 성행위는 강간이라고 할 수 있지. 강간범은 3년 이상 15년 이하의 징역을 선고받는 무거운 범죄야.

강간은 신체적, 심리적으로 피해자(여자와 남자 모두 대상이 될 수 있어)를 파괴하는 행위야. 강간범은 피해자의 몸으로 자신의 욕구를 채움으로써 피해자를 마치 장난감처럼 취급해. 피해자가 아무리 힘껏 저항한다 해도 무기력하게 모욕당하고 더럽혀지는 거야. 그래서 강간당했다는 사실을 수치스럽게 생각하고 신고하는 것을 망설이지. 피해자의 심리적인 고통이 심한 경우에는 누군가가 내 몸을 물건 취급했으니까 내 몸은 물건이다라는 생각을 하기도 한대. 한편 범죄의 순간이 너무 고통스러워서 한 순간 피해자의 의식이 없어져 버리는 경우도 있어. 마치 정신이 나간 것처럼 반항도 하지 않고 무관심하게 가만히 있는 거지. 마음의 충격이 너무 커서 정신과 치료를 받아도 잘 낫지 않을 수 있어.

tip 01

강간을 당했어요…

너무 무섭겠지만 마음을 가라앉히고 즉시 부모님께 말해. 놀라고 충격을 받은 상태이기 때문에 주위에서 널 돌봐주고 치료해줄 수 있는 사람이 필요하거든. 그리고 경찰에도 신고하고. 성폭력 상담은 피해자들이 수치스러움을 느낄 수 있기 때문에 여자 경찰관들이 담당하고 있어. 피해자는 수사를 위해 자신이 겪은 일을 진술하고, 의사의 진찰을 받아. 진찰을 받을 때까지 강간의 흔적이 지워지지 않도록 사고 직후에는 몸을 씻어서는 안 돼.

tip 02

다른 형태의 성폭력 (우리나라의 경우)

강제추행 : 폭력이나 강제력이 수반되는 성적인 행동으로 10년 이하의 징역 또는 1,500만 원 이하의 벌금에 처하는 범죄야.

미성년자에 대한 강간 · 추행 : 13세 미만의 미성년자를 강간하거나 추행하는 경우 피해자가 동의했더라도 강간죄나 강제추행죄를 적용해.

청소년 성매매 : 19세 미만의 청소년에게 금전적인 지원이나 기타 편의를 제공하고 그 대가로 청소년을 성행위의 대상 등으로 삼는 것. 이외에 음란전화, 성기 노출, 음란 영상물 등도 미성년자들을 대상으로 하는 다양한 성폭력에 속해.

통계 수치

우리나라 정부기관의 조사에 따르면

- 성폭력 상담 중 강간이 38%, 성추행이 40%를 차지했고,

- 피해자의 연령으로는 7~13세가 10%, 14~19세가 36%로 미성년자가 전체의 51%이며,

- 가해자는 가족이 8%, 친·인척이 6%, 이웃이 10%였다고 해.

나만의 비밀을 지켜주는 건 나밖에 없어! _ 사생활

너만 아는 너의 비밀이라고 하면 이해가 될까? 네 자아를 이루는 심리적, 신체적 일부라고 할 수 있어. 흔히 은밀한 사생활이라 하면 야하기도 하고 성적인 이미지가 연상되지? 그게 전부는 아냐.

예전에는 은밀한 문제라고 생각하고 이야기하기 꺼렸던 것들이 이제는 별 것 아닌 흔한 일이라는 느낌을 받을 때가 많아. 도대체 뭘 감춰야 한다는 거지? 남들에게 어디까지 이야기해도 될까? 혼란스러워 하거든. 누드사진을 찍거나 가슴이 훤히 보이는 얇은 옷을 입고 TV에 나오는 연예인들도 많고, 남자와 여자가 야한 포즈를 취하고 있는 광고도 흔히 볼 수 있어. 무엇이 은밀한 것인지 뜻을 잃어버릴 지경이야.

하지만 사회·윤리적인 부분을 접어두더라도, 은밀함은 너의 심리적 성장을 위해 꼭 필요한 것이야. 마치 네 몸을 위한 비타민과 마찬가지지. 사람들은 누구나 하나쯤은 자신만의 비밀을 갖고 싶어 해. 자기 자신을 차분히

돌아보고 반성할 수 있는 장소와 시간을 갖지 못하면 혼란스러워 한단다. 너의 모든 것을 다른 사람들에게 공개하면서 발전해나가기 어렵다는 거지.

많은 사람들이 사생활 보호 따위는 고리타분한 것이라고 생각한다 해도, 너의 자아를 보호하고 성장시켜 가는 것은 네 몫이야. 너의 순결이나 너의 생각, 너의 추억은 스스로 가꿔가는 거지.

산부인과 _ 으아, 무섭고 겁나고 창피해!

산부인과는 어른들만 가는 것 같아서 처음 가면 겁이 날 수 있어. 내과나 소아과에 가는 것과는 다른 기분일 거야. 산부인과에 가게 되면 이제는 어린애가 아니라고 할 수 있지. 넌 아직 어른이 아닌 것 같아도 말이야.

겁이 나는 게 당연해. 급격한 신체변화에 어리둥절하기도 하고, 네 은밀한 신체부위를 의사선생님에게 보여주는 것도 창피하고, 아플까봐 겁도 날 수 있어. 그렇지만 걱정할 필요 없어. 산부인과에 처음 진찰을 받으러 가서 옷을 벗고 진찰을 하는 경우는 드물거든. 특별히 외음부나 질에 통증이 있는 경우를 제외하고는 간단한 질문만 하

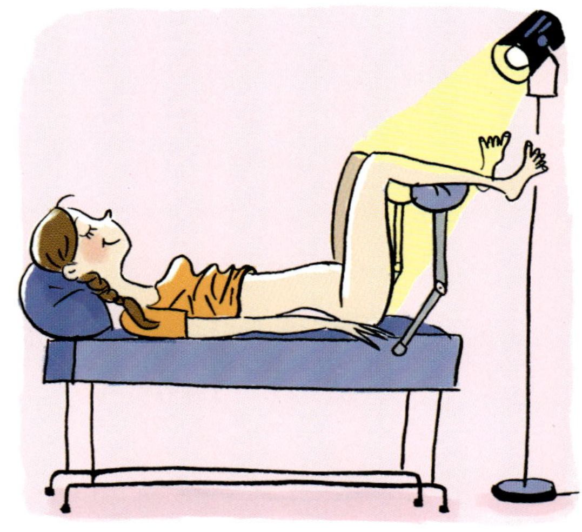

고 끝날 거야. 산부인과를 찾는 청소년의 대부분은 생리통이나 냉, 불규칙한 생리, 피임 때문에 상담을 받는 경우가 많아. 그리고 여자 선생님도 많으니까 창피해할 필요 없어.

진찰을 받으러 가면 의사선생님이 이것저것 질문을 할 거야. 너도 궁금한 게 있으면 질문을 해야 해. 사춘기, 성, 피임 같은 문제는 살면서 네게 많은 영향을 끼치는 것들이지만 복잡하기 때문에 모든 것을 다 알고 있기가 힘들거든. 필요한 정보들을 많이 알려주실 거야.

산부인과 진찰

⋯ 환자의 가슴과 복부를 눌러서 검진하고, 장갑을 끼고 검지손가락을 질 속에 넣어 염증이나 통증, 종기가 있는지 확인해. 때에 따라 오리 부리 같이 생긴 도구를 이용해서 질 내부와 자궁입구를 확인하기도 하지. 좀 차갑기는 하지만 아프지는 않아!

동성애 _ 응, 여자가 더 좋다구?!

동성애는 말 그대로 동성에게 성적인 매력을 느끼는 거야. 평생 동성애 성향을 가질 수도 있고, 몇 달 또는 몇 년 정도에 그칠 수도 있어. 예를 들어 사춘기 때 한두 번 정도 여자친구나 여자선배를 좋아한 적이 있었지만, 그 이후에는 남자친구와 사귀는 사람도 있어.

'나는 남자를 싫어하는 게 아닐까? 내가 여자를 좋아하는 거라면 어떻게 하지?' 다른 친구들처럼 너도 아마 이런 생각해본 적이 있을 거야. 사실 있을 수 있는 일이야. 사춘기 때는 네가 누군지, 뭘 좋아하는지, 누구를 좋아하는지 항상 스스로에게 묻잖아? 아직 완성된 게 아무 것도 없기 때문에 망설이고 당황하는 거지. 네 나이 때의 아이들은 숲 속에 사는 애벌레 같은 상태라서, 나중에 줄무늬나비가 될지 호랑나비가 될지는 아무도 모르는 거야.

모든 사람들은 청소년기를 지나 성인이 되어서도 여성적인 성향과 남성적인 성향을 동시에 가지고 있어. 남자든 여자든 100% 남자 또는 여자는 없는 거야. 여자들이 무서운 영화를 좋아한다든가 목소리가 허스키한 것은 남성적인 면 때문이고, 남자들이 행동을 우아하게 한다거나 감수성이 예민한 것은 여성적인 면 때문이야. 개인에 따라, 환경에 따라 이런 성향이 얼마만큼 드러나는지 달라져. 네가 지금 평범하거나 괴짜이거나 혹은 여성스럽거나 말괄량이거나 네 안에는 여러 가지 성격이 내재되어 있는 거지.

지금은 남자애들과의 데이트에 별로 관심이 없을 수 있어. 그렇다고 네가 레즈비언인 건 아니야. 단지 넌 또래 남자애들보다 더 성숙해서 남자애들이 유치해 보인다거나, 운명적인 러브스토리 속 백마 탄 왕자를 기다리고 있는 건지도 모르지. 네게 관심을 갖고 부드럽게 속삭여줄 수 있는 사람을 원하는데, 네 또래 남자애들은 대부분 이런 데 서툴단다. 사춘기 때의 남자애들은 아직 여자를 잘 모르거든.

우리 집이 좀 그래

가족 _ 지긋지긋하게 사랑스러운 우리 가족

어떤 때는 가족들 때문에 정말 짜증나고 화가 날 때가 있어. 왜 그런 걸까? 그럴 땐 어떻게 해야 하지? 넌 크면서 보고 듣는 것이 많아지고 혼자 할 수 있는 일도 많아지게 돼. 그래서 네 의견과 부모님의 의견이 달라지는 거지. 너는 좋아하지만 부모님이 싫어하시는 스타일의 옷을 입기도 하고, 너는 좋아하지만 부모님이 싫어하시는 음악도 듣고 싶어 해. 독립적인 존재가 된다는 건 쉬운 일이 아니야. 시간과 용기, 엄청난 노력이 필요하지. 독립적으로 행동하는 것이 자신 없다면, 책임감 때문에 모든 걸 다 팽개치고 싶을 때도 있을 거야.

　가끔 가족은 어깨에 지고 있는 무거운 짐과 같아. 가족 간에는 해결되지 않은 오래된 문제, 갈등, 고민, 비밀이 있기 때문에 이런 사실들이 고통스럽지. 하지만 가족은 네게 기쁨을 주고 버팀목이 되어주는 든든한 존재이기도 해. 무엇보다도 가족은 너의 근본이야. 그러니까 가족과 너와의 차이점을 인정할 수 있어야 해. 너와 가족의 의견이 다르다고 해서 서로 싫어하는 건 아니잖아? 너는 엄마 아빠의 딸이기도 하고, 할머니 할아버지의 손녀이면서 언니 또는 누나, 동생이기도 하지? 그러니까 가족의 일원으로서 의무도 다해야겠지. 자기가 필요할 때만 나도 가족의 한사람이라고 주장하는 건 너무 뻔뻔스럽잖아? 가족의 구성원인 동시에 독립적인 사람이라는 걸 인식하는 것이 중요해. 너는 가족도 없이 마냥 혼자 사는 호랑이나 모기가 아니니까 말이야.

언니나 오빠, 동생이 있니? 있다면 몇 명이나 있어? 너도 잘 알다시피 형제자매가 모여 항상 행복할 수는 없어. 부모님들은 제발 사이좋게 지내라고 하시지만…. 어떻게 보면 당연한 거야. 내가 직접 언니나 오빠, 동생을 고른 것도 아니고, 부모님의 관심에서부터 옷, 음식, 교육 등 많은 것을 나누어 가질 수밖에 없는 관계니까. 둘도 없는 사이처럼 친할 때도 있지만, 때론 원수처럼 달려들 때도 있을 거야. 어떻게 하면 형제자매라는 이름의 배가 저 넓은 바다에서 순조롭게 나아갈 수 있을까?

우선 예쁜 구석이 없더라도 좋은 쪽으로 생각해. 형제자매 관계는 사실 오랫동안 같은 추억과 기억을 나눈 관계잖아? 같이 보낸 시간이란 건 무시할 수 없는 거니까. 네가 어떻게 생각하든지 형제자매는 네 인생의 일부야. 영향을 무시할 수 없는 거지. 혹시 언니, 오빠나 동생을 생각할 때 같이 떠오르는 이미지가 있니? 말썽꾸러기 동생, 느끼한 오빠라든지 말이야. 때로는 네가 갖고 있는 이미지 때문에 서로에게 상처를 줄 수 있어. 반대로 너에 대한 특정한 이미지가 있기도 하겠지. 동생이 항상 너에게 잘난 척 그만하라고 쏘아붙이니? 너는 절대 그렇지 않다고 생각하더라도 한번쯤은 동생이 왜 그런 말을 하는지 곰곰이 생각해 봐. 짜증을 내기보다 네가 더 발전할 수 있는 기회로 생각하는 거야.

가족의 테두리 안에서 행복하고 평화롭게 지내려면 각자의 위치를 잘 인식해야 돼. 네 침대, 네 옷장 같이 물건의 위치일 수도 있고, 언니와 동생의 나이 차이처럼 시간적인 위치일 수도 있지. 또 어떤 때는 '집안의 귀염둥이', '든든한 장남' 처럼 정신적인 위치일 수도 있어. 네가 찬성할 수 없는 것이 있다면 가족들에게 이야기해서 모두가 이해하도록 설득하도록 해. 같은 인식이 필요하니까.

언니, 오빠, 동생과 자꾸 싸우게 되는 이유는 뭘까? 대부분은 자리, 역할, 영역에 문제가 생기기 때문일 거야. 예를 들어 나이 어린 동생이 크레파스로 네 책상에다가 공룡을 그려 놓는다든지, 같은 방을 쓰는 언니가 밤늦게까지 친구와 전화로 수다를 떨어서 잠이 들 수가 없다든지. 때로는 엄마랑 단 둘이만 있고 싶은데 항상 언니, 오빠에다 시끄러운 동생까지 같이 있어야 한다면 짜증이 나겠지. 하기 싫은 일을 억지로 해야 한다거나, 너의 영역이 침범당하는 것도 싫을 거야. 동생이 자꾸 네 물건을 아무 말 없이 가져갈 때 화가나지? 네가 제일 크다는 이유로 쓰레기를 버려야 할 때 동생이 밉지? 또 부모님이 나만 무시하고 나에게만 신경을 써주지 않는다고 느꼈을 때 끔찍하지? 괴로워하면서 가만히 있으면 안 돼. 짜증을 내라는 것이 아니라 부모님께 네 입장을 설명하라는 거야. 이 상황을 객관적으로 이해하시도록 같이 이야기를 나눠봐. 해결책을 찾아야 하잖아.

엄마 _ 세상에서 단 하나뿐인 우리 엄마!

너무 가까워서 친구 같은 엄마

엄마가 네 친구나 남자친구에 대해서 관심이 많으시니? 너의 옷 입는 스타일에 대해서 한마디 하실 때도 있어? 가끔 엄마가 학교에 올 때면 친구들이 엄마를 보고 정말 젊어 보인다고 부러워하니? 좀 부끄럽긴 하지만 너도 그런 엄마랑 이야기하고 상의하는 것이 행복하다고?

정말 잘된 일이야. 나이도 많고 경험도 많은 자상한 언니처럼 너에게 조언을 해주고, 너의 고민도 들어주면서 네가 성장하는 것을 도와주실 수 있으니까. 네가 신체적, 정신적으로 성숙해지면서 엄마가 친구처럼 느껴지기도 할 거야. 그렇지만 엄마와 네가 다른 의견을 갖고 있기 때문에 힘들고 난처할 때도 있을 거야. 예를 들어 네가 주말에 제일 친한 친구 집에 놀러가기로 했는데 엄마가 갑자기 그날 가족모임이 있다고 반대하신다면 넌 무척 고민스러울 거야. 친구네 집에 가고 싶지만, 엄마가 실망하시는 것은 보고 싶지 않으니까. 물론 일찍 갔다가 일찍 돌아오면 되겠지만, 앞으로도 이런 일이 일어나면 어떻게 해야 할까? 네게 엄마는 반항의 대상이라기보다 상처를 주고 싶지 않은 친구 같은 사람이기 때문에 엄마에게 싫은 소리를 하기가 힘들어. 마찬가지로 엄마도 마치 너를 소유한 것처럼 네게 남자친구가 생기거나 멀리 떠나는 것을 극도로 싫어하실지도 몰라.

이런 경우 너와 엄마는 너무 가까운 사이라서, 학자들이 말하는 것처럼 '융합' 된 상태에 있는 거야. 너와 엄마가 한몸처럼 붙어 있다는 거지. 이런 현상은 보통 사춘기가 되어 가족과 분리되면서 자아를 찾아가는 과정과 완전히 반대된 거야. 엄마와 딸이 '융합' 된 경우에는 서로 너무 좋아해서 똑같은 생각과 느낌을 가진대. 예를 들어 엄마가 슬퍼하실 때면 딸도 슬퍼한다거나, 그 반대의 경우 말이야. 특히 부모님이 이혼하고 엄마와 딸 단둘이 살거나, 아빠가 너무 바빠서 엄마와 딸만 있는 시간이 많은 경우에 더욱 그럴 수 있어. 딸의 입장에서는 안정감을 느낄 거야. 엄마가 항상 옆에 계시기 때문에 성장에 대한 두려움도 덜 수 있고, 자라면서도 여전히 어린애처럼 행동할 수 있으니까. 엄마 입장에서도 딸과 많은 대화를 나눌 수 있으니까 만족스러우시겠지.

그러나 성인이 된다는 건 부모와는 또 다른 독립적인 사람으로 성장해가는 것을 의미해. 그러기 위해선 너와 부모님이 각각 '다른' 사람으로 차별화되어야 하고, 차별화되는 과정에서는 서로 의견충돌이 생길 수도 있어. 그런데 친구 같은 엄마의 경우에는, 내가 지금 하려는 일이 세상에서 가장 사랑하는 사람을 아프게 할 거라는 걸 알면서 내 의견을 주장해야 한다는 게 힘들어. 가슴 아픈 일이지.

문제가 있다는 걸 인식하는 것은 긍정적인 일이야. 일단은 네가 느끼고 생각하는 바를 잘 정리해봐. 일기장에 써보는 것도 좋아. 그리고 너와 엄마의 관계와 지금 일어나는 문젯거리를 따로 분리해. 엄마한테 이야기할 땐, 엄마를 괴롭히려는 것이 아니라 내 생각을 얘기하는 것뿐이라고 당당히 말할 수 있어야 해. 너를 사랑하는 만큼 다른 의견을 가질 수 있고, 싸울 수 있다는 것을 인정하셔야 하니까.

으악, 우리 엄마! 엄마는 내 얼굴만 봐도 지긋지긋한 잔소리를 늘어놔! 엄마만 보면 정말 짜증나고 화를 참을 수 없어. 뭔가 이야기만 시작했다하면 결국에는 고함을 치고 큰 싸움이 되어버려. 엄마는 널 이해하려고 노력조차 하지 않는 것 같다는 생각이 들 거야. "브래지어를 해야 하지 않을까?"라고 물으면 "조그만 게 무슨 브래지어니! 아무 표시도 안 나잖아." 하고 면박을 주시고, 생리 때문에 걱정하고 있으면 그까짓 것 아무 것도 아니라고 건성으로 대답하시는 것 같지. 정말 이렇게 자식에게 관심 없는 엄마는 절대 없을 거라는 생각이 들 거야. 하지만 일부러 딸을 화나게 하려는 엄마가 있겠어? 단지 귀엽고 조그맣던 딸내미가 이렇게 다 큰 소녀가 됐다는 걸 인정하기 힘들어하시는 거야.

사춘기가 되는 것은 당사자도 힘들지만 부모의 입장에서도 쉽지만은 않아. 몰라보게 성장하는 딸을 보면서 왠지 모를 근심에 싸이지. 딸이 엄마의 도움 없이도 잘 자라는 것을 보면서 엄마는 딸한테 무시당하지 않을까 걱정도 되고, 네가 자란 만큼 당신은 늙었다고 생각하실 수도 있어. 이런 경우에는 차분하게 네 생각을 말하고 다른 사람들의 조언을 듣는 것이 좋아. 그리고 엄마에게 이런 점이 이해 가지 않는다고 털어놓고.

만일 도저히 엄마에게 말할 용기가 나지 않고, 엄마에게 얘기를 해봤자 통하지 않을 것 같다면 슬쩍 엄마와 할머니의 옛날 이야기를 물어봐. 엄마가 너만했을때 어떻게 지냈는지 말이야. 추억에 대해 얘기하다보면 서로 가까워질 거야.

밤에 잠이 안 와 물을 마시러 부엌에 나왔는데, 우연히 엄마와 아빠가 방에서 사랑을 나누는 것을 보게 된 거야. 정말 당황스럽겠지. 창피하고 한편으론 징그럽다는 생각도 들 거야. 하지만 엄마는 어머니인 동시에 한 사람의 여자야. 네가 성숙한 여자로 성장하는 것처럼, 엄마도 아빠라는 남자를 사랑하는 여자란 것을 잊지 마. 네게는 엄마지만 아빠에게는 사랑하는 아내잖아? 그리고 엄마와 아빠가 서로를 사랑하신다는 의미니까 좋게 생각해.

이런 미묘한 문제에 대해서 이야기하는 건 쉬운 일이 아니니까, 귀마개를 사서 부모님 침실에 갖다 놓는 것은 어떨까? 그러면 엄마도 무슨 뜻인지 알아차리고 조심하실 거야.

아빠 _ 말하지 않아도 느낄 수 있는 아빠의 마음

예전 같지 않은 아빠

어릴 때는 아빠랑 잘 놀고, 말도 잘 들었지? 우리 아빠는 이세상에서 제일 멋있고 힘센 남자라고 생각했을 거야. 그런데 사춘기에 들어서면서 아빠가 예전처럼 멋지고 훌륭한 사람만은 아니라는 생각이 들 거야. 이야기도 잘 안하시고, 가끔은 귀찮다고 네게 소홀한 모습도 보이시겠지. 더 이상 아빠를 사랑하지 않는다는 생각이 들 거야. 슬프기도 하고 죄책감도 느끼겠지. 정말 우리 아빠가 변한 걸까?

물론 아니야. 아빠는 네가 태어났을 그때부터 지금까지 전혀 변하지 않으셨어. 아빠를 보는 네 시선이 변한 거야. 네가 어엿한 소녀로 자라는 동안 다른 남자들을 만나고 알게 되면서 아빠가 더 이상 이세상에서 제일 멋지고 힘센 남자가 아니라는 것을 알게 되었을 거야. 예전에는 아빠 같은 사람과 결혼하고 싶다는 생각이 들었지만, 이제는 그렇게 생각하지 않을 수 있어. 아빠의 결점들이 자꾸 눈에 보이는 거지. 네가 이렇게 변하기까지 혼란스러웠겠지만 사실 비정상적인 것만은 아냐.

사춘기 때는 네 몸과 네 마음이 따로따로 제멋대로 변하고 있어. 다시 말해 겉으로 보기에는 다 큰 것 같지만, 속마음은 아직도 아빠에게 매달리며 어리광을 피우고 싶어하는 어린애라는 거지. 부끄러워할 것 없어. 어리광 피우는 것이 어때서! 그리고 아빠의 태도도 예전처럼 자상하지 않은 것 같아서 속상하니? 아마 아빠도 어린 줄만 알았던 귀여운 딸이 어느 순간 숙녀가 된 것을 보면서 많은 생각을 하실 거야. 그러다 보니 너를 대하기가 왠지 조심스럽게 느껴지는 거지. 아빠가 네게 거리를 두는 것 같다고 속상해할 필요 없어. 일시적인 현상이니까. 신체의 성장과 관련된 이야기를 조금 더 할까? 네가 집에서 매일 얇은 잠옷만 입고 다니다가 어느 순간 아빠 앞에서 잠옷 차림으로 다니는 것이 부끄럽게 느껴진 적이 있니? 아빠가 집에 계실 때 네가 티셔츠와 바지를 입고 있으면 괜히 이상하게 생각하실 것 같아서 망설여지니? 일부러 그러지 마. 어린애는 잠옷만 입고 다녀도 부끄럽지 않지만, 다 큰 소녀가 잠옷을 입고 돌아다니는 것이 더 민망해. 네 몸은 나날이 여자가 되어가는 과정에 있으니까 부끄럽고 숨기고 싶은 것이 당연해. 네가 갑자기 다르게 행동한다고 해서 아빠가 충격 받거나 하시지는 않을 거야. 자연의 흐름이니까.

너의 감정적인 변화에는 어떤 생각을 하실까? 딸이 사춘기를 겪으면 아빠도 난감해하셔. 언젠가 네가 여자가 되고 결혼을 하면 널 떠나보내야 하니까, 네가 자꾸 자라는 게 두려우실 거야. 드러내놓고 얘기하지는 않지만 네게 남자친구가 생기면 못마땅해하실 수도 있어. 내가 해주고 싶은 말은 아빠에게 너는 언제까지나 착하고 예쁜 딸이라는 거야!

이혼한 뒤의 아빠

부모님이 이혼을 하셨어. 너는 부모님이 헤어졌다는 것 때문에 괴롭기도 하겠지만 더 이상 아빠와 너 사이가 예전 같지 않을 거라는 두려운 생각이 들 거야. 왠지 아빠가 변한 것 같고 우리 아빠가 아닌 것 같다는 생각이 들어서 원망스럽겠지. 아빠랑 떨어져서 살면 자주 보지도 못하는데, 아빠가 처음 보는 여자와 함께 있는 모습까지 본다면 더 이상 우리 아빠가 아니라는 배신감이 들 거야. 가슴 깊숙이 원망이 쌓이겠지.

아빠의 삶이 변한 건 사실이지만 무슨 일이 있어도 너의 아빠라는 사실은 변하지 않아. 부모님의 이혼 때문에 너의 삶도 변했고 아빠에 대한 너의 시선도 변했을 거야. 너의 우상이었던 아빠에 대한 환상이 깨질 수도 있어. 부모님의 이혼과 아빠에 대한 환상의 파괴. 이 두 가지가 뒤섞여서 머리가 터질 것 같을 거야. 네 인생이 이렇게 뒤죽박죽 된 것이 모두 아빠 탓이고, 부모님 탓이라고 생각하겠지.

일단은 진정하고 문제를 나눠 봐. 이혼 때문에 생긴 문제가 뭔지, 아빠의 새로운 인생 때문에 생긴 문제가 뭔지 차분히 생각해봐. 그리고 아빠에 대한 네 태도가 바뀐 이유를 생각해봐. 할머니나 고모에게 상의해보는 것도 좋아. 아빠의 가족이라면 아빠에 대해서 많은 것을 알고 계시잖아? 만일 아빠가 정말로 변한 거라면 사태를 정확히 파악해서 아빠를 원망하든지 용서하든지 선택해. 문제를 모두 생각해봤으면 아빠랑 툭 터놓고 이야기 해. 아빠의 생각도 들어봐야겠지.

할머니 할아버지

점점 할머니 할아버지 댁에 가서 점심을 먹고 놀다 오는 것이 지겨워지는 나이가 될 거야. 재미도 없고 친구들과 놀고 싶고 아직도 널 어린애 취급하는 것 같다는 생각이 들 거야. 가족 모임이 부담스러워지는 거지.

애가 아니라 이제 다 컸다고? 어엿한 한 사람으로 컸다는 걸 증명해 보여. 할머니 할아버지가 인정하실 수 있도록 네 태도에 변화를 줘봐. 단 너와는 세대가 다른 분들이시니까 조금은 공손하고 얌전하게, 너무 놀라시지 않도록 배려하도록 하고. 세대차이라는 게 있잖아? 네가 할아버지의 옛날 가요를 촌스럽다고 싫어하듯이, 할아버지도 최신 가요를 시끄럽다고 생각하실 거야. 그러니까 할머니 할아버지께 너의 생활에 대해 설명을 해드리렴. 책, 친구들, 취미 같은 것들 말이야. 네가 솔직하게 이야기를 해 드리면 너의 생각을 알고 기특해하실 거야.

엄마 아빠의 옛날이야기를 듣는 것도 재미있을 거야. 오랜 세월 동안 많은 이야기를 보고 듣고 겪으셨으니까, 가족의 옛 이야기를 모두 알고 계시잖아. 너한테 가르쳐주실 게 너무 많을 거야.

만약 할머니 할아버지 댁에 가는 날 중요한 약속이 겹쳤다면 무슨 일인지 잘 설명을 드리고 다른 날 가면 안 되겠냐고 양해를 구하렴. 분명 이해하시고 좋다고 하실 거야. 네게 좋은 일이 가장 좋다고 생각하시지!

이혼 _ 부모님이 이혼하는 건 너 때문이 아니야, 절대로!

어떤 어른들은 이혼하는 부부들이 점점 늘어나니까 이혼이 별 것 아니라고 생각하나봐. 그래서 이혼한 부부들의 아이들도 별로 힘들지 않을 거라고 생각하는 걸까? 어른들에게 수치심이라는 감정이 사라졌나봐.

자녀로서 부모의 이혼을 지켜본다는 건 아주 힘든 일이야. 그렇게 쉽게 잊혀지는 사건도 아니고. 게다가 엄마와 함께, 아빠와 함께 각각 다른 장소를 오가며 산다는 것도 힘들어. 지금부터 하는 이야기를 잘 기억해둬.

- 부모님이 이혼하는 건 너 때문이 아니야, 절대로!
- 부모님이 서로 사랑하지 않는다고 해도 넌 두 분을 다 사랑할 수 있어. 그리고 부모님을 사랑할 수는 있지만 부모님의 행동방식이 항상 옳다고 생각할 필요는 없어.
- 힘들겠지만 네가 보고 듣는 것에 대해 하나하나 해석하려고 하지 않는 게 좋아. 엄마와 아빠 사이에 일어난 일을 모두 아는 것은 아니잖아? 부모님들끼리 해결하도록 내버려 두는 게 나을 거야. 넌 부모님이 어떤 결

정을 내리시든 너를 사랑할 거라는 확신을 갖고 네 삶을 열심히 꾸려가야 해.

- 부모님의 이혼에 대해 주변에서는 놀라겠지만, 너에게는 오히려 잘된 일일지도 몰라. 너를 슬프게 만들던 걱정거리가 사라지게 된 거잖아. 괜히 죄책감 느끼지 마.

- 어떤 부모님들은 자기를 위해 자식을 이용하는 경우도 있어. 상대방에게서 원하는 것을 뺏기 위해서, 의견을 전달하기 위해서 말이야. 부모님들은 못 느낄지 모르지만 아이들 입장에서는 불안하고 고통스러운 일이야. 그럴 때는 단호하게 싫다는 의사표시를 하고 직접 말씀드리라고 하렴.

- 네가 엄마와 아빠 중 누구랑 살고 싶은지 말을 할 수는 있지만, 최종적으로 네 거처를 결정하는 건 네가 아니란다. 넌 이해할 수 없겠지만 다 널 보호하기 위해서야. 엄마 아빠 중 한 명을 골라야 하는 상황은 네게 죄책감을 느끼게 만들고 부담스럽게 만들 거든.

내 인생에 끼어든 낯선 아줌마 _ 새엄마

부모님이 이혼을 한 후 새엄마라는 사람이 나타났어. 새엄마의 존재를 처음에는 절대 받아들일 수 없을 거야. 사실 새엄마와 처음 만났을 때는 충돌할 수밖에 없어. 왜냐면 새엄마는 세 가지의 다른 인격, 즉 각각 다른 역할을 가지고 있는 사람이기 때문이야. 새엄마는 너의 새로운 부모, 엄마이자,

그 사람 자체란다. 복잡하겠지만 네가 새엄마의 세 가지 역할을 구분하려
고 노력하는 게 중요해.

- 우선 새엄마의 존재는 네 친부모님이 헤어졌다는 사실을 끊임없이 일깨
  워주는 사람이야. 싫을 수밖에 없지. 부모님이 이혼한 것이 아무리 오래
  전이라 해도 가슴 아픈 일이니까.

- 새엄마는 네 가족 사이에 별안간 끼어든 거라고 볼 수 있어. 더 정확히
  말하자면 너와 네 아빠 사이에 끼어든 사람이지. 어떻게 보면 너에게서
  아빠를 빼앗아가는 사람이기도 해. 그렇지만 아빠와 새엄마는 부부잖아.
  머리 속으로는 이해되지만, 마음으로 받아들이는 건 쉽지 않을 거야. 아
  빠와 새엄마가 행복해하는 걸 보면 기분이 어떨까? 더 이상 아빠가 나를
  사랑하지 않으면 어떻게 할까? 하지만 안심하렴. 아빠는 변함없이 널 사
  랑하실 거야. 어떤 사람이 새 엄마가 되든 간에 넌 아빠의 딸이니까. 또
  앞으로는 새엄마가 너의 엄마 역할을 하게 될 거야. 가끔은 새엄마와 엄
  마를 비교하고 평가하게 되겠지. 그러나 엄마를 평가한다는 건 쉽지 않
  아.

- 새엄마도 좋아하는 것과 싫어하는 것을 가진 한 사람이기 때문에 너랑
  잘 안 맞을 수도 있어. 힘들겠지만 너도 새엄마도 조금씩 양보해야 돼.
  아빠와 이야기도 하고. 마음의 준비가 되었다고 느낄 때 새엄마와 직접
  얘기해보렴. 낯선 아줌마에게 속마음을 털어 놓는다는 게 쉽지는 않을
  거야. 그렇지만 이야기를 하다 보면 아마 새엄마도 어떤 생각을 하고 있
  는지 해주시고 싶은 말이 있을 거야.

새엄마와 마찬가지로 새아빠도 세 가지 역할을 가지고 계셔. 새아빠 역시 한 사람의 인격체이고(네가 좋아하지 않을 수도 있지만), 부모님이 이혼하셨다는 사실을 일깨워주는 존재이며, 마지막으로 네 새아빠야.

새엄마나 새아빠가 생기면 친부모님의 사랑을 빼앗길까봐 두려움을 느낄 수 있어. 만약 엄마가 재혼하셨다면 한동안 엄마가 다른 사람처럼 느껴질 거야. 사실 엄마는 새아빠가 있든 없든 여전히 널 사랑하셔. 아빠랑 살 때와 똑같다는 걸 기억하렴. 그리고 새아빠가 생겨서 네게 도움이 되는 점도 많을 거야. 사춘기를 겪는 너에게 새로운 관점, 새로운 기준을 알려주시겠지.

한 가지 알아두어야 할 점이 있어. 이제 엄마가 네게 '가장 친한 친구'가 아닐 수도 있다는 거야. 엄마와 네 사이에 새아빠가 끼어들어서 너와 엄마 사이가 멀어질지도 몰라. 힘들겠지만 멀리 보면 오히려 잘된 일이지. 네가 정신적으로 독립할 수 있는 기회가 생겼잖아. 이런 상황이 너무나 견디기 힘들다면 엄마가 너의 고민을 이해하실 수 있도록 같이 이야기를 해봐.

재혼가족 _ 끝없이 충돌이 일어날 수밖에 없어!

새아빠, 새엄마, 이복오빠, 이복언니… 친부모님들이 이혼하신 후 다른 분
과 결혼을 해서 맺어진 가족을 재혼가족이라고 해. 책에서는 재혼한 가족
에게도 장점이 많다고 하지만, 사실은 일반가족보다는 더 복잡할 거야. 굳
이 복잡하게 생각할 것은 없지만, 한 가족이 되기 전에 각자 속해 있던 가정
의 풍습과 관습이 다르기 때문이야. 그러다 보니 충돌이 일어날 수밖에 없
지. 아빠는 TV를 보면서 밥 먹기 좋아하는데 새엄마는 그런 것을 절대 못
참는다든가, 새아빠는 주말에 일찍 일어나는데 엄마는 늦잠 자는 습관이
있다든가 하는 사소한 것들 말이야. 여기에 이혼으로 인한 상처와 질투심,
돈 걱정같은 것들이 더해지면 정말 쉽지만은 않아. 간혹 아빠와 새엄마가
사이좋게 지내시는 것을 보면 혼자 있을 엄마가 불쌍하기도 해. 물론 가슴
아파 하는 건 당연하지만 네 잘못이 아니야.

재혼가족끼리 잘 어울리기 위해서는 각자
다른 사람에게 상처 주지 않으면서 자신의
위치를 찾아가는 과정이 필요해. 시간이 오
래 걸리겠지. 가족들끼리 대화도 필요해. 네
양쪽 친부모님께도 고민을 털어 놓으렴. 엄
마 아빠는 네가 고민하고 있는 것조차 모르
고 있을 수 있거든. 네게 문제가 있다면 널
돕기 위해서 최선을 다하실 거야.

서로를 알아가고 친한 사이가 되려면 시

간이 필요한 거야. 그 사이에는 최소한 서로 존중하고 방해하지 않으면서 함께 살아가는 법을 배워야겠지. 그렇지만 어떤 경우에는 새로 만난 가족들이 서로 잘 맞아서 친구처럼 평생 재밌게 지낼 수도 있어. 만나기만 하면 너무 재미있고 즐거운 모임처럼 말이야.

머릿속에 살아 있는 가족의 이야기 _ 가족의 내력

몸과 마음이 모두 성숙한 사람이 되기 위해서는 자기가 어떤 사람인지 잘 알아야 돼. 예를 들어 나는 아빠의 머리카락을 닮았고 엄마의 손을 닮았으며 랩 음악을 좋아해. 지금 바이올린을 배우고 있고, 앞으로는 멋진 레스토랑을 경영하고 싶다는 생각을 하고 있겠지.

현재의 모습도 중요하지만 그만큼 자신의 뿌리에 대해 아는 것도 중요해. 부모님이나, 조부모님, 그보다 더 예전의 조상님들이 어떤 일을 했는지,

어떤 집안이었는지 자세하게 아는 것이 좋아. 옛날에 일어난 일이니까 나와는 상관없는 것 같지만 모든 일들이 너를 있게 한 중요한 요소들이지. 그리고 네가 좀더 크면 가족의 내력을 네 아이들이나 조카, 사촌동생들에게 알려줘야 할 의무가 있어. 너는 네 가족의 일원이니까 너의 뿌리를

꾸준히 이어나갈 의무가 있는 거지.

어렸을 때는 뿌리가 뭔지, 내력이 뭔지 잘 모르는 상태에서 부모님들의 결혼이나 자신의 출생에 대해 알게 될 거야. 부모님의 결혼 앨범이나 비디오를 보기도 하고 부모님의 프러포즈 이야기를 들으면서 너에 대한 짧은 역사를 알게 돼. 시간이 지나면서 마치 퍼즐을 맞추는 것처럼 하나 둘 너에 대한 소중한 역사가 완성되는 거야.

하지만 때로는 퍼즐조각이 모자랄 수 있어. 가족들은 과거에 있었던 힘겨운 기억, 싸움, 비밀 같은 이야기들을 밝히고 싶어 하지 않거든. 그렇지만 모든 사람들이 마치 그 일이 일어나지 않은 것처럼 태연하게 지낼 수는 없어. 만약 가족 중 누구도 네가 네 살 때 어떤 일이 있었는지 말하지 않으려고 한다면 넌 당연히 불안함을 느끼잖아?

청소년기는 정체성을 확립하는 시기이기 때문에, 자신의 뿌리에 대해서 많은 생각을 하게 돼. 그리고 네가 이해할 수 없는 가족의 비밀은 받아들이기 힘들어하지. 만일 알 수 없는 비밀이 가족 전체를 무겁게 누르는 것 같는데도 아무렇지 않게 입 다물고 있다고 해서 잊혀지는 것은 아니야. 비밀이라는 건 때로는 가혹할 수 있지만 미래를 가로막는 장애물이 될 수도 있거든. 그러니까 상황을 이해하고 확실하게 질문을 하는 게 좋아. 하지만 네가 묻는다고 해서 지금 당장 모든 것을 알 수 있는 것은 아니야. 네가 충분히 받아들일 수 있는 나이가 될 때까지 기다려야 할 수도 있어. 참을성 있고 차분하게 부모님과 이야기를 나눠보도록 해.

잘 알다시피 가출은 잠시 집을 떠나는 행동이야. 몇 시간에서 며칠까지 이어질 수 있지! 고민이 너무 많아서 머리가 너무 복잡할 때, 어떻게 해야 할지 몰라서 현재의 이곳을 훌쩍 떠나 도망가는 거지.

가출은 마치 새 노트처럼 매혹적으로 보일 수 있어. 얼룩 하나 없이 깨끗하니까 멋지게 새출발할 수 있을 거라고 생각하지. 하지만 가출과 새 노트는 전혀 비슷하지 않아. 가출은 네 생각보다 정말 위험한 일이거든. 어떤 아이들은 부모님을 걱정시키기 위해 일부러 가출하기도 하고, 그동안 부모님들이 많이 걱정하시니까 목적을 달성했다고 느낄 수 있어. 하지만 조금만 더 생각해보면 성공한 가출은 없다는 것을 알게 될 거야. 아이들은 집을 떠나면서 부모가 자신의 고민과 고통에 대해 이해해주기를 바라지만, 사실 부모님들은 자식이 밖에서 사고를 당할지도 모른다는 걱정을 하시거든. 그러니까 걱정하는 대상이 아예 다른 거지.

가출을 한다고 해서 문제가 간단하게 해결되는 것은 절대 아니야. 문제는 네가 있는 이곳에서 일어나는 건데, 이곳을 떠나면 어디에서 문제를 해결할 거야? 넌 괴로운 현실에서 도망친 것 뿐이야. 심지어 가출로 문제가 더 심각해질 수도 있어. 네 또래의 아이가 집을 떠난다는 것 자체가 위험한 일이고, 밤거리를 다니다가 나쁜 일이라도 당하면 어떡해? 가출은 문제를 더욱 복잡하게 할 뿐이야. 지금은 힘들겠지만, 문제를 해결하는 가장 좋은 방법은 현재의 상황을 인정하고 대화를 시도하는 거란다. 어른이 되는 과정은 원래 힘든 거지.

근친상간 _ 전 세계 모든 사회에서 금지되어 있어

근친상간은 친척이나 가족 사이에 성적인 관계를 갖는 것을 말해. 전 세계 모든 사회에서 금지되어 있어. 결혼 상대자를 친족 밖에서 찾아야 한다는 건 사회를 지배하는 기본 원칙이었지.

근친상간의 피해자는 그 당시에는 심리적인 충격이 크지 않더라도 시간이 지나면 과거의 기억이 때문에 더 큰 심리적 장애를 겪게 돼. 그 중 가장 큰 문제는 피해자의 나이가 어릴수록 자신의 몸에 대한 관념이 흐려진다는 거야. 다시 말해서 자신의 몸과 마음이 정말 내 것인지 아니면 나의 몸을 폭행했던 가해자의 것인지 헷갈릴 수 있다는 거지. 그리고 가해자는 피해자와 가까운 사이라는 것을 악용하여 이 부끄러운 사건의 책임을 모두 피해자에게 떠넘기려 한다고 해. 피해자에게 죄책감을 느끼게 하고 절대 말해서는 안 된다고 협박하는 거지. 그 결과 피해자는 죄책감과 수치심, 가족들이 받을 충격 등 복합적인 요소 때문에 몇 년 동안이나 침묵을 지키는 경우가 많아. 하지만 아무리 숨기려고 해도 심리적인 충격이 너무 크기 때문에 결국 어떠한 형태로라도 드러나게 돼 있어. 자살기도, 거식증, 가출 같은 위험한 행동으로 나타나는 거지. 피해자로서는 이렇게 해서라도 고통스런 비밀에서 벗어나고자 하는 거야.

• • • 우리나라에서는 민법에 의해 8촌 이내의 친족과는 결혼을 할 수 없어.

오이디푸스 *Oidipous* 신화

테베의 왕인 라이오스는 이오카스테와 결혼하여 오이디푸스라는 아들을 낳았어. 그런데 라이오스 왕은 아들이 장차 아버지를 살해하고 어머니와 결혼하게 될 것이라는 예언을 듣게 되었어. 왕은 깜짝 놀라 오이디푸스를 내다버렸고, 이웃나라 코린토스의 목동이 버려진 오이디푸스를 데려다가 왕자로 키우게 되었지. 어엿한 청년이 된 오이디푸스는 어느 날 자기가 아버지를 죽이고 어머니와 결혼할 거라는 예언을 듣고 너무나 충격을 받아 이 운명에서 벗어나고자 왕자의 자리를 버리고 정처 없이 돌아다니는 떠돌이가 되었어.

어느날 오이디푸스는 길에서 낯선 행인을 만나 다투다가 사고로 그 행인을 죽이고 말았어. 그런데 그 행인이 바로 그의 친아버지인 라이오스였던 거야. 그것을 모르고 테베까지 오게 된 오이디푸스는 무시무시한 스핑크스가 있다는 소문을 듣고 찾아가, 스핑크스가 내는 질문을 맞히고 스핑크스를 물리쳤어. 테베 시민들은 괴물을 물리친 오이디푸스를 왕으로 삼았고, 테베의 여왕인 이오카스테는 오이디푸스와 결혼했어. 예언이 실현된 거지! 하지만 오이디푸스는 그런 사실을 까맣게 모르고 선왕인 라이오스를 죽인 범인이 누구인지 조사를 시켰어. 마침내 선왕을 죽인 사람이 자기 자신이었고, 현재 어머니와 결혼했다는 사실을 알게 되어 그 충격에 자기 두 눈을 파내 버렸지. 오이디푸스 신화는 근친상간이라는 금기를 깰 경우 죽음, 광기, 자살 같은 비극이 생긴다는 사실을 상징적으로 보여줘.

도대체 내가 왜 이러는 거지?

내 마음 나도 몰라!

사춘기 _ 애도 아니고 어른도 아니고, 도대체 난 뭘까?

어른도 아니고 어린이도 아닌 '과도기적인 시기'를 사춘기라고 할 수 있어. 프랑스의 한 아동 심리학자는 사춘기를 일컬어 '랍스터 콤플렉스'라고 했대. 랍스터는 기존의 껍질을 벗고 새로운 껍질을 입으면서 성장해간대. 새로운 껍질이 생길 때까지 연약한 속살을 드러내고 무방비 상태에 있는 거지. 사춘기 청소년들도 그런 랍스터에 비유할 수 있지 않을까? 어린이로서 갖고 있었던 보호막은 사라졌지만 성인으로서의 보호막은 아직 완전하지 않은 상태인 거지.

그렇다면 사춘기는 언제 시작해서 언제 끝나는 걸까? 사람에 따라, 자연환경에 따라, 사는 나라에 따라 달라질 수 있어. 사춘기 청소년을 영어로 틴에이저 *Teenagers*라고 하지? Teen으로 끝나는 나이를 가진 모든 젊은이인 거지. 그러니까 13세(Thirteen)에서 19세(Nineteen)까지가 Teennager, 즉 사춘기 청소년이란 거야. 하지만 너도 알다시피 어느 날 갑자기 '어른'이 되는 건 아니잖아? 친구집에 놀러갈 때 놀 계획을 짜듯이 미리 준비할 수도 없어. '어른이 되기까지 17일 남았음'이라고 알려주는 기계가 있는 것도 아니야.

하지만 신체적으로 어떤 변화가 일어나고 있는지는 분명히 눈으로 확인할 수 있어. 머리에서 발끝까지 호르몬이 춤을 추면서 온 몸을 뒤집어놓거든. 키가 부쩍 자라고, 가슴이 봉긋해지고, 털이 나기 시작해. 사춘기가 시작되면 모든 것이 들썩들썩 하지. 그리고 생리를 시작하면 여성으로서 생식능력이 갖춰졌다는 표시인데, 다시 말해서 아기를 가질 수 있다는 거야.

이런 신체적인 변화는 마음을 불안하게 만들기도 하고, 감정을 복잡하게 만들어. 그래서 사람들이 사춘기를 '겪는다'는 표현을 하는 거야. 하지만 사춘기는 병이 아니야. 사춘기를 호되게 겪을 수는 있지만 그렇다고 그 기간이 위험한 것만은 아니지. '사춘기 = 위태로운 시기'라는 공식은 사람들이 갖는 선입견일 뿐이야.

하지만 어린이도 아니고 어른도 아닌 애매한 상황이란 건 맞아. 그렇다고 자기 전에 '숙녀' 버튼을 눌러서 예약을 해 놓았다가 자고 일어나면 순식간에 소녀가 숙녀로 변신하는 것도 아니지 않니? 인생에 있어서 사춘기가 복잡하고도 아름다운 기간이 될 수 있는 건, 네가 이미 조금은 숙녀이면서도 아직 어린이 같은 면을 가지고 있기 때문이야. 숙녀의 우아함과 어린이의 발랄함이 어우러져서 로맨틱하고 열정적인 꿈같은 시기를 보내게 되는 거야. 물론 숙녀와 어린이라는 완전히 다른 이미지를 한데 가지는 것은 머리가 두 개인 괴물을 다루는 것만큼이나 어려운 일일 거야.

난 누굴까? 난 어디서 왔을까? 난 어디로 가는 걸까? 이런 복잡한 생각이 들면서 네 자신이 도대체 누군지 모르겠다는 아찔한 느낌을 받을 수도 있어. 자신에 대해 관찰하면서 평생을 거쳐 너를 만들어갈 정체성을 찾기 위해 노력해야 할 거야. 사춘기가 되면 특별히 더 민감해지고 예민해져. 때로는 별 것 아닌 일에 과민반응을 하기도 하고 부끄러운 실수도 많이 해. 하지만 일생을 살면서 가장 격렬한 기쁨과 낭만을 느낄 수 있는 소중한 시기란다. 그럼 행운을 빌게!

정상 _ 내가 정말 정상일까? 사는 게 온통 복잡해!

사춘기 때 가장 많이 고민하는 것 하나만 맞춰볼까? '나는 정말 정상일까?' 이거지? 사춘기 때는 자신의 선택과 타인의 선택을 자꾸 비교하면서 고민해. 그런데 왜 하필이면 사춘기 때 이 질문을 더 많이 하는 걸까? 왜냐면 어린이로서 가지고 있던 지표가 사라지고, 어른으로서 가져야 할 새로운 지표가 불완전하기 때문이야. 숲에서 나침반도 없이 방향을 잃으면 길을 찾을 수 없는 것처럼, 인생의 지표는 살아가는 데 반드시 필요한 것이거든.

누구나 어렸을 때는 엄마가 이 세상에서 가장 예쁘다고 생각해. 그래서 엄마 매니큐어를 몰래 바르고 엄마 구두를 신고 동네를 돌아다니면 자기가 제일 예쁘다는 생각이 들잖아? 그렇지만 이제는 아닐 거야. 엄마보다 예쁜 여자도 많다는 것을 알았고, 때로는 엄마가 하는 일이 틀렸다는 생각도 들어. 그래서 엄마와 친구 엄마를 비교할 때도 있어. 이 세상에서 가장 예쁜 사람이 누구냐는 질문에 선뜻 대답할 수 없는 나이가 된 거지.

지금까지 확신을 가졌던 문제들에 대해 점점 자신이 없어져. 나의 몸, 나의 외모, 나의 친구, 나의 가족, 나의 취향…, 과연 모든 것들이 정상일까? 조그만 단점이나 문제, 고통에도 이것이 정상인지 아닌지 고민하게 돼. 가슴에 털이 나면 자기는 원숭이의 후손이 아닐까 고민하고, 엄마 아빠가 며칠 무관심하게 대하면 자기는 주워온 애가 아닐까 울면서 걱정하지. 이런 생각을 하는 건 당연해! 규칙이 애매한 곳에서 산다면 아주 당황스러울 거야. 예를 들어 천장과 바닥이 끊임없이 움직이는 방에서 산다는 게 가능할까?

네가 매사에 고민하는 이유는 원칙과 규범을 혼동하고 있기 때문이야. 원칙이란 살아가면서 언제나 믿을 수 있는 신념 같은 거야. 예를 들면 $2 \times 2 = 4$ 라든지 하는 확실하고 쉽게 변하지 않는 것들이지. 그러나 규범은 규칙이자 습관이야. '도둑질을 하면 벌을 받는다' 는 것은 규칙으로 정해진 규범이고, '여자들은 수다스럽다' 는 것은 습관이 쌓여서 만들어진 규범이야. 한 사람의 머릿속에 여러 가지 생각이 있으면 자기만의 원칙을 정하기 힘들기 때문에 그냥 다수의 의견을 따르게 되지. 그래서 카메론 디아즈*Cameron Diaz*를 세상에서 제일 예쁜 여자 중의 한 명이라고 생각하는 거야. 원칙은 네가 만들어가는 거지만, 규범은 다른 사람들이 만든 것이거든.

네가 고민하는 문제는 '난 다른 사람들이랑 같을까, 다를까?' 라는 의미보다 '내가 확신을 가질 수 있는 건 무엇일까?' 에 가까워. 굳은 확신을 가질 수 있는 너만의 원칙을 찾게 되면, 네가 남들보다 예쁜지 못생겼는지 고민하기보다는 '난 이렇게 생겼어' 라고 스스로를 인정하게 될 거야. 사실 넌 의심할 필요 없이 정상이야. 너만의 개성이 있기 때문에 다른 사람들과 차별화되는 거지. 이게 더 재미있잖아?

너만의 훌륭한 원칙이 완성되기 전까지, 궁금한 것이 있으면 주위사람들에게 물어봐. 네 몸에 관한 건 의사선생님한테, 너의 어린 시절에 대해서는 가족들한테, 새로운 기사나 정보에 대해서는 부모님이나 선생님, 친구들한테 물어봐. 다른 사람들의 의견을 귀 기울여 듣는 만큼 네 생각도 말하렴. 너만의 의견, 확신, 신념을 만들 수 있는 최선의 방법이야.

변덕 _ 휴우~, 내 마음 나도 몰라!

여자애(남자애들도 예외가 아니야!)들은 다들 변덕스러워(아니라고 할 생각 마). 3분 동안 화창했다 싶으면 3분은 먹구름 낀 하늘이 돼. 너도 네가 제멋 대로인 것이 싫다고? 싫지만 적응해야지 뭐. 그냥 스쳐가는 바람처럼 생각하고 너무 신경 쓰지 마.

왜 이렇게 변덕이 심해진 걸까? 머릿속에 무슨 문제라도 생긴 걸까? 보통 네 나이가 되면 좋았던 어린 시절이 다 지나갔다는 생각이 들면서, 이제는 어른의 생활이 시작된다는 느낌이 들어. 앞으로 펼쳐질 네 삶을 생각하면서, 지금의 네가 완전히 백지 같다는 생각이 들겠지. 앞으로 모든 것을 새로 시작해야 하니까 말이야. 앞으로 얻게 될 것보다는 잃어버리게 될 것에 대한 아쉬움만 있을 거야. 하지만 긍정적으로 생각해! 넌 앞으로 가수도 될 수 있고, 학자도 될 수 있고, 정원사, 농구선수, 선장이 될 수도 있어. 원하는 것은 어떤 일이든 할 수 있을 거야. 말하자면 커다란 미로 속에 있는 거야. 어떤 길이든 갈 수 있는데다, 네가 갈 길을 새롭게 개척할 수도 있어. 무궁무진하게 많은 길들이 펼쳐져 있단다. 물론 걱정도 되고 약간 흥분도 되겠지. 아무 것도 정해진 것이 없다는 불안감 때문에 별 것 아닌 일로도 기분이 들쭉날쭉할 거야. 웃고 싶으면 웃고, 울고 싶으면 울어. 네 마음을 가둬두지 마.

아무런 욕망도 바람도 없는 초탈한 상태보다는 변덕스러운 게 더 재미있지 않을까? 초탈의 경지에 이른다는 건 평화도 행복도 불행도 없는 상태로 자신을 의지대로 통제할 수 있는 산신령님이나 가능한 거야. 초탈의 자세가 필요할 때도 분명 있겠지만, 매사를 그렇게 본다면 얼마나 지겨울까?

네가 생각해도 네가 변덕스러운 것 같니? 그렇다면 시냇물에 떠내려가는 나뭇잎처럼 행동해. 너의 영혼이 이끄는 대로 따라가. 하지만 시냇물 속에 빠져 허우적대지는 말고.

tip 01

어제는 우울, 오늘은 웃음

이 세상에서 네가 가장 불행한 것 같고, 세상이 모두 끝난 것 같고, 그래서 다시는 행복해질 것 같지 않을 때가 있어. 우울한 날이 온 거지. 보통 3~4일이 지나면 자연스럽게 우울의 늪에서 벗어날 수 있어. 우울함에서 벗어났을 때, 며칠 전까지만 해도 너를 힘들게 만들었던 생각들을 떠올려봐. 너무 심각했다거나, 너무 소심했다거나 하는 생각에 빙긋이 웃으면서 '내가 왜 그랬었을까?' 하는 생각이 들 거야. 울적했던 마음이 모두 사라진 거지. 또 다시 우울하고 슬픈 기분이 든다면, 우울함에서 막 벗어났던 그 기분을 떠올려봐. 거뜬하게 이겨낼 수 있을 거야.

선택 _ '선택'이란 건 너무 어려워!

너도 선택이 중요하다는 건 잘 알지만 항상 뭔가 결정하기가 힘들다고? 당연한 일이야. 선택이라는 것이 얼마나 어려운 건데…. 어렸을 때는 굳이 네가 나서지 않아도 부모님이 다 알아서 결정해주시기 때문에 '중대한 선택'이라는 걸 할 필요가 없었을 거야. 가끔은 그런 상황이 불만스럽지만 한편으로는 안심이 되기도 했겠지. 하지만 어른이 되면 우정에 대해, 사랑에 대해, 직업에 대해, 가족에 대해 항상 결정을 내려야 해. 네 삶을 좌지우지하는 중요한 순간이 될 거야. 그리고 선택에 대해 책임을 질 줄도 알아야 하고. 겁난다고? 하지만 자유라는 달콤한 상이 같이 주어지니까 너무 걱정하지는 마.

선택을 한다는 것은 네 자유가 존중된다는 것을 의미해. 예쁘고 달콤한 케이크가 3개 있는데, 그 중에 하나를 골라야 해. 그 말은 하나만 선택하고 다른 2개는 포기해야 한다는 뜻이야. 케이크 2개를 포기하는 것은 대단한 게 아니지만, 아무것도 놓치고 싶지 않은데 꼭 하나만 선택해야 하는 곤란한 상황은 언제든지 일어날 수 있어. 예를 들어 토요일 저녁에 2개의 약속이 겹친 거야. 넌 네가 제일 좋아하는 사촌언니 생일파티에도 가고 싶고, 정말 친한 친구의 집에도 놀러가고 싶어. 하지만 시간은 둘 다 오후 5시. 두 군데 다 갈 수는 없는 거지.

만일 정말로 선택하기 어려운 상황이라면, 너보다 나이가 많고 경험이 많은 사람에게 조언을 구하렴. 조금만 현명하게 생각한다면 둘 중 하나를 선택하는 것 이외에 또 다른 해결책이 있을 수 있어. 꼭 한 군데만 가야 하는 건 아닐 수도 있다는 거지. 사촌언니한테 상황설명을 하고 일요일 점심 때로 생일파티를 미룰 수 없냐고 물어보거나, 친구한테 양해를 구하고 다음주에 놀러 가면 안 되겠냐고 물어보는 거야. 물론 네가 다른 친구들에게 미리 연락하겠다고 얘기하면서 말이야. 정 안 되면 우선 사촌언니의 생일파티에 갔다가, 좀 늦게 친구집에 가는 것도 한 가지 방법이지. 아무리 고민을 해봐도 선택을 할 수 없는 상황이라고? 머리를 써봐! 온갖 상상력을 동원해보면 좋은 방법이 있을 거야!

날카로워진 나를 차분히 다독여줘 _ 예민함

때로는 자신의 모습이 낯설고 알아볼 수 없을 때가 있어. 평소에는 부드러운 아이가 별것 아닌 일에 울음을 터뜨리기도 하고, 터프한 남자애들을 상대로 권투를 하던 애라도 남자애들이 말을 건네면 갑자기 얼굴이 빨개지면서 수줍어하기도 해. 심지어 사촌동생이 키우는 햄스터의 발톱이 부러졌다는 얘기를 듣고도 세상이 끝난 것처럼 눈물이 나는 거야.

도대체 무슨 일이 있어서 그러는 걸까? 넌 예민해진 거야. 위에서 말한 것처럼 사춘기 때는 자신의 외모나 성격에 대한 판단기준들이 모호해진단다. 그래서 별것 아닌 일에도 모든 사람들을 의심하게 되면서 머릿속은 복잡해지고 인생도 피곤해져. 너도 네 자신이 민감한 상태라는 걸 알고 있기 때문에 유별나게 행동하지 않으려고 네 자신을 억압하고 있어. 그렇기 때문에 작은 일에도 처량하게 울거나 바보처럼 웃게 되는 거지.

예민한 상태기 때문에 네 감정을 마음대로 조정하기 힘들 거야. 누가 나에게 조금이라도 못된 짓을 하면 금방 얼굴에 티가 나는 거지. 이런 상황이 불편할 수 있어. 이렇게 생각해봐. 웃지도 울지도 짜증내지도 않고, 감정이란 것이 하나도 없는 적막한 세상에서 살고 싶니, 길거리에 핀 꽃봉오리에도 황홀감을 느끼고 잘생긴 남자를 보면 가슴이 두근거리는 흥미진진한 세상에서 살고 싶니? 네가 판단해!

완벽주의자 _ 혼자 괴로워하다가 똑 부러져버려!

완벽하다는 것은 자기 자신이나 다른 사람에 대해서 항상 최상의 것을 요구하는 거야. 자신에게도 남에게도 완벽한 모습만을 바라는 사람이 있는가 하면, 자신보다 남들의 완벽함을 바라는 사람도 있지.

자기 자신에 대해 까다롭게 완벽함을 추구하는 건 장점이 될 수도 단점이 될 수도 있어. 노력하고 발전하는 원동력이 되니까 나쁠 것 없지. 하지만 너무 완벽함을 추구하면 문제가 생겨. 실현 불가능한 목표만 세워놓고 그것을 이루지 못하면 자신감을 잃어버리잖아. 자기 자신을 형편없다고 취급해서 용기를 잃게 돼. 앞에서 거식증에 대해 읽어봤지? 거식증 걸린 사람들은 아주 까다로운 사람들이라고 할 수 있어. 완벽한 몸매를 위해 자기가 너무 뚱뚱하다고 생각해서 몸을 학대하면서까지 살을 빼고 싶어 하지. 물론 이런 경우는 단순히 까다로운 성격이 문제라기보다 근본적으로 정신적인 문제가 있을 수 있어. 완벽한 이상 때문에 자신을 사랑하지 않고 헐뜯는 거지. 다시 말해서 그 목표가 너무 높아서 절대 이룰 수 없다는 것이 문제인데도 목표를 이룰 수 없는 나만 탓하는 거야. 그러니까 자신의 능력을 키우고 재능을 개발하기 전에, 내가 어떤 능력과 재능을 갖고 있나 객관적으로 생각해보는 것이 중요해. 물론 쉬운 일이 아니지.

너는 네가 까다로운 완벽주의자라고 생각하니? 조금? 많이? 아주 많이? 친구들에게 슬쩍 물어봐. 어쩌면 네가 생각하는 것보다 친구들이 너를 더 까다롭다고 생각할지도 몰라. 네가 까다롭다고 한다면 너는 자신에게 엄격하게 행동하는 거고, 아니라고 한다면 넌 속 편하게 살고 있는 거지.

우정이나 사랑도 완벽해야 하는 걸까? 물론 그럴 수도 있겠지. 하지만 서로서로 주고받는 것이 중요해. 친구가 네 도움을 필요로 할 때 도와주는 건 좋지만, 항상 너만 도와주는 관계여서는 안 된다는 거야. 한쪽으로만 치우친 우정은 오래 갈 수 없어. 사랑도 마찬가지야.

엄마 아빠, 날 좀 가만 내버려두세요! _ 부모님의 기대

부모님이 너에게 이것저것 시키시는 것이 많다고 생각하니? 공부도, 운동도, 미술도 다 잘 했으면 좋겠다고 하시니? 사실 완벽한 자신을 꿈꾸는 것보다, 다른 사람들이 완벽한 너를 원하는 경우가 더 많아. 예를 들어 부모님이나 선생님이 네가 공부를 잘하니까 큰 기대를 하시는 것처럼 말이야. 만일 서로의 생각이 일치하지 않으면 넌 부모님과 선생님의 기대가 너무 부담스럽다고 생각할 거야. 부모님은 너에게 항상 공부 열심히 하고 더 좋은 성적을 받으라고 하시지. 네 생각에 넌 더 이상 잘할 수 없을 것 같은데 말이야. 일단 긍정적으로 생각해. 어른들이 네게 큰 기대를 하는 것은 네게 그만한 능력이 있고 너를 믿기 때문이야. 너를 좋게 봐주시는 거니까 너무 예민하게 받아들이지 않도록 해. 다른 관점에서 생각해봐. 부모님들은 왜 이렇게 바라시는 것이 많을까? '1등이 최고!' 라고 하실 땐 등에서 식은땀이 나. 부모님이 네게 많은 것을 바라시는 이유는 아마 네 미래를 위해서가 아닐까? 여기서 내가 해줄 수 있는 말은 두 가지야.

- 넌 네 자신을 위해 공부하는 거지 부모님을 위해 공부하는 것이 아니야.
- 너도 네 인생에 대해 책임감을 느끼고 있고, 학교성적이 인생에서 중요한 이유를 알고 있다고 자신 있게 말씀드려.

　부모님께 너도 생각하는 것이 많다는 것을 알려드린 다음, 앞으로의 계획을 말씀드리고 관심 있는 직업에 대해서도 이것저것 여쭤봐. 미래에 대해서 꾸준히 준비하고 있다는 걸 증명해보이라구! 그러면 부모님들도 안심하시고 조금 자유롭게 해주실 거야.

　만일 부모님이 화를 내실 정도로 나쁜 성적을 받았다면 왜 그런 결과가 나왔는지, 앞으로 어떻게 하면 좋을지 곰곰이 생각해봐. 혼날까봐 너무 걱정하지 말고 부모님께 네 계획을 잘 말씀드려. 한 번 실패했다고 계속 실패하는 것은 절대 아냐. 실패한 이유를 알면 다음에는 더 잘할 수 있으니까! 지금부터 네 인생의 목표를 부모님께 잘 설명하면 아마도 너를 믿고 지지해주실 거야.

사람들이 서로 믿지 않고 상대방을 신뢰하지 않는다면 그 어떤 사람과도 긴밀한 관계를 맺을 수 없을 거야. 네 자신에 대한 자신감과 다른 사람에 대한 신뢰, 그리고 다른 사람들이 갖고 있는 너에 대한 신뢰는 너를 살아가게 해주는 원동력이라고 할 수 있어. 갑자기 나타난 장애물을 극복하고, 아무리 힘든 일이 있어도 포기하지 않고, 설사 실패를 하더라도 다시 일어설 수 있는 힘을 주는 거지.

자신감은 태어나면서부터 얻어지는 성품이야. 네가 아기였을 때부터 엄마 아빠는 널 쓰다듬고, 안아주고, 말을 걸고, 네게 다정한 눈길을 보내면서 세상에서 가장 소중한 존재라는 걸 알게 해주셔. 아기는 '사랑 받고 있다는 느낌'을 통해서 큰 힘을 얻는단다.

때로는 아기와 부모 간에 친밀한 관계를 맺지 못해서 자신감이 부족한 사람도 있어. 또 살면서 여러 가지 일을 겪다보면 용기도 잃고 상처도 받으면서 자신감이 줄어들 때도 있고. 자신감이 없다는 것은 실패했다는 것이 아니라, 성공했었던 기억을 잊어버리고 오직 실패했었던 기억 속에 빠져서 사는 거야. 너는 자신감이 부족한 것 같니? 그렇다면 비밀수첩에 네가 성공했던 일들, 잘할 수 있는 일을 적어놓으렴. 사소한 것이라도 말이야. 국어시험을 망칠 것 같거나 무용 실기시험을 잘 못할 것 같을 때, 그 수첩을 꺼내서 네가 성공했던 기억을 떠올려 봐. 분명 화끈화끈한 용기가 날 거야.

다른 사람에 대한 신뢰는 존중과 존경, 사랑과 우정을 통해 생겨나. 서로를 믿지도 않고 신뢰하지도 않는다? 그렇다면 절대 서로 좋은 사이가 될 수 없지. 신뢰할 수 있는 사람이 많은가 적은가는 중요하지 않아. 믿을 수 있는 사람이 몇 명 안 된다 해도 그 사람들은 네게 큰 힘이 되어 줄 거야. 네가 높은 사다리를 올라가야 할 때 사다리를 꼭 붙잡아줄 수 있는 그런 사람이거든.

너는 잘하는 것도 없고 쓸모도 없는 사람인 것 같니? 이것만은 절대 잊지 마. 너를 사랑하는 사람들은 언제나 너를 믿고 있다는 걸!

모범생 스타일 _ 날 꽉 막힌 애라고 생각하는 걸까?

신발에 껌이 붙으면 떼기 힘들어. 마찬가지로 사람에게 한 번 심어진 이미지는 쉽게 바꾸기 힘들지. 친구들이 너를 꽉 막힌 모범생으로만 보니? 솔직히 말해 남자든 여자든 고리타분한 사람에게는 호감을 가지지 않아.

그런데 넌 '진짜' 재미없고 답답한 모범생이니? 이 질문에 대해 가장 먼저 생각해볼 사람은 바로 너야. 도대체 뭣 때문에 다른 친구들이 너를 그렇게 생각하는 걸까? 네가 부끄럼이 많아서 남자애들과 말을 잘 못한다는 이유로? 체크무늬 셔츠에 커다란 면바지만 입고 다니는 네 스타일 때문에? 집안의 엄격한 분위기 때문일까?

너는 그렇지 않은 것 같은데 다른 애들이 널 꽉 막힌 애라고 생각하는 것처럼 보이면 이유가 뭔지 알아내서 차근차근 해결해봐. 네 옷이 죄다 헐렁

하고 평범하고 낡았기 때문이라는 생각이 들면 부모님께 말씀드려. 너무 평범한 옷차림 때문에 학교에서 친구들과 잘 어울릴 수 없다고 말야. 부모님이 반대를 하시거나 무시하면 그냥 가만히 있지 말고 용기를 내서 네 심정을 말해.

네가 생각하기에도 넌 정말 어쩔 수 없는 모범생인 것 같니? 그렇다면 그 이유가 뭔지 생각해보렴. 부모님이 널 엄하게 키우셨기 때문일까? 아니면 네 성격상 항상 긴장해서 자연스럽게 행동하기 힘든 걸까? 여러 가지 이유에 대해 생각한 후에 주위의 조언을 구해. 사촌언니나 이모도 지금의 너처럼 같은 시기를 보냈으니 도와달라고 해봐.

어떤 경우에는 조금만 노력하면 쉽게 해결되는 경우도 있어. 촌스러운 단발머리라면 약간 짧고 경쾌한 헤어스타일을 해보거나, 한 번도 치마를 입지 않았다면 입어봐. 자신감 없고 재미없는 네 이미지에 큰 변화를 줄 수 있을 거야. 남자애들은 네가 수줍음을 잘 타고 말도 많지 않지만 의외로 매력적인 구석이 있다고 생각할 거야. 이 사실을 꼭 명심해! 네가 변하기 전까지 넌 그 상태에서 벗어날 수 없다는 것!

수줍음 _ 원인은 단 하나, 자신감 부족!

수줍어서 얼굴이 빨개지고 말을 더듬는 모습은 때론 순수해 보여서 참 좋아. 가끔 할 말을 잃고 당황하는 정도의 수줍음도 있지만, 오랜 시간 감정조절이 어렵고 생활이 힘든 정도의 수줍음도 있어. 너무 당황해서 온 몸을 움직일 수 없었던 적이 있니? 많은 사람들이 자신을 쳐다보면 긴장해서 말을 더듬는 아이도 있고, 수업시간 단상에 서서 발표를 할 때 얼굴이 마치 토마토처럼 빨개지는 아이도 있을 거야. 수줍음이 너무 많아 마치 투명인간처럼 있는 듯 없는 듯 교실에서 조용히 지내는 아이도 있겠지. 수줍음은 다양한 형식으로 드러나.

왜 얼굴이 빨개지고 말을 더듬고 몸을 배배 꼬게 되는 걸까? 수줍음의 원인은 간단해. 자신감이 없기 때문이지. 다른 사람들과 어울릴 수 있는데 다만 다가가는 용기가 부족한 거야. 수줍음이 많다고 스스로 자책하지 마. 수줍음이 큰 결점은 아니거든. 하지만 네 삶에 고통을 주는 원인이 될 수는 있어. 너도 자신감 없는 네가 답답하지? 수줍음을 극복하기 위해서는 의도적으로 노력을 해야 돼. 물론 쉬운 일은 아니겠지. 다른 사람의 도움을 받는 것도 정말 좋아. 일단 원인부터 찾아볼까? 왜 수줍음을 타는 걸까? 혹시 생각해본 적이 있니? 특히 감추고 싶은 콤플렉스가 있니? 언제부터 네 수줍음이 심해졌는지 기억나? 부모님들은 뭐라고 하시니? 네가 어렸을 때부터 항상 그랬다고 하시니? 그게 아니라면 사춘기에 잠깐 그러는 걸까? 사춘기는 감정이 복잡한 시기잖아.

수줍음을 떨쳐내기 위해서 적극적으로 행동해. 네가 어려워하는 일 중에 하나를 목표로 세워서 해보는 거야. 쉬는 시간에 평소에 이야기해보지 않았던 같은 반 애 2명이랑 이야기해보기, 이번 주 영어시간에 한 번은 발표하기 같은 것들 말이야. 중요한 건 목표를 달성해보는 거야! 너도 할 수 있다는 것을 확인하는 거지. 한 번이라도 성공한 경험이 있으면 다음번에 더 어려운 일이 생겨도 주눅 들지 않고, 할 수 있다는 자신감이 불끈 솟을 거야. 처음에는 절대 불가능한 목표를 세우지 마. 지나가는 사람에게 말을 걸어야지 마음먹었더라도 건들거리는 날라리 남자들보다는 털모자를 쓰고 지하철로 걸어가시는 할머니에게 말을 거는 게 쉬울 거야. 첫번째 목표를 이루고 두번째 도전을 할 때까지 '나도 할 수 있었어!'라는 사실을 기억하는 것이 중요해. 두번째도 성공이라고? 그럼 다음 도전이 더 쉬워지겠지! 자신감이 차츰차츰 쌓여지는 거야.

만일 네가 생활을 하는 데 지장이 있을 정도로 수줍음을 탄다면 심리치료사와 상담을 해봐. 네 고민을 극복할 수 있게 많은 이야기를 해주실 거야.

고독감 _ 이 세상에 혼자 버려진 것 같아

때로는 가족도 친구도 다 도움이 안 되고, 이 세상에는 오로지 나뿐이라는 생각이 들 때가 있어. 때로는 정말 혼자일 때도 있어. 친구가 없는 경우 말이야. 친구가 없다고 해서 그 사람이 나쁘다거나, 무능하다는 것이 아니야. 다른 사람에게 다가가기가 두렵기 때문에 친구를 만들 수 없는 거지. 다른 아이들의 취향이 나와 정말 다른 것 같아서 상대방이 나를 평가하는 것이 무서운 거야. 나만 다른 별에서 온 외계인 같고 말이야. 사실 겉으로는 뭐라고 하든, 혼자 있는 것을 진심으로 즐기는 사람은 많지 않아. 자기는 고독하고 외로운 몬스터라고 주장하는 슈렉도 사실은 수다쟁이 동키랑 친구가 됐잖아? 다른 사람들이랑 같이 다니는 건 귀찮기만 할 뿐이라고 스스로를 위안하겠지. 하지만 다른 사람을 알아가고 친분을 쌓아가는 것도 분명 흥미로운 일이야. 인간이란 단점도 많지만 장점도 많은 존재니까.

이 세상과 완전히 분리 되어서 죽을 때까지 나 혼자 살 것 같다는 생각이 드니? 밤만 되면 너무 슬프고 서러워서 눈물이 넘쳐흐르니? 더 이상 혼자서 울지 말고 마음을 털어놓을 수 있는 어른에게 네가 어떻게 느끼고 어떻게 생각하는지 이야기해. 제일 좋은 방법은 정신과 의사선생님이나 심리치료사 같은 전문가와 상담하는 거야. 네 안에 있는 고독감을 쫓아버리려면 너와 함께 이야기를 할 수 있고 함께 웃을 수 있는 사람들에게 다가가는 것부터 시작해. 고독감은 너의 운명도 친구도 아니야. 다른 사람들과 어울려서 살아가기 위해 거쳐야 하는 하나의 장애물일 뿐이야.

뭘 해야 할지 모르겠어! 아무것도 하기 싫어! _ **따분함**

여름방학 때 시골에 있는 할머니네 집에 가면 뭘 하고 놀아? TV도 안 나오고 놀 거리가 하나도 없어서 정말 심심했던 적 있어? 또 감기에 걸려 학교도 안 가고 침대에 누워 있으면 너무 따분하지 않니? 하지만 지루하고 따분한 것도 의외로 멋진 기회가 될 수도 있으니까 기쁘게 생각해. 무슨 말도 안 되는 소리냐고?

우리의 신체는 괴로운 것을 싫어해. 그래서 힘든 상황에서도 최상의 상태를 이끌어 내려는 경향이 있지. 따분해서 죽을 것 같다고? 그러면 뇌는 상상의 날개를 달고 훨훨 비행을 시작해. 머릿속으로 노래를 흥얼거리거나 그림을 그려보고 이야기도 지어내는 거야. 목욕탕 벽에 붙은 비누거품을 아기 양이라고 상상해보기도 하고, 천장의 벽지무늬에서 귀신을 상상해보기도 해. 상상 속의 모험을 즐기다 보면 네가 따분했었다는 사실을 깜쪽같이 잊게 될 거야.

유명한 작가들 중에서도 따분함을 견디지 못하고 글을 쓰기 시작한 경우가 많아. 영국의 소설가 에밀리 브론테 *Emily Bronte*가 산골짜기에 살지 않았다면 우리는 《폭풍의 언덕》이라는 소설을 읽을 수 없었을 테고, 프랑스의 소설가 마르셀 프루스트 *Marcel Proust*가 천식을 앓지 않았다면 《잃어버린 시간을 찾아서》라는 20세기 최고의 대하소설은 태어나지 않았을 거야. 따분한 시간이 없으면 자기 자신을 돌이켜보는 시간을 가질 수 없을 거야. 자신을 발견하지 못하면 발전할 수 없는 거지.

예쁘지 않음 _ 넌 지금 자라면서 변하는 중이야

아침에 일어나자마자 거울을 보면서 '아니 왜 이렇게 못생긴 거야!' 라는 생각을 한 번도 해보지 않은 여자가 있을까? 아마 그런 여자는 이 세상에 없을 거야. 아무리 그 여자가 페넬로페 크루즈 *Penelope Cruz*나 드류 베리모어 *Drew Barrymore*라고 해도 말이야. 그렇게 예쁜 여자들이 왜 투정을 하냐고? 왜냐면 자신이 생각하는 내 이미지와 다른 사람이 생각하는 내 이미지가 다르기 때문이야. 아침에 일어났는데 눈이 팅팅 부어 있을 때, 이유도 없이 짜증이 날 때, 후덥지근한 장마철에 거울을 보면 얼굴색도 노랗고 머리카락도 부스스한데다 얼굴은 또 쟁반같이 커다랗게 보일 거야.

특히 네 나이 때는 더 그럴 수 있어. 넌 지금 자라면서 빠르게 변하고 있으니까. 5년 뒤에 네 모습이 어떻게 변해 있을지 지금으로서는 상상도 할 수 없겠지. 그러니까 서서히 드러나고 있는 미래의 네 모습을 그대로 받아들이고 정성스럽게 가꾸어 나가야 해. 마치 이름 모르는 꽃을 키우는 것처럼 말이야.

TV나 잡지에 나오는 완벽한 몸매의 모델과 예쁜 연예인들을 보는 것도 네게는 큰 스트레스가 될 거야. 조각 같은 외모를 가진 사람들과 너 자신을 비교하는 건 널 더 괴롭게 하는 일일 뿐이야. 연예인도 사람이야! 물론 실제로도 다른 사람들보다 예쁘겠지만, TV나 잡지 속의 완벽한 아름다움은 사진기술, 화장술, 조명, 컴퓨터 조작이 만들어낸 결과인 걸. 그런 사진을 너무 많이 보다 보니 그 정도의 미모가 정상이라고 생각하게 되는 거야. 이런 '외모 지상주의'는 문제가 많아. 조사에 따르면 50년 전의 사람들에 비해 요즘 사람들은 외모에 정말 많은 신경을 쓰고 있대. 그렇다면 옛날보다 더 예뻐져야 정상일 텐데, 오히려 자신의 외모에 만족하지 못하는 여자들이 더 많아진 거야. 게다가 이런 불만을 가지는 여자들의 연령대가 점점 낮아진다는 것이 문제야. 여덟 살짜리가 모델처럼 날씬하고 싶다고 다이어트를 하고, 열다섯 살 소녀가 가슴성형을 한다고 해. 있을 수 없는 일이지. 아직 다 자라지도 않았는데, 아니 이제 막 자라기 시작했는데 다 자란 모습을 보지도 않고 바꾸려고 드는 거잖아? 마치 집을 완성하기도 전에 벽지를 바르는 거나 마찬가지야. 이런 일이 일어나도록 방치한 부모님과 의사선생님이 정말 무책임한 거지.

아름다움에 대해서 인정하고 넘어갈 것이 있어. 지구상에 아주 예쁜 여자와 아주 못생긴 여자는 정말 극소수에 불과하대. 그러니까 나머지는 자신을 가꾸는 사람과 가꾸지 않는 사람으로 나눠진다는 거지. 이마에는 여드름이 가득하고, 머리카락은 항상 기름기가 줄줄 흐르고, 작년보다 지금 3kg나 더 쪘다고 고민하고 있니? 너무 걱정하지 마. 넌 앞으로 얼마든지 바뀔 수 있으니까. 자신의 몸을 더 사랑하고 아끼도록 노력해봐.

콤플렉스 _ 콤플렉스가 장점이 될 수도 있어

콤플렉스란 뭘까? 콤플렉스는 일종의 강박관념으로 자기가 뭔가 부족하다는 열등감에서부터 시작하는 복잡한 감정이야. 쉽게 말해 '마음속의 응어리'라고 할 수 있대. 못생긴 것을 부끄러워하고 괴로워하는 외모 콤플렉스, 무조건 착하게 행동해야 한다는 착한사람 콤플렉스 등이 있어. 너에게도 혹시 콤플렉스가 있니? 콤플렉스는 맑은 시냇물에 더러운 폐수가 퍼지는 것처럼 네 삶을 점점 갉아먹을 거야. 왜냐고? 콤플렉스는 한 사람의 인격에 전체적으로 영향을 미치기 때문이야.

키가 너무 작거나 크거나, 눈이 사시라거나, 너무 뚱뚱하다거나 콤플렉스의 원인은 수없이 많아. 단점이 많다고 콤플렉스가 많은 건 아니지. 어떤 사람들은 사소한 단점 때문에 심각한 콤플렉스를 느끼기도 하고, 특별한 이유 없이도 혼자서 콤플렉스를 만들어내기도 해. 그러나 기형적인 신체를 타고난 사람들도 씩씩하게 살아가는 경우가 많은 걸!

콤플렉스는 반드시 극복할 수 있어. 어떤 경우에는 의학의 힘을 빌리기도 하지. 레이저로 팔뚝에 있는 보기 싫은 흉터를 없앨 수 있고, 성형수술을 해 찌그러진 귀를 바로 잡을 수 있어. 피부과에서 치료를 받으면 심한 여드름도 고칠 수 있지. 그러나 쉽게 고칠 수 없고, 시간이 오래 걸리거나 고통이 따르는 경우가 있어.

콤플렉스에서 벗어나기 위해 제일 중요한 건 원인을 찾아내는 거야. 그리고 콤플렉스가 네게 어떤 영향을 미쳤는지 생각해봐. 네가 가진 관점과 다른 관점에서 생각해보는 것도 좋은 방법이야. 가슴이 작다고 콤플렉스를 느끼지만, 바싹 마르고 소년 같은 스타일이 유행할 때는 오히려 예뻐 보일 수 있잖아? 콤플렉스를 없애려면 혼자서 일기를 써보는 것도 좋고, 가족들과 상의해보는 것도 좋아. 어쩌면 유전적인 이유 때문에 온 집안 식구에게 주근깨가 있을 수도 있잖아.

동화에도 콤플렉스를 극복한 이야기가 있어. 《엄지공주》같은 거 말이야. 공주가 너무 작았기 때문에 남편감을 찾는 것이 어려웠지만 결국에는 멋진 엄지왕자를 만날 수 있었잖아? 단점도 장점이 될 수 있다는 거지.

쟤는 왜 저런 걸 좋아할까? _ 취향

다른 사람들과 취향이 같지 않다는 건 멋진 일이야. 남과 같지 않다는 것은 너만의 개성이 있다는 뜻이니까. 그렇지만 자신의 취향이 좀 독특하다는 것을 인정하기는 쉽지 않아. 특히 사춘기 때는 더 그렇지.

취향이란 자기 자신을 드러내줄 수 있는 도구 같은 거야. 학교 앞 버스정류장에 여자애들 두 명이 버스를 기다리고 있다고 생각해보자. 한 명은 까만 셔츠에 체인이 달린 까만 힙합바지를 입고 해골이 그려진 까만 털모자까지 쓰고 있어. 다른 한 명은 깨끗하긴 하지만 평범한 옷에 하얀 운동화를 신고 손에 두꺼운 소설책을 들고 있고. 두 사람의 어떤 점이 그애들의 특징을 나타내는 걸까? 너무 극단적으로 묘사하기는 했지만, 누가 더 날라리처럼 보이냐고 물으면 금방 대답할 수 있을 거야(물론 겉모습만 보고서 사람의 모든 것을 판단할 수는 없어).

너도 비슷하겠지만, 사춘기의 여자아이들은 어린아이가 아닌 숙녀처럼 보이기를 바란대. 소녀도 아니고 숙녀도 아닌 혼란스러운 시기니까. 그래서 무의식적으로 사람들이 자신을 다 큰 어른으로 인정하도록 노력 한다는 거야. 그래서 사춘기가 힘든 거지. 어른처럼 보이고 싶어서 힘들어하지만 사실 어떤 어른이 되고 싶은지 확신도 없거든. 그래서 사춘기 때의 아이들이 '나도 이제 어른이야'라는 것을 증명하기 위해 일부러 어른 흉내를 내. 사실 그런 것을 좋아하지 않는데도 말이야. 그게 바로 문제야. 좋아하지도 않으면서 좋아하는 척하면 불안정해 보이고 불편하거든. 그것이 진실이 아니기 때문이야.

어설프고 불안정한 상태가 되고 싶지 않다면 네가 정말 좋아하는 게 뭔지 생각해봐. 무인도에 떨어져도 이것만 있으면 OK!라고 생각되는 것들이 뭐야? 아무도 널 보지 않고, 판단하지 않을 때 네가 진짜로 원하는 게 뭔지 찾아내는 게 중요한 거야.

네가 진짜 좋아하는 것을 찾았으면 그것을 거리낌 없이 표현할 수 있는지 생각해봐. 다른 사람을 너무 신경 쓸 필요는 없어. 다른 사람에게 피해를 주지 않는 한 네 취향은 누구보다 네게 가장 중요한 거니까. 그게 바로 자유의 원칙이야. 노래를 하는 건 자유라도 옆집 아저씨의 잠을 깨워서는 안 되는 것 알지? 그럴 때는 시간대를 잘 골라야지.

특이한 취향을 고집하는 이유?

✎ 펑크, 일본풍, 히피… 톡톡 튀는 독특한 취향들을 한 마디로 정의할 수는 없어. 하지만 스타일에 관계없이 자기가 다른 사람들과 다른 취향을 가졌다는 것을 증명하려고 그러는 거야. 자신이 남과 다르다는 걸 거침없이 보여주는 거지. 하지만 그 사람들의 내면도 다른 사람과 다른 걸까? 단지 꽃무늬 쫄바지를 입고 입술에 하얀색 립스틱을 바르고 피어싱을 했다고 해서 그 사람이 정말 개성 있는 사람일까? 개성 있는 척한다고 개성 있는 사람이 되는 건 아니야. 외모는 전혀 특이해 보이지 않지만 생각은 그 누구보다 독특하고 특이한 사람들도 많거든. 사실은 다른 사람이랑 똑같이 취급받을까봐 두려워서 일부러 특이한 스타일을 고집하는 것이 아닐까? 자신의 옷차림으로 자기는 다른 사람과 다르다는 걸 뽐내고 싶은 거지. 한번쯤 진지하게 생각해볼 문제야.

나는 질투한다. 고로 나는 존재한다 _ 질투

질투는 정말 고통스러워. 살면서 적당한 질투는 할 수 있지만, 누군가를 정말로 심각하게 질투하게 된다면 그 결말은 무시무시할 거야.

질투심이 강한 사람은 독점력도 강해. 사랑하는 사람이 자기만 바라보도록 강요하고, 사랑 받지 못하고 있다는 생각이 들면 괴로워해. 사랑하는 사람이 다른 사람을 더 좋아하게 될까봐 항상 걱정하고 버림받을까봐 두려워하지. 물론 질투를 하는 사람도 힘들겠지만 주변 사람들도 힘들어.

질투의 수위가 높아지면 결국 질투를 하는 사람은 망가지고 말아. 아무도 그 사람을 안심시켜줄 수 없기 때문이지. 만일 네 가장 친한 친구가 너와 다른 친구 사이를 질투한다는 것을 네가 눈치 챘다고 하자. 그래서 네가 그 친구에게 "나한테 가장 친한 친구는 너야!"라는 말로 그 친구를 안심시켜줬어. 그 순간에는 기뻐하겠지만 과연 그 친구가 앞으로는 질투를 안 할까? 네게 남자친구라도 생긴다면 어떻게 될까?

질투를 하는 사람에게 사랑하는 사람은 모든 고통의 원인이자 해결사야. 사랑하는 사람이 남자친구든 부모든 친한 여자친구든 질투는 계속 될 거야. 상대방이 아니라 질투하는 사람에게 문제가 있는 거니까. 자기 자신은 모르고 있지만 질투를 하는 사람은 자신의 내면에 있는 상처를 치료하기 위해 남에게 매달리고 있는 셈이지. 배신을 당했거나 상처를 받은 기억이 있을 수도 있어.

만일 질투를 멈추지 못하는 사람이 바로 너라면 왜 그렇게 질투를 하고, 치사하게 행동하고, 못되게 구는지 한번 생각해봐. 언제부터 질투심이 심해진 거고, 네가 겁내는 건 정확히 뭘까?

반대로 남자친구나 네 친구가 너를 질투한다면? 일단 그 사람을 침착하게 대하고 시간이 날 때마다 좋아한다, 사랑한다고 말해줘. 사랑과 우정을 갉아먹고 있는 질투에 대해서 솔직히 이야기해보렴. 단, 네 입장을 확실하게 하는 것이 중요해.

사랑하는 사이의 질투라면

다른 여자가 네 남자친구에게 관심을 보이면 그 여자를 당장 할퀴어버리고 싶어지는 것. 누군가를 사랑하면 나타나는 증상 중에 하나야. 뭐, 바람직한 일은 아니지만 정상적인 반응이지. 누군가에게 집착하면 그 사람이 자기만의 사람이었다면 좋겠다는 생각이 들거든. 반대로 내가 좋아하는 애가 다른 여자애들에게 관심을 보이는 것에도 민감해지지. 그리고 남자들도 질투심을 느껴! 남자들도 질투를 하고 잘 삐치기도 해.

질투를 일으키는 문젯거리가 있다면 툭 터놓고 같이 상의해봐. 일단은 서로의 마음이 변하지 않았다는 것에 안심이 될 거야. 그리고 다른 여자애들과 이야기를 하는 것은 좋지만 손을 잡거나 팔을 잡으면서 장난을 치면 안 된다는 식으로 행동에 선을 그어. 어쨌든 사랑 때문에 생기는 질투심에 대해서는 너무 고민하지 마.

가지고 싶다고 모든 것을 가질 수는 없어 _ 욕망

무언가 갖고 싶은 것이 있다는 것은 장점일까 단점일까? 이 세상에는 수많은 종류의 욕망이 있지. 근사한 보석가게에서 본 반지도 갖고 싶고, 문구점에 새로 나온 예쁜 볼펜도 사고 싶어. 멋진 옷을 입고 인터뷰를 하는 영화배우도 부럽고, 마당이 있는 집에서 강아지를 키우는 친구도 부러워. 뭔가를 갖고 싶어 하는 것도, 내가 갖고 싶어 하는 것을 갖고 있는 그 사람을 부러워하는 것도 모두 다 욕망이야. 나쁜 게 아니라 정상적인 감정이야. 때로는 네 기분을 좋게 만들기도 하고 도움이 되기도 하지. 반지나 볼펜 같은 물건에 대한 욕망은 인생을 발전시키는 원동력이 될 수 있어. 네가 갖고 싶

어 하는 반지가 실용적이지도 않고 비싸다 하더라도, 그 물건을 갖고 싶다
는 네 욕망이 너에게 무슨 일이라도 할 수 있게 용기를 주거든. 반지를 살
돈을 벌기 위해 아르바이트를 하다보면 책임감과 독립심이 생길 거야. 결
국 돈을 모아 반지를 사게 되었을 때, 반지를 손에 넣었을 뿐만 아니라 혼자
힘으로 무언가를 해냈다는 생각에 부자가 된 듯한 기분을 느낄 거야.

　누군가를 부러워한다는 감정은 단순히 물건을 갖고 싶어 하는 것보다 복
잡해. 부러움이라는 감정은 나쁜 것이 아니야. 네게 없는 것을 가진 사람을
보면 그 사람이 정말 행복해 보여서 부러운 생각이 들겠지. 하지만 옆집 친
구나 영화배우의 인생이 네 생각만큼 신나지 않을 수도 있어. 그렇지만 네
입장에서는 여전히 네가 부러워하는 그 사람이 되고 싶겠지. 마치 영화를
보는 것처럼 그 사람으로 변신해서 이것저것 멋진 상상을 할 거야.

　그러나 좋은 점이 있는 만큼 나쁜 점도 있겠지? 욕망이 너무 강해지면 현
실은 거들떠보지도 않고 원하는 것만 상상한다거
나, 심지어 나쁜 유혹에 빠질 수도 있어. 물건
에 대한 욕망이 너무 강하면 극단적으로
는 도둑질로 이어질 수 있겠지. 또 다
른 사람을 너무 부러워한 나머지 그
사람에게 나쁜 일이 일어났으면 좋겠
다고 불행을 바라는 거야. 수다쟁이
아줌마들이 3층 부부가 부부싸움을
했다고 통쾌해하는 모습, 상상할 수
있지? 무의식중에 다른 사람의 불행을

즐기고 있는 거야. 그건 그 사람이 나쁜 성격인 것이 아니라, 자신의 삶이 별로 즐겁지 않다는 증거야. 남의 불행을 즐기는 태도는 좋지 않아. 만일 그런 생각이 들었다면 일단은 누구나 그럴 수 있다고 생각하고 죄책감을 느끼지는 마. 하지만 그건 분명 추한 생각이야.

누군가 내 욕을 하고 다닌다면, 당하고만 있어서는 안 돼! _ 험담

어떤 사람들은 다른 사람의 결함을 큰 소리로 지적하고 비난해. 그것이 사실이든 아니든 그 사람에게 마구 쏘아붙이는 거지. 사실 이렇게 대놓고 욕하지 않더라도 다른 사람의 욕을 한 번도 안해본 사람은 없을 거야. 하지만 다른 사람이 나를 도마 위에 올려놓고 온갖 험담을 퍼붓는다면 정말 견디기 힘들 거야.

특히 학교에서는 서로를 헐뜯을 수 있는 기회가 많은 곳이야. 하루 종일 같이 있다 보면 다른 사람의 결함이 눈에 띌 수밖에 없잖아? 사춘기 때의 여자애들은 아무리 예쁜 애가 있어도 절대로 상대방을 완벽하다고 생각하지 않아. 그애를 머리끝에서 발끝까지 훑어보고는 말도 안 되는 트집을 잡아 나쁜 말을 하는 거지. 만일 네 주위에 항상 너를 괴롭히는 사람이 있다면 곰곰이 생각해본 후 당장 조치를 취해야 해. 절대로 가만히 당하지 마.

일단 차분하게 생각해봐. 지금의 상황이 너무 괴롭더라도 상황을 냉정하게 분석해. 그 아이는 도대체 왜 너에게 욕을 하는 걸까? 그애의 성격이 나쁘기 때문일까? 나를 질투하기 때문일까? 아니면 단순히 기분이 안 좋아서

일까? 그리고 그애가 하는 말이 조금이라도 맞는 말인지 반성해봐. 몇 가지
예를 들어 볼까?

- 예를 들어 '키가 크다' 또는 '키가 작다'고 신체적인 특성을 트집 잡아
  험담하는 경우에는 전혀 신경 쓸 필요가 없어. 네가 노력해서 어떻게 할
  수 있는 것도 아니잖아? 화를 낼 사이에 상대방의 코를 납작하게 해줄 방
  법을 생각하도록 해. 얼굴을 똑바로 마주보고 그만두라고 얘기하는 것도
  좋은 방법이야.
  만일 그애가 아무 이유도 없이 나쁜 의도에서 너를 괴롭히는 거라면 절
  대 참고 있지 마. 다른 사람의 도움을 받도록 해. 누군가가 나를 욕한다
  고 솔직하게 얘기하는 게 쉽지는 않겠지만, 구석에서 혼자 힘들어하면
  안 돼.
- 좀 충격이긴 하지만 그애가 하는 말이 네가 생각해도 맞는 얘기일 경우
  에는(예를 들어 네가 머리를 잘 안 감는다거나 다른 사람에게 말을 잘 못한다거
  나) 두 가지 방법이 있어. 머리 감기처럼 별 것 아닌 일로 문제가 생긴 경
  우, 그애가 지적한 부분을 고치면 간단하겠지? 덕분에 단점이 하나 없어
  졌다고 고맙다는 인사까지 한다면 상대방이 깜짝 놀랄 거야. 또 너를 이
  해심이 많은 아이라고 다시 볼 수도 있어.
  네가 다른 사람에게 말을 잘 못한다고 트집을 잡고 욕을 한다면 이건 조
  금 심각한 경우야. 이런 식의 가시 돋친 비난을 받으면 상처를 받겠지.
  힘들수록 긍정적으로 생각해. '지금은 좀 괴롭지만 다시는 이런 일이 생
  기지 않도록 하자!' 라고 말이야.

그리고 가급적이면 믿을 만한 어른을 찾아 가서 상황 설명을 해. 살다 보면 나이와 관계없이 혼자서는 해결할 수 없는 복잡한 상황에 놓일 수 있으니까 창피해하지 마. 도움을 청하는 건 책임감 있고 용감한 행동이야.

• 악의가 있지만 나름대로 일리가 있고, 특히 네 행동이나 취향에 대해서 욕하는 경우도 있을 거야. 예를 들면 네가 너무 책만 읽는다고 비꼰다면? 용기를 내서 이렇게 말해. 난 책을 읽는 내가 좋아. 내가 책을 읽는다고 다른 사람한테 피해주는 거 아니잖아? 여기는 민주주의 사회니까 내가 좋아하는 음악도 내 마음대로 들을 수 있고, 보고 싶은 책도 마음대로 볼 수 있어. 내가 왜 좋아하는 것을 바꿔야 돼? 나 좀 가만히 내버려둘래?

어떤 경우에도 비난을 받으면 그 사람을 똑바로 보고 저항할 필요가 있어. 용기를 내서 할 말을 해. 일년 내내 괴로워하는 것보다 마음이 편할 거야.

술 _ 가볍게 보다가는 큰코다쳐!

술은 '허가 받은 마약' 이야. 청소년(우리나라의 경우 만 19세 – 옮긴이 주)에게 주류를 판매하는 건 금지되어 있지. 물론 가족들끼리나 친구들끼리 맥주를 조금 마신다고 해서 알코올 중독자가 되는 건 아니야. 하지만 청소년기에는 자신이 술이나 담배, 마약 같은 중독성 물질에 얼마나 민감한지 잘 모르잖아? 과다하게 술을 마시기 시작하면 생리적으로, 심리적으로 알코올에 의존하게 돼. 심리적인 의존은 술을 마시면서 심적인 안정이나 즐거움을 찾으려는 거야. 기분을 띄우기 위해 조금씩만 마신다 해도 그 행동이 장기적으로 지속되면 알코올 중독이 될 수 있어. 생리적인 의존은 매일매일 많은 양의 술을 일정 기간 동안 마시다가 갑자기 끊을 때 나타나는 현상이야. 알코올 중독자가 음주를 중단하면 심각한 두통을 겪거나, 손발을 떨고, 심장박동이 빨라지는 등 생리적 의존에 빠지게 된대. 술을 더 많이 마셔야만 이런 고통을 완화할 수 있는 거지. 시간이 지나면 더 심각한 병을 얻을 수 있지.

이런 극단적인 경우가 아니라 해도 술을 마시면 현실감각이 떨어지고 신체를 조절할 수 있는 기능이 마비되기 때문에 위험해. 잘못하면 음흉한 마음을 먹은 남자친구가 이런 상황을 나쁘게 이용할 수도 있다는 것도 명심하고. 물론 네가 조심한다면 문제없지만 말이야.

그런데 술은 여자와 남자를 차별하는 것 같아. 똑같은 와인을 한 잔 마시면 여자의 혈중알코올 농도는 $0.33g/l$ 까지 올라가는데 남자는 $0.20g/l$ 밖에 되지 않아. 남자보다 여자가 더 쉽게 취한다는 거지.

점점 더 어릴 때부터, 그리고 점점 더 많은 여자아이들이 담배를 피우기 시작한다고 해. 프랑스의 경우 16세의 청소년 중 여학생이 34%, 남학생이 31%가 담배를 피운다는 조사결과가 있었어. 슬픈 기록이지!

담배도 일종의 마약이야. 여러 종류의 마약을 연구해본 결과 담배의 주성분인 니코틴은 필로폰보다 중독성이 강하다는 게 밝혀졌어. 담배 10개비에 들어 있는 니코틴은 신체가 완전히 성장하지 않은 청소년들을 담배중독으로 만들기에 충분한 양이야. 처음에는 호기심 때문에, 친구들 때문에 한두 개비 재미로 시작하지만, 결국에 담배에 중독되면 점점 더 많이 피고 싶고 기분도 나빠져. 담배에 중독되고 나면 흡연 청소년의 50%가 담배를 끊고 싶어 한대. 그렇지만 이미 너무 늦은 상태인 거지.

잘 알고 있겠지만 담배는 만병의 근원이야. 백해무익해. 청소년기에 흡연을 시작하면 성장에도 문제가 생기고 혈액 속의 저산소증으로 두뇌활동도 둔해진대. 심지어 15세 이전에 흡연을 시작한 사람은 흡연을 하지 않는 사람에 비해 폐암으로 죽을 확률이 18.7배나 더 높다고 해.

담배는 미용에 0점

남자애들을 도망치게 만들고 싶으면 담배를 피워. 담배를 피우면 피부도 빨리 늙고, 입 냄새도 나고, 이빨도 누렇게 되니까. 혹시나 담배를 피우고 있다면 지금 당장 학교의 금연상담을 받아봐.

마약 _ 파멸의 지름길

중독된다는 건 신체적, 정신적으로 독성물질이나 약품에 의존하는 것을 의미해. 대마초, 코카인, 헤로인, 모르핀 같은 마약은 파는 것도 사는 것도 사용하는 것도 모두 금지되어 있어.

가끔 TV에 보면 마약사용으로 구속되는 사람들이 있지? 어떤 사람들은 대마초 정도는 중독성이 강하지도 않고 순하다고 가끔은 피워도 괜찮다고 해. 정말 그럴까? 사실 순한 마약이란 있을 수 없어. 기분이 울적할 때 한 번 두 번 대마초에 의지하다보면, 괴로운 현실에서 도피하기 위한 유일한 수단이 되는 거야. 또 THC라 불리는 '테트라하이드로카나비놀'이 대마초의 주 성분인데, 여기에 중독 되면 모든 의욕을 잃게 되고 아무것도 하기 싫고 넋이 나가버리는 거야. 눈이 풀린다는 것이 어떤 것인지 알지?

마약중독은 자기 자신을 학대하는 짓이야. 마약을 할 때면 괴로운 현실이 잠시 잊혀지고 마음이 편해지는 것 같지만 마약은 사람을 서서히 죽음으로 몰아.

약물이란 중추 신경 체계와 의식 상태에 변화를 일으키는 모든 물질을 말해. 쉽게 말해서 술, 진통제, 담배, 각성제, 수면제, 본드가스, 신경안정제 같은 것들을 말하지. 약물 과다복용은 머리가 아프다고 아스피린 두세 알 먹는 걸 말하는 게 아니야. 하루에 진통제를 6알 이상 복용하는 것을 말하는데, 주로 수면제, 안정제 같은 신경안정제나 아스피린 같은 진통제를 적정복용량 이상으로 한꺼번에 많이 복용하는 거야.

걱정을 그칠 수 없고 고민거리가 많아서 다 잊어버리고 싶을 때가 있겠지. 작은 알약만 하나 삼키면 모든 것을 다 잊고 고민도 걱정거리도 영원히 사라져버릴 것 같다고? 절대 그렇지 않아. 문제를 잊을 수는 있지만 저절로 해결되는 것은 아니야. 네 고민을 치료해주는 진통제는 없어. 일단 약물이 주는 환각을 맛보게 되면 담배나 알코올처럼 단번에 끊기 힘들어. 수면제를 먹지 않으면 잠을 잘 수 없다거나, 아침에 신경안정제를 먹지 않으면 학교에 갈 수 없는 일이 일어날지도 몰라. 인생의 그 어느 시기보다 건강하고 활기차야 하는 10대 시절에 약물의 힘에 휘둘려 비정상적인 하루하루를 살 수밖에 없다니. 생각만 해도 끔찍하지 않니?

물론 이런 약이 필요한 데는 저마다 이유가 있을 거야. 하지만 삶이 힘겨울 때 우리는 두 가지 사실을 기억해야 해. 첫번째, 힘든 것을 부끄러워하면 안 된다는 거야. 누구나 힘들게 고민할 권리가 있으니까. 두번째, 혼자서만 고민하면 안 돼. 혼자 질문하고 혼자 대답하는 것은 올바른 답을 찾는 방법이 아냐. 우선 주위에 도움을 줄 수 있는 사람을 찾아보고, 상담을 할 수 있

는 곳에 가봐. 물론 다른 사람에게 이런 일을 털어놓고 도움을 청한다는 게
쉬운 일은 아니야. 그래도 계속 약의 힘에 의지하며 살 건지, 아니면 전문가
를 만나 고민을 털어놓을 건지 둘 중에 더 나은 것을 선택해. 쉽게 답이 나
올 거야.

학교폭력 _ 다른 사람에게 도움을 청하는 것만이 최선의 해결방법

학교 안에서나 밖에서 네 또래나 나이 많은 사람이 너를 괴롭히고 협박 한
다면 일단 세 가지를 기억하도록.

• 막무가내로 덤벼들거나 저항하지 마. 아무리 네가 키가 크고 한주먹 한
  다고 해도 절대 혼자서 문제를 해결하려고 해서는 안 돼. 한두 번은 말로
  겁을 줄지 몰라도 네게 신체적인 폭력을 행사하거나 해를 입힐 수 있는
  무기를 갖고 있을 수도 있어.
• 만일 그 사람들의 협박이나 명령 때문에 시키는 대로 행동했다 해도 너무
  죄책감을 느끼지는 마. 협박을 당하면 무서운 게 당연해. 너에게 겁을 줘
  서 무서움과 죄책감을 느끼게 만드는 것이 그 사람들의 목표니까.
• 절대 혼자서 고민하지 말고 다른 사람들에게 의논할 것! 물론 다른 사람
  에게 말하기도 어렵고, 말하면 보복 당할까봐 겁이 날 거야. 하지만 너
  혼자서만 알고 있어서는 아무것도 해결되지 않아. 다른 사람에게 알려야
  하는 두 가지 이유가 있어. 첫번째, 학교폭력의 피해자로서 느끼는 고통

을 너 혼자서만 갖고 있기에는 너무 힘들지 않아? 조용히 침묵하고 있으면 마음의 상처가 저절로 나을까? 이 문제를 다른 사람에게 알리는 것만으로도 성공이라고 생각해. 말이란 크고 작은 상처를 치유할 수 있는 몇 안 되는 방법 중 하나거든. 두번째, 다른 사람에게 말을 하는 것만이 학교폭력에서 벗어날 수 있는 유일한 수단이야. 네가 먼저 말하지 않으면 누구도 이 문제를 해결할 수 없다는 거지. 부모님이나 담임선생님, 상담선생님에게 말하면 적극적인 보호를 해주시고 해결방법도 찾아주실 거야. 여러 사람이 힘을 합하면 효과적으로 대응할 수 있어.

아무 이유 없이 폭력을 행사하는 건 인간뿐이야 _ 폭력

폭력의 영향은 정말 피해자가 되어본 사람만이 알 수 있을 정도로, 그 상황을 겪어보지 못한 사람은 상상도 할 수 없을 거야. 피해자의 신체뿐만 아니라 머릿속 깊이 심각한 타격을 끼치지. 정신적인 피해가 당장은 드러나지 않는다고 해도 시간이 지날수록 심해지는 경우도 많아. 폭력은 정말 무서운 것이지만 우리는 무방비하게 폭력에 노출되어 있어. 길거리에서부터 우리가 공부하는 학교, 심지어 가장 안전해야 할 가정에서조차 폭력이 존재해. 그리고 폭력은 다양한 형태로 나타나지. 구타, 폭행 같은 신체적인 폭력과 비난, 모욕, 무시 같은 정신적인 폭력 그리고 욕설, 폭언 같은 언어적인 폭력과 성희롱, 강간 같은 성적인 폭력이 있어. 또한 남녀차별, 인종차별 같은 차별주의와 도난, 방화 같은 타인의 재산훼손행위 그리고 마약복용과

자살 같은 자기 자신에 대한 폭력행위도 폭력이라고 할 수 있어.

그렇다고 폭력을 이 세상에서 완전히 없애버릴 수는 없어. 폭력이 존재하지 않는 사회란 없거든. 왜냐면 모든 인간의 내면에는 폭력이 존재하기 때문이야. 사람들은 거부와 반대, 증오, 분노를 표출할 방법을 찾지 못할 때 폭력적으로 대응하게 돼. 누구나 살다 보면 갑자기 감정이 폭발해서 소리를 고래고래 지르거나 물건을 집어던지고, 심지어 타인에게 해를 가하고 싶은 순간적인 충동을 느낄 때가 있어. 그렇다고 사람들이 무차별적으로 폭력을 행사하게 그냥 둬서는 안 돼. 사회는 사람들의 조화로운 공동의 삶을 위해 폭력을 관리할 필요가 있는 거야. 완전히 막을 수는 없더라도 최대한 안전한 방향으로 표현할 수 있게 하는 거지. 예를 들면 스포츠 같은 것? 말도 안 되는 이유로 전쟁을 일으켜 사람을 죽이면서 폭력을 쓰기보다는, 규칙이 갖춰진 권투처럼 링 위에서 정정당당히 펀치를 날리고 힘을 겨루는 것이 나아. 인간과 달리 동물은 타당한 이유가 없으면 폭력을 쓰지는 않는다는 것을 알고 있니? 자신의 영역을 침범 당했다거나 새끼들이 위험에 처했을 때, 또는 생존을 위해서 먹이를 구할 때만 폭력적으로 행동해. 아무런 이유 없이 제멋대로 폭력을 행사하는 건 인간뿐이야.

때로는 지금 폭력이 보이지 않는다 해도, 언제든지 폭력의 대상이 될 수 있다는 생각에 두려움을 느끼기도 할 거야. 갑자기 당할 수도 있기 때문에 불안한 거지. 예고되지 않은 폭력에 대한 두려움은 또 다른 폭력을 낳아. 자신을 보호하기 위해 남을 먼저 공격하는 경우처럼 말이야.

누군가가 너에게 폭력을 행사했다면 무섭다고 가만히 있지 마. 우리는 개인의 생명, 자유, 안전을 보장 받는 민주국가에 살고 있으니까 법률에 의

해 보호받을 권리가 있어. 또한 또 다른 사람이 폭력의 희생양이 되는 것을 막기 위해서라도 용기를 내서 말을 해야 해. 그리고 네 자신을 위해서도 이야기를 해야 해. 숨겨놓았던 것을 털어 놓고 나면 가슴이 후련해지고, 한 걸음 물러서서 객관적으로 생각할 수 있을 거야. 누군가 너에게 폭력을 휘둘렀다고 부끄러워하거나 자책할 필요는 없어. 그리고 여럿이 뭉치면 더 큰 힘을 쓸 수 있다는 것을 명심할 것! 왜냐하면 폭력은 비겁하거든. 자기보다 더 강력한 힘 앞에서는 아무 말 못 하고 수그러들지. 네가 그 정도의 힘을 가지고 있지 않다면, 더 큰 힘을 가질 수 있도록 힘을 모으면 되는 거야.

발전을 위한 폭력

TV뉴스나 신문을 보면 집회나 시위 등 여러 사람들이 뭉쳐서 활동하는 폭력적인 사건에 대해 자주 들을 수 있어. 그렇지만 그런 행동이 무조건 나쁜 걸까? 혹시 그런 행동을 할 수밖에 없는 이유가 있는 것은 아닐까? 정의가 사라진 사회, 기준이 없는 사회, 노력한 사람보다 힘이 있는 사람이 성공하는 사회를 개선시키기 위해 폭력을 써서라도 다른 사람들이 생각할 수 있는 기회를 주는 것이 좋을까? 아니면 아무리 타당한 이유가 있다 해도 폭력은 잘못된 것일까? 쉽게 정의내릴 수 없는 문제야.

죽음 _ 슬픈 일이지만 너무 걱정할 것 없어

왠지 죽음이라는 주제는 사회에서 금기시되는 것 같아. TV뉴스를 보면 누가 어떤 사고로 죽었고, 누가 어떤 병에 걸려 죽었는지 보도를 하기는 하지만 죽음의 본질까지 드러내놓고 얘기하지는 않지. 왜 그럴까? 자신의 죽음에 대해서 생각하는 건 누구에게나 두렵기 때문이 아닐까? 네 또래 아이들은 죽음이라는 주제에 대해 많이 생각할 거야. 특히 자기 자신의 죽음에 대해서. 너만 그런 생각을 하는 것이 아니야.

하지만 자신의 죽음에 대해서 생각하는 것과, 괴로운 것들이 너무 많아서 죽어버리고 싶다고 생각하는 것은 전혀 별개의 문제야. 그저 인생의 과정 중 하나로 죽음에 대해서 생각하는 것은 인생에 대해 고민하는 거라 생각할 수 있지만, 자살에 대해서 생각하는 건 심각한 상황이야.

내가 갑자기 죽었다고 생각을 해봐. 가족들과 친구들은 과연 어떤 반응을 보일까? 누가 가장 많이 슬퍼할까? 내 장례식 분위기는 어떨까? 이런 것들을 상상해보는 건 나쁜 게 아냐. 죽고 싶다는 마음에서 그런 생각을 하는 것도 아니지. 오히려 나의 죽음에 대해 생각하면서 '정말 살아 있구나!' 하고 자신의 존재를 안심하는 거야. 또한 주위의 사람들에게 내가 소중한 존재라는 사실을 확인하는 거지.

죽는다는 것이 너무 무서워서 악몽을 꾼다거나 한다면 부모님이나 주위 어른들에게 이야기해. 혹시 죽음에 대해서 충격을 받을 만한 사건이 있었다면 어떻게, 왜 그랬는지 원인을 아는 게 중요해. 공포는 상상력이 만들어내는 괴물이야. 말이란 이런 괴물에 맞서는 용감한 기사지.

때로는 도저히 자기 자신을 사랑할 수 없을 때가 있어. 사춘기가 되어 자신의 정체성을 확립해가는 시기에는 어떤 사람이 되고 싶은지 스스로 질문해보지만 대부분 선뜻 대답하기 힘들어. 그럼에도 불구하고 자신이 누군지 알 수 없다는 이유로 자신을 학대하면서 존재를 확인하고 싶어 하는 애들도 있어. 드러내고 이야기를 하지는 않지만, 프랑스의 경우 여학생의 30명 중 5명 정도가 정기적으로 자기 자신을 학대하거나 날카로운 도구로 자해를 한다고 해. 이후에는 팔목이나 팔뚝에 깊이 상처가 나 흉터가 생기지.

심리학자들은 청소년들의 자해행동을 이해하기 위해 청소년들이 자아정체성을 찾아가는 과정을 연구해왔어.

인생의 다른 시기와 마찬가지로 사춘기 때에도 사람들은 자신과 타인을 구별하고 차이를 만들어가면서 자아를 형성해 가. 나와 남을 구분해가는 거지. 만일 지구상에 사는 모든 사람들이 똑같은 얼굴에 똑같은 성격을 가졌다면 도대체 사는 재미가 있겠어? 사람은 복제인간이나 로봇이 아니기 때문에 규범도 만들고 문화도 꽃피우는 거지. 놀라운 것은 겨우 말을 시작할 정도의 아기들도 자기가 남다르다는 것을 안다는 거야. 나와 그 사람이 다르다는 것을 알고 '싫어!' 라고 자기주장을 하는 거지. "우유 먹을래?" "싫어!" "그럼 쥬스?" "싫어!" "그럼 뽀뽀해줄까?" 이런 상황에서 아기들은 재미를 느끼고, 싫다는 표현을 통해 본능적으로 자신의 존재와 개성에 눈 뜨는 거야. 이 세상에 단 하나밖에 없는 존재라는 걸 인식하게 돼.

이처럼 자신의 자아를 찾아가는 노력은 평생 동안 계속 되지. 단 아기 때와 차이가 있다면, 방법이 아주 다양해진다는 거야. 자신의 사는 법, 외모, 우정, 사랑, 진로에 대해 고민하고 선택하면서 '나'라는 존재를 만들어가. 결국 이 세상에 단 하나밖에 없는 특별한 사람이 되는 거지. 하지만 자신의 내면을 남과 다르게 만들어간다는 것이 쉽지는 않아. 그래서 내면이 아닌 외면, 즉 자신의 몸에 남과 구별될 수 있는 표시를 하는 거지. 예를 들면 칼로 흉터를 남기는 것 말이야.

자해를 하는 아이들의 말을 들어보면, 자해를 하는 순간은 마음이 편안하다고 해. 하지만 이런 행동은 근본적인 문제를 해결해주지 못하고 자해를 계속하게 만들 뿐이야. 칼로 벤다는 것의 의미를 해석해보면 '현실과의 단절'이라고 할 수 있어. 하지만 현실과 나를 단절시켜 삶에서 한발 짝 비켜나 있는 것보다는 삶의 일부가 되는 편이 훨씬 편해. 왜냐하면 삶에서 벗어나 있으면 어떤 곳에도 속하지 못하고 아무것도 할 수 없잖아.

자해를 하고 싶은 마음이 들면 우선 자신이 무엇으로부터 도망치고 싶은 건지 잘 생각해봐. 자기 문제를 혼자서 객관적으로 파악한다는 건 쉽지 않기 때문에 심리상담가와 이야기를 해보도록 해. 몸의 상처뿐만 아니라 마음의 상처를 먼저 치료해야 하니까.

사람들은 사춘기가 지나고 스무 살이 되면 사춘기 때에 기쁨과 슬픔이 극단적으로 오고간다는 것을 잘 잊어버리는 것 같아. 사춘기의 아이들이 감정기복이 심한 것은 몸과 마음에 많은 변화가 일어나기 때문이야.

네 안에 '너' 라는 작은 사회가 있다고 생각해봐. 그 사회를 관찰하듯이 너 자신에 대해서 거리를 두고 지켜볼 수 있다면 인생에 대해 점점 더 많은 것을 알 수 있을 거야. 그러니까 네가 죽음에 대해서 생각하고, 특히 너의 죽음에 대해 생각하는 건 이상한 게 아냐. 존재의 의미에 대해 고민하면서 죽음에 대해 고민하지 않을 이유가 없지. 두려울 수 있지만 걱정스러운 건 아니야.

하지만 자살에 대해서 자꾸 생각하는 건 걱정스러운 일이야. 아무리 생각해도 끝이 안 보이는 문제가 있을 때, 너무 절망적일 때면 죽는 것 밖에 방법이 없다는 생각이 들 거야. 하지만 자살은 진짜 해결방법이 아니야. 용기도 없이 현실에서 도망가는 일일 뿐이야.

자살에 대해서 자주 생각하는 건 현재의 상황이 만족스럽지 않기 때문이야. 심각한 고민이 있거나, 별 이유없이 인생이 너무 고달프다고 느껴지기 때문에 그럴 수도 있어. 너 혼자서만 힘든 것을 숨기려고 한다면 문제는 잘 풀리지 않아. 분명히 해결방법은 있어. 하지만 가끔은 너 혼자서 해결하기에는 너무 고통스러운 것들도 있을 거야. 그때를 조심해. 고통이 이성을 마비시켜서 무엇이 옳은 것인지 잘 판단할 수 없거든. 신뢰할 만한 어른에게 하나씩 물어봐. 누구든 네 이야기에 귀 기울여줄 수 있는 사람이면 돼. 그 사람들의 조언을 들어보면 의외로 해결방법이 쉽게 얻어질 수도 있어. 목숨을 끊는 것보다는 훨씬 쉽잖아?

누군가 네게

만일 네 친구 중 누군가 네게 죽고 싶다는 이야기를 한다면 쉽게 삶의 기회를 포기해서는 안 된다고 설득하고, 믿을 수 있는 어른과 그 친구에 대해서 의논해. 너를 못 믿어서가 아니라, 네 나이 때는 다른 사람의 절망을 짊어지기 힘들기 때문에 어른의 도움이 필요하거든.

알고 싶은 것도
하고 싶은 것도 많은
우리들

누구나 우정이 인생에서 중요한 부분을 차지한다는 건 알고 있어. 특히 가족과의 연결고리를 끊어가면서 홀로 이 세상에 두 발을 내딛는 사춘기 때는 너를 도와주는 버팀목이 절실히 필요해. 그래서 화가 나거나 고민이 있을 때 너를 지탱해줄 사람들이 바로 친구들이지!

하지만 네 단짝 친구는 바뀔 수도 있고, 친한 친구와 싸울 수도 있어. 지금은 네가 어떤 친구와 잘 지내고 있지만, 그 친구가 꼭 네 맘에 드는 사람은 아닐 수도 있지. 어떤 경우에는 친구를 만드는 것조차 힘들다고 생각하는 사람이 있어. 어떻게 하면 변함없는 우정을 나눌 수 있는 진짜 친구를 만들 수 있을까? 사실 특별한 비법이랄 건 없어. 대신 몇 가지 조언을 해줄게. 친구를 사귀면서 꼭 명심해야 할 두 가지는

- 너 자신을 이해하고 존중하며
- 친구들을 존중하고 무엇이든 함께 나눌 줄 알아야 해.

첫번째, 변덕스러운 친구관계를 원하지 않는다면 우선 너 자신을 잘 파악해야 해. 사춘기 때는 네가 어떤 사람이 될지 확신이 없기 때문에 너와 생각이 비슷한 친구를 찾게 되지. 너 혼자가 아니라고 안심을 할 수 있으니까. 물론 나쁠 건 없어. 하지만 넌 지금 덜 익은 초록색 딸기나 마찬가지야. 딸기가 익으면서 순식간에 초록색에서 빨간색으로 색깔이 변하듯이, 너도 빠르게 변해. 몇 달 전에는 너와 비슷하다고 생각했던 친구와 친하게 지내

다, 어느새 싫증을 느끼고 다른 친구를 찾을 수도 있거든. 두번째, 진실한 우정이 없는 얄팍한 친구관계 때문에 배신당하고 상처받지 않도록 너 자신을 아끼고 존중해야 해.

세번째, 친구에게 너와 똑같이 행동하기를 요구하지 마. 친구의 개성을 존중해줘. 우정은 구속이 아니거든. 말하자면 '황금 감옥의 원칙' 이라고 할 수 있지. 만약 너한테 황금으로 치장된 예쁜 방을 주고 거기서 살라고 하면 정말 행복하겠지? 하지만 거기에서 한 발짝도 못 나가게 한다면 방이 아무리 멋있고 예쁘다고 해도 끔찍하기만 할 거야. 너한테는 그 방이 감옥이나 마찬가지니까. 우정도 마찬가지란다. 너에게 정말 잘해주는 좋은 친구도 우정이라는 이름으로 너를 구속하려 든다면 금방 힘들어질 거야. 극단적인 경우에는, 너에게 자신이 꼭 필요하고, 자기 없이는 넌 아무 것도 할 수 없을 거라고 겁을 주지만 사실은 정 반대야. 그 친구가 너에게 매달리는 거지. 그리고 친구들에게 말버릇처럼 "내 제일 친한 친구는 너야!"라고 말하는 경우도 있는데, 사실 '제일 친한 친구' 가 여러 명일 수는 없잖아? 친구들 사이에서 친한 정도로 서열을 정하려고 하지 마.

네번째, 우정을 쌓으려면 함께 나누는 방법을 알아야 해. 친구는 단지 서로 어울려 다니는 사이가 아니라 함께 활동을 하면서 추억을 만들어가는 사이야. 같이 소풍을 가거나, 패션사진 전시회를 둘러본다거나, 같은 동호회를 들거나, 같이 간식을 나눠먹는 것처럼 뭐든지 함께 하고 나눌 수 있는 사이가 진짜 친구 사이지. 서로 함께한 경험이 쌓이면서 우정을 더욱 단단하게 해줄 거야.

말 _ 달콤한 사랑의 묘약, 혹은 마음의 독화살

말은 신비의 묘약만큼이나 엄청난 위력을 가지고 있어. 때로는 생각을 정리해주고, 아픈 마음을 위로해주고 상처를 치료하고, 사랑의 메신저가 되기도 해. 하지만 때로는 사람에게 치명적인 독이 되기도 해. 머릿속에 가득한 말을 상황에 따라 현명하게 사용할 수 있는 것도 능력이야.

동물도 그들만의 언어로 의사소통을 해. 하지만 말을 하는 건 사람뿐이야. 말은 생각을 표현하고 발전시키는 지능의 발전소이자 정신의 식량이지. 말은 또 진통제 역할도 해. 말을 통해 사람들의 고통과 어려움을 해소할 수 있거든. 너의 고통뿐만 아니라 다른 사람들의 고통도 낮게 하지. 예를 들어 어린아이에게 주사를 놓을 때 아무 말없이 팔을 잡아 무턱대고 주사를 놓는다면 그 애가 얼마나 놀라고 아파할까? 하지만 왜 주사를 맞아야 하는지 차근차근 설명해준다면 그 아이도 이해를 하고 고통을 덜 느낄 거야. 이렇게 말은 다른 사람을 보살펴주는 안심장치 역할도 하지.

너무 힘들고 괴로울 때면 일단 말로 표현을 해봐. 고통과 불안을 말로 표현하면 너의 가슴 속에서 고통이 떨어져 나왔다는 기분이 들 거야. 너 자신과 고통을 분리시키는 게 중요해. 거리를 두고 마치 물건을 관찰하듯이 살펴보면 전체 상황을 더 냉정하게 바라볼 수 있을 거야. 그러면 네가 미처 생각지 못한 의외의 해결방법이 나올 수도 있지.

그리고 좋아하는 사람에게 마음을 표현할 때도 어떻게 말을 하느냐에 따라 큰 차이가 있어. 어떤 말은 달콤한 키스보다도 더 달콤해서 사람의 마음을 보듬어주거든. 말로 하는 사랑고백이 얼마나 큰 효과가 있는지 잘 알잖

아? 또한 말은 네가 힘들 때 참고 이겨낼 수 있는 힘을 줘. 시험을 망쳐 절망
적일 때 역사 속의 위인이 남긴 글보다 엄마의 따듯한 위로의 말씀을 들으면
저절로 눈물이 나면서 마음이 안정되잖아? 반대로 너의 말도 다른 사람들에
게 힘이 될 수 있고 말이야. 말은 사랑에 맛을 더하는 소금과 같은 거지.

그렇지만 잘 쓰면 한없이 아름다운 말도 잘못 쓰면 남에게 상처를 주고
마음을 아프게 해. 만일 누가 너에게 독 같은 말을 한다면 가슴속에 묻어두
려고만 하지 마. 말로 받은 상처는 말로 치유해야지. 네 상처를 말로 표현
해서 너를 사랑하는 사람들에게 위로의 말을 듣도록 해. 따듯한 붕대가 되
어줄 거야.

1,000개의 단어에 대한 프로그램 tip 01

프랑스의 한 전직 경찰관이 청소년 폭력을 줄이기 위해 특이한 방법을 발표했던 적이 있
대. 그 경찰관은 대부분의 청소년 범죄자들이 말을 할 때 약 400단어 정도만 사용한다는 것을
알아냈어. 그리고 청소년들의 표현력에 한계가 있기 때문에 말로 표현하는 대신 폭력에 의존한
다는 가설을 내놓았지. 말로 안 되니까 폭력을 사용한다는 거야. 가설을 증명하기 위해서 그
경찰관은 청소년 범죄자들에게 뒤마의 《삼총사》를 읽게 했어. 책에 나오는 단어 중 모르는 것
들은 일일이 설명해줬고. 그런데 실험 후에 정말 놀라운 일이 일어났어. 책을 다 읽고 몰랐던
단어를 익히게 한 다음 조사한 결과, 아이들이 일상적인 대화에 사용하는 단어는 700개로 늘
어났고, 폭력을 사용하는 횟수도 줄어들었다는 거야!

목소리 _ 여자들도 목소리가 변해

사람에게 목소리가 중요하다는 것은 누구나 다 아는 사실이야. 부드럽거나, 나지막하거나, 높고 날카롭거나, 콧소리를 낸다거나, 가냘프거나. 목소리와 말투는 사람의 성격을 드러내주거든.

사춘기 남자애들이 변성기가 되면 어른처럼 깊고 울리는 목소리로 변하지. 그런데 여자애들도 변성기를 겪는다는 것을 아니? 남자들만큼 크게 변하는 건 아니지만 분명 목소리가 변해. 목안에 있는 후두라는 기관이 목소리를 조율하는데, 사춘기가 되어 신체가 발달하면 후두도 그에 맞게 자라거든. 여섯 살짜리 어린애의 전화목소리와 열다섯 살짜리 소녀의 전화목소리는 확실히 다르잖아?

변성기가 되어 목소리가 변하긴 했는데 전보다 더 이상한 목소리로 바뀐 것 같다고? 일단은 안심해. 네 목소리는 네가 듣는 것과 다른 사람이 듣는 것이 다르거든. 네 목소리를 녹음해서 들어보면 알 수 있을 거야. 그때 들리는 목소리가 다른 사람들이 듣는 네 목소리인 거지. 어떤 경우에는 녹음된 네 목소리가 더 이상하게 들릴 수도 있어. 충격을 받더라도 잘 극복해.

만일 목소리가 안 좋다는 생각

이 들면 큰 소리로 책을 읽거나 노래를 불러봐. 책은 네가 좋아하는 잡지나 요리책 등 아무거나 좋아. 그리고 노래는 따라 걸로 선택해. 머라이어 캐리 *Mariah Carey*의 목소리처럼 가창력 있게 노래를 부르는 것이 아니잖아? 예쁘고 맑고 깨끗한 음색, 그러니까 안정된 목소리를 끌어내는 것이 연습의 목표야.

머리가 복잡하거나 속상할 때는 일기를 써 _ 일기

절대로 널 탓하지 않고 언제나 조용하게 네 이야기를 들어주는 침착하고 신중한 친구가 있어. 바로 일기야. 여러 가지 문제로 머리가 복잡하거나 속상할 때는 일기를 써보는 것이 어떨까? 글쓰기는 문제를 해결하는 좋은 약이 될 수 있거든.

일기장에는 글을 쓰고, 그림을 그리고, 어딘가에서 들은 예쁜 말을 적어 놓을 수도 있고, 친구와 본 영화티켓이나 네가 좋아하는 남자애가 준 사탕 껍질도 붙여놓을 수 있어. 동생 때문에 화가 났다면 이유를 하나도 빠짐없이 다 써볼 수도 있고, 오늘 만났던 친구의 남자친구에 대해서 끄적일 수도 있겠지. 네 말이 논리적인지 그렇지 않은지는 중요하지 않아. 다 쓴 일기장을 고이 간직하든 불로 태워버리든 그런 것도 중요하지 않지. 네 일기니까 무엇이든 네 마음대로 할 수 있는 거야. 너의 감정을 글로 표현하려면 우선 생각을 정리해서 확실하게 해야 해. 정리가 잘 안된다고 해도 그냥 손이 가는 대로 자유롭게 쓰다 보면 차츰 생각이 정리될 거야.

일기는 가장 친한 나의 친구라는 말이 있어. 일기장에 네 생각을 글로 적어 마음을 표현하는 순간, 넌 누군가에게 고민을 털어놓은 거나 마찬가지잖아? 마음이 한결 가벼워질 거야. 그러니까 네 모든 생각과 감정과 비밀이 담겨 있는 일기장을 다른 사람들이 함부로 읽을 수 없게 잘 보관해야겠지? 엄마라도 네 허락이 없이는 볼 수 없는 거야. 침대 밑이나 책장의 다른 책 사이에 잘 숨겨놓도록 해.

만일 가까운 사람에게 복잡한 문제에 대해 이야기하고 싶으면 쪽지를 쓰거나 편지, 메일을 보내렴. 일기에 쓴 내용을 참고하면서 말이야. 그리고 네 생각을 정리하고 싶은데 어떻게 시작해야 할지 첫머리가 떠오르지 않는다면 일기장 앞면에 아래의 간단한 문장을 적어둬. 답답할 때 도움이 될 거야.

- 내가 하고 싶은 얘기는…
- 나는 이런 사람이야…
- 난 이렇게 되었으면 좋겠어…
- 내가 엄마, 아빠, 언니, 오빠한테 하고 싶은 얘기는…
- 내가 울고 싶은 이유는…
- 내일은 이렇게 되었으면 좋겠어…
- 난 이렇게 해서 다른 것 같아…

누군가가 선생님께 심한 꾸중을 듣고 있는 심각한 상황이야. 그런데 선생님의 양말에 구멍이 난 것을 발견한 거야. 웃으면 안 되는 상황이라는 것을 잘 알지만 도저히 참을 수 없어! 아예 고개를 푹 숙이고 웃음을 참고 있는데 선생님은 자꾸 네 쪽으로 걸어오시고, 양말의 구멍이 자꾸 커지는 것을 보는 순간! 끔찍한 일이 벌어지겠지. 침을 잔뜩 튀기면서 "푸하하하!" 하고 웃게 될 거야!

한번 웃음보가 터지고 나면 누가 때려눕힌다고 해도 멈출 수 없어. 게다가 남들이 보기에는 우스울 것도 없는데 너는 참을 수가 없으니까 더 창피하고 당황스러울 거야. 그래도 웃음이 터지면 힘껏 증기를 뿜어대는 압력솥처럼 삑삑거리게 되지. 삑삑!

남을 비웃는 것이 아니라 재미있는 상황을 참을 수 없어서 웃는 거라면 좋은 거지! 오히려 웃을 수 있다는 것은 기쁜 일이야. 지구상의 생명체 중에 웃을 수 있는 건 인간밖에 없다고 하잖아? 입을 벌리고 큰 소리로 웃고, 손뼉을 치고 눈물까지 흘리면서 기분 좋게 웃으면 폐 속 깊이 심호흡도 되고 온몸의 근육이 자극을 받아서 마사지를 한 것 같은 효과를 얻지. 또 혈액순환이 원활해지면서 혈색도 좋아진

단다. 그리고 제일 중요한 것, 기분이 정말 좋아져!

　그렇지만 때와 장소를 가려서 웃는 것이 예의야. 갑자기 웃음이 터질 것 같을 때 웃음을 멈출 수 있는 몇 가지 조언을 해줄까? 천천히 깊게 여러 번 심호흡을 하면 '푸웃!' 하고 웃는 것만은 막을 수 있어. 호흡을 조절하면서 긴장을 풀면 몸속의 압력을 낮출 수 있거든. 아니면 재빨리 슬픈 생각을 하는 거야(하지만 이 방법은 별로 효과가 없어). 일단은 그 자리에서 벗어나 마음을 차분히 가라앉히도록 해. 누구나 바보처럼 깔깔대고 웃어본 경험은 있으니까 네가 조금 시끄럽게 한다고 해서 그렇게 눈총 받을 짓을 한 건 아니니, 걱정 마!

어머, 너무 웃다가 실례를 했어

　당황스러운 일이기는 하지만, 어떤 경우에는 너무 웃어서 오줌을 쌀 수도 있어. 특히 집이 아닌 밖에서 그런 일이 일어나면 정말 당황스럽고 창피해. 왜 오줌이 나오는 걸까? 그건 방광에 소변이 약간 차 있을 때 요도근육이 이완되면서 저절로 흘러나오기 때문이야. 이런 일이 자주 있었다면 배뇨현상을 조절하는 근육을 단련시키는 연습을 해봐. 어떻게 하냐고? 소변을 볼 때 힘을 줘서 여러 번 끊어서 보면 돼.

함께 있으면 너무 재미있고 웃겨서 배까지 아프게 만드는 친구가 있지? 그렇지만 반대로 진지한 표정에 무슨 이야기를 해도 썰렁한 친구도 있을 거야. 진지한 것이 나쁘다는 것은 아니지만 같이 있으면 마음껏 웃을 수 있는 사람이 더 매력적으로 보이지 않니? 길고 지루한 책만큼이나 재미없는 사람은 어떻게 해야 재미있는 사람이 될까? 앞으로 소개할 몇 가지 방법을 따라하면 확실히 효과가 있을 거야.

유머는 삶을 바라보는 또 다른 방식이야. 앞에서 열심히 설명을 하시는 수학선생님 머리를 보고 뭉게구름 같다고 생각하는 것도 일종의 유머라 할 수 있지. 1970년대 프랑스에 프랑크 자파 *Frank Zappa*라는 머리가 긴 히피 가수가 있었는데, 제2차 세계대전에서 한쪽 다리를 잃고 의족을 붙인 군인과 같은 TV프로그램에 나온 적이 있었대. 그 당시에는 남자가 머리를 기르는 것을 안 좋게 보았던 시대라 그 군인은 프랑크 자파에게 빈정거리듯이 이렇게 물었어. "머리가 긴 걸 보니 혹시 여자이신가요?" 프랑크 자파는 이렇게 대답했지. "당신은 다리가 나무로 된 걸 보니 책상인가봐요?" 물론 대답이 공손한 것은 아니지만 공격적인 질문에 발끈할 필요는 없다는 걸 보여주는 일화야.

유머는 삶의 활력소가 되고 힘든 일을 이겨낼 수 있는 힘을 줘. 아무리 힘든 일이라도 농담을 하면서 한 걸음 떨어져서 보면 이런 고통도 별것 아니라는 생각이 들거든. 남이 나에게 폭언을 퍼부으면서 고통을 준다 해도 웃음으로 받아쳐봐. 그 상황에서 같이 화내지 않고 유머러스하게 대처하는 것이 쉬운 일은 아니지만, 일단 성공하면 상대방의 기를 아주 확 꺾어놓을 수 있지. 누가 너보고 '닭대가리'라고 놀린다고? 그럼 아무렇지 않게 "꼬꼬댁!"하고 외쳐봐! 승리는 너에게 돌아가는 거지! 넌 그런 허튼 소리에는 조금도 신경 쓰지 않고, 웃어넘길 여유가 있다는 걸 증명하는 거야.

웃기는 사람으로 다시 태어나는 법

웃기지 않는 사람이 어느 날 갑자기 웃긴 사람이 될 수는 없잖아? 웃기는 데도 계획과 노력이 필요해.

- 유머감각을 키우려면 작은 수첩에 재밌는 이야기나 퀴즈 같은 것을 적어둬. 그리고 그 중 몇 개를 외워서 거울 앞에서 연습을 해봐. 가족이나 친구들 앞에서 시험도 해보고. 약간만 노력하면 진지하고 우울한, 심지어 험악한 사람까지도 유머감각 넘치는 재밌는 사람이 될 수 있어. 그리고 꼭 과장된 몸짓을 하지 않아도 말 한 마디로 교실전체를 뒤집어지게 할 수 있어. 심각한 표정으로 던진 한 마디가 정말 웃긴 경우가 있잖아?

- 너만의 '웃기는 방식'을 개발하려면 수첩에 쓴 글 중에 네가 가장 재미있다고 생각하는 걸 골라. 말장난이나("나 뭐 하나만 물어봐도 돼?", "그래. 그 대신 얼굴은 묻지 마") 단어의 의미 바꾸기("그 사람은 정말 위대한 것 같아", "뭐 위장이 크다고?"), 엉뚱한 말, 조금은 야한 농담 같은 것들이 있겠지? 그 중에 네가 생각해도 이건 정말 웃긴다고 자신할 수 있는 농담을 만들어봐. 원래 이런 일에는 자기 자신이 가장 훌륭한 청중이거든.

TV드라마를 보면 꼭 한 명쯤은 빨간 드레스를 입은 야한 여자들이 있지?
그런 여자들은 남자들의 관심을 얻기 위해 무슨 짓이든 하는 것 같아. 화장
을 지우면 전혀 못 알아볼 얼굴도 놀라운 화장술로 나름 예쁜 얼굴이 되지.
기다란 속눈썹을 붙인 짙은 화장, 알록달록한 색깔의 착 달라붙는 옷, 과감
한 행동으로 야한 여자들은 어디에 있든 금방 눈에 띄어. 이런 타입의 여자
들은 다른 여자들에게 짜증만 줄 뿐 환영을 받지 못해. 왜 그럴까? 혼자서
만 화려하게 보이려고 하기 때문 아닐까?

　대부분의 남자들은 이런 여자들에게 호감을 느껴. 홀딱 반해버리는 남자
들도 있지. 어떻게 보면 당연한 거야. 야한 여자는 남자들의 관심을 끌기 위
해 적극적으로 행동하니까. '해서는 안 될 일' 같은 것은 없다고 생각하는
걸까? 바로 이런 점이 같은 여자들을 화나게 만들어. 보통의 여자들은 감히
시도도 하지 못하는 일들을 스스럼없이 하거든. 야한 옷차림과 행동으로
남자들을 쉽게 유혹하지만, 네가 자라서 어른이 된다고 해도 그렇게 행동
하기는 힘들 거야. 물론 너도 호기심 반 장난 반으로 할리우드 스타가 모피
를 걸치듯이 수건을 몸에 두르고 거울을 본 적이 있겠지? 또 엄마나 언니의
화장품으로 요란하게 화장을 하고 어른 같은 포즈를 취해본 경험이 있을
거야. 만일 내가 자라면 저렇게 할 수 있을지, 저렇게 하면 예쁠지 일종의
실험을 해보는 거지. 하지만 적어도 지금은 새빨간 립스틱을 칠하고 초미
니 스커트에 가슴이 훤히 드러나는 티셔츠를 입고 외출하지 않는 편이 훨
씬 나을 거라고 생각해(어른이 된 다음에는 네 선택에 맡길게).

네 주위에도 짧은 치마에 화장을 하고 남자애들과 어울려 다니는 애들이 있니? 그애를 도저히 이해할 수 없다고? 일단 짜증을 뒤로 하고 곰곰이 생각해봐. 왜 그렇게 행동할까? 왜냐하면 이 세상 모든 사람들과 마찬가지로 야한 행동을 하는 여자들도 사랑받기를 원해. 그래서 다른 사람들의 사랑을 얻기 위해 자기가 여자라는 점을 이용하는 거야.

사실 요즘엔 그렇게 야하게 행동하는 게 전혀 이상해 보이지만은 않아. TV, 잡지, 광고 할 것 없이 맨살을 드러내는 여자들이 많으니까. 게다가 언론에서는 여자에 대해 이야기할 때 그 사람의 능력보다는 예쁜지 안 예쁜지, 가슴이 큰지 안 큰지에 대해서만 관심을 갖는 경우가 더 많잖아? 천박한 남성우월주의의 결과라고 생각되지만 사회에서는 이런 방법으로 성공할 수도 있거든. 그렇다고 그 성공이 진정 값진 것은 아니야. 다시 본론으로 돌아가자면, 야한 여자는 섹시하게 옷을 입으면 사람들이 자기를 보고 감탄하고 호감을 가질 거라고 생각해. 그래서 외모 가꾸기에만 열중을 하는 거야. 반면 너같이 현명한 여자애들은 운동화 끈을 질끈 매면서 "마음이 아름다워야 예쁜 거야!"라고 당당하게 외치는 거지. 너만의 내적인 아름다움을 가꾸기 위해 노력하고 있으리라 믿어.

그런데 왜 남자애들은 '내면의 아름다움'이란 중요한 사실을 모르는 걸까? 왜냐면 남자들은 시각, 그러니까 보이는 것에 좌우되는 경우가 많기 때문이야. 그리고 너한테 고백하는 건데, 진짜 멋진 남자의 관심을 끌려면 섹시한 블라우스만으로는 부족해. 멋진 시 구절을 읊을 수 있는 지적인 아름다움도 겸비해야 되지! 착하고 현명하면서 지적인 여자가 되기 위해 노력하는 것은 당연한 일이야. 계속 노력하렴. 그렇지만 야한 여자한테 섹시한 매력을 한껏 뽐낼 수 있는 기술도 한 수 배우면 좋을 것 같지 않니? 그런 행동들이 모두 나쁘다고 할 수만은 없거든. 몇 가지만 배워봐. 매력적인 외모를 갖고 있으면서도 똑똑하고 지적인 여자들이 얼마든지 있잖아? 아름다운 외모를 통해서 너의 내면이 얼마나 아름답고 강인한지 다른 사람들에게 더 적극적으로 알릴 수 있는 거지!

IQ는 150인데 인기는 하나도 없다고? _ 똑똑한 여자

똑똑한 이미지를 좋아해서 그렇게 보이려고 노력하는 사람도 있지만, 자기도 모르게 공부벌레 이미지가 굳어서 싫어하는 사람도 있어. 똑똑한 이미지가 좋은 것만은 아닌 걸까? 사람들은 지적인 사람들에 대해서 재미없고 답답하다는 편견을 가지고 있어. 어떤 코미디에서는 지적인 사람들을 커다란 뿔테 안경을 쓰고 꽉 막힌 사람으로 극단적으로 묘사하기도 하잖아? 하지만 책이나 역사과목, 박물관을 좋아하는 게 무슨 죄야? 다른 사람에게 피해를 주지도 않는데 말이야.

 똑똑한 사람은 차갑고 냉철해 보여서 다른 사람들을 움츠러들게 하는 경우가 많아. 어떻게 생각하면 피해를 주는 것 같기도 하지. 마치 야한 여자의 행동이 남들에게 직접 피해를 주지는 않더라도 영향을 미치는 것처럼. 지적인 여자나 야한 여자는 다른 사람에게 없는 특별한 것이 있어. 야한 여자들은 남자에게 인기를 끌기 위해서 뭐든지 하고, 실제로도 어느 정도 인기가 있잖아? 마찬가지로 모범생들도 머리를 쓰는 것을 즐기고 좋은 성적을 받기 위해서 뭐든지 해. 또 좋은 성적을 받을 때도 많고.

그렇지만 머리가 좋고 공부를 잘한다는 이유만으로 다른 사람들을 무시한다면 그건 정말 비난 받을 만한 행동이야. 사람들이 똑똑한 사람들을 싫어하는 이유는 단지 그 사람들이 지식이 많기 때문이 아니라, 지식이 많아서 다른 사람들보다 훌륭한 사람이라는 우월의식에 젖어 있기 때문이야. 자신을 남들보다 예뻐서, 돈이 많아서 더 훌륭한 사람이라고 생각하는 것과 똑같은 거지.

똑똑하게 보이면 남들에게 호감을 사지 못한다는 이유로 일부러 바보처럼 행세할 필요는 없어. 아무 소용도 없고 시간이 지나면 네 행동에 후회만 하게 될 거야.

다른 애들과 허물없이 친하게 지내고 싶다면 애들이 좋아하고 즐기는 것에 관심을 가져봐. TV드라마나 잘생긴 남자 연예인, 만화책 같은 것들 말이야. 사람을 처음 만났을 때는 네 관심사에 대해서 마구 쏟아내지 마. 네가 좋아하는 국사나 고고학에 관심이 있는 애들은 많지 않거든. 대신 다른 사람의 관심사에 대해서 적극적으로 관심을 보이고 이것저것 물어봐. 네가 다른 사람들이 생각하는 것처럼 꽉 막히고 무서운 애가 아니는 걸 증명해 보여!

 # 인기 있는 사람

어떻게 하면 주위 친구들의 인기를 독차지할 수 있을까? 너도 이런 고민을 한 적이 있니? 이 문제를 해결하려면 일단 네가 왜 인기를 얻고 싶은지 알고 넘어가자. 인기 있다는 건 과연 뭘까? 인기 있는 것은 유명한 것과 비슷한데, 단 학교처럼 더 작은 집단에서 유명해지는 거지. 인기 있는 남자애나 여자애는 절대 혼자 있지 않고 항상 누군가와 웃으면서 이야기를 하고 있지. 외모가 매력적이거나 성격이 화끈하거나, 공부를 잘해서 부러움과 감탄의 대상이 돼.

인기가 있으면 물론 기분이 좋겠지. 하지만 진짜로 인기 있고 싶어 하는 이유는 외톨이가 되지 않아도 되기 때문이 아닐까? 반에서 항상 1등 하는 애가 자신이 공부를 잘한다는 사실을 드러내지 않으려고 싱거운 농담이나 하는 것처럼 말이야. 공부를 잘한다는 사실이 때론 남들의 따돌림거리가 되기도 하니까. 그리고 인기 있는 사람은 항상 아이들이 같이 놀고 싶어 하기 때문에 심심하거나 지겹지 않을 거라는 생각도 들지. 무엇보다도 혼자가 아니라고 안심할 수 있기 때문에 인기 있고 싶은 거야. 또 인기 있는 건 가치 있

는 사람이란 뜻이야. 하지만 이런 생각 때문에 인기만 좇다 보면 정 반대의 문제가 생겨.

너도 연예인이나 유명인들 중에 나이와 성별에 상관없이 무조건 인기를 추구하는 사람들을 알고 있을 거야. 그런데 이상하게도 인기 있는 사람이 되려고 노력할수록 사실은 인기가 없어져. 자신의 본모습을 감추고 남들에게 가식적인 모습만 보여주기 때문이지. 친구를 만날 때도 나의 진짜 모습을 보여주기보다는 그저 누군가와 함께 있으면서 안심하고 싶어서, 또는 목적에 맞게만 만나. 예를 들면 쉬는 시간에도 옷을 제일 잘 입고 제일 멋있는 사람하고만 얘기하고 싶어 하지. 그리고 주는 것 없이 남에게 부탁만 해. 하지만 우정은 주고받으면서 키워나가는 거잖아. 서로 교류를 해야 하는 거지. 인기 있는 사람들은 서로 인간적인 교류가 없기 때문에, 존중 받기는 하지만 꼭 사랑을 받는 건 아니야. 마음에서 우러나는 진실한 우정이 없기 때문에 어려운 일이 있을 때 외롭다는 생각을 할 수 있어.

너는 어떤 사람이고, 좋아하는 것은 뭐고, 어떤 사람을 좋아하는지 잘 생각해봐. 네가 좋아하는 친구들과 진정한 우정을 쌓아가는 것이 단순한 인기를 얻는 것보다 값진 일이니까! 그리고 네 자신을 아름답게 꾸미다 보면 자신감을 가지게 되고, 그러는 사이 자연스럽게 더 많은 사람들과 교류를 할 수 있을 거야. 네가 다른 사람들의 생각과 취향을 존중하듯이 상대방도 너를 있는 그대로 인정하고 말이야. 균형적인 관계에서 얻는 인기가 진짜 인기야!

요즘은 연예인이 되어서 유명해지고 싶다는 생각을 하는 아이들이 정말 많아! 화려한 생활을 즐기면서 내 존재를 모든 사람들에게 알릴 수 있다는 것은 정말 매력적으로 느껴져. 하지만 동전에는 양면이 있듯이, 유명해지는 것도 마냥 즐거운 일만은 아니야. 괴로운 일도 많지.

 TV나 인터넷, 신문할 것 없이 기자들이 연예인들에게 "그런 일을 하셨다고요? 정말 대단합니다! 정말 멋져요!"라고 호들갑을 떠는 것을 보면, 유명한 사람만이 괜찮은 사람이라고 인정받는 것 같은 기분이 들어. 그래서 수단과 목적을 가리지 않게 된 거지. 사실 '목적' 은 자신의 분야에서 성공한 사람이 되는 것이고, 유명해지는 것은 자신이 성공한 사람이라는 것을 다른 사람들에게 알리는 '수단' 일 뿐이잖아? 그런데 요즘에는 단지 유명해지고, TV나 잡지에 많이 나오는 것이 목적이 된 것 같아. 그래서 유명해지기 위해서라면 뭐든지 하는 거야! 남의 웃음거리가 되거나, 자신의 사생활을 드러내고, 남의 비밀을 폭로하거나, 야한 옷을 입고 신체를 드러내는 일도 아무렇지 않게 하게 되지. 이런 행동은 윤리적으로, 심리적으로도 문제가 있어. 프랑스에는 단지 유명해지기 위해서 심야 TV토크쇼에 나와 옷을 벗는 여자들이 있어. 이런 행동은 자기 자신을 상품처럼 파는 거나 다름없어. 자신의 가치를 높이기는커녕 오히려 가치 없는 사람이라고 떠들고 다니는 거지.

 사람들은 연예인들이 인기를 얻으면 돈도 많이 벌고 명예도 얻고 친구도 많아질 거라고 부러워하지? 정말 그럴까? 행복해지기는커녕 걱정만 더 늘어날 뿐이야. 유명해져서 얻을 수 있는 행복이란 게 대체 뭘까? 네가 줄리아 로버츠*Julie Roberts*나 니콜 키드먼*Nicole Kidman*처럼 스타가 된다고 지금보다 더 행복해질 거라는 건 아무도 장담할 수 없어. 어쩌면 조용한 시골에서 연못 옆에 오두막집을 짓고 강아지와 산책을 하는 것이 네 성격에 맞을지도 모르지. 아니면 아침부터 밤늦게까지 실험실에서 분자식을 붙들고 화학연구를 하는 게 더 행복할지도 몰라.

그리고 네가 그렇게 부러워하는 연예인들은 자신의 재능보다는 다른 사람들의 후원 때문에 성공하는 경우가 많아. 그 방면에서 성공하고 싶어도 너의 재능만으로는 어떻게 할 수 없는 게 더 많다는 거야. 마찬가지로 네 의지와는 상관없이 외부의 영향으로 인기를 잃을 수도 있겠지. 그저 운을 바라기보다는 자신이 노력한 만큼 성공을 거머쥘 수 있는 일이 멋지지 않을까?

돈 _ 도대체 용돈은 다 어디로 가는 거지?

너는 어떤 식으로 용돈을 마련하니? 아마도 부모님이 주시거나 아르바이트를 하는 경우가 많을 거야. 좋아하는 책을 산다거나 친구들의 생일선물을 사면서 용돈이 너무 적다고 생각한 적이 있지? 그래! 심지어 어른들도 너랑 똑같은 생각을 하는 사람들이 많단다!

자기 집이 부자가 아니라는 것을 인정하기는 쉽지 않아. 만일 네가 그렇다면 돈이 없다는 현실에 불만을 가질 거야. 그래서 부모님을 탓하면서 반항하거나 다른 사람을 부러워하고, 돈 따위는 필요 없다고 생각하려고 하겠지. 현실에서 돈이 얼마나 많은 힘을 갖고 있는지 생각한다면 돈이 없다는 것이 고통스럽다고 생각할 거야. 그러니까 돈의 진정한 가치에 대해서 한번쯤 진지하게 생각해보자구.

산업혁명 이전에는 소수의 사람들만 돈을 쓸 수 있었어. 대다수의 사람들은 돈이 없었대. 예를 들어 18세기에는 코트를 살 수 있는 여자들과 돈이 없어서 숄이나 두꺼운 스웨터로 만족해야 하는 여자들로 나뉘었어. 하지만 200년이 지난 후 산업사회를 거쳐 소비사회로 진입하면서 누구나 돈을 가지고 물건을 살 수 있게 되었어. 그래서 돈이 많은지 적은지에 따라 소비의 양이 달라졌지. 돈을 조금 쓰거나, 많이 쓰거나, 아주 많이 쓰거나! 요즈음에는 코트를 살까 말까 고민하기보다는, 어떤 코트를 살 건지 고민하지. 스타일이나 소재, 색깔 그리고 브랜드를 따지면서! 결과적으로 우리가 원하든 원치 않든 간에 우리가 사는 물건이 우리를 표현하게 되었어. 또 코트를 예를 들어보자. 사람들은 은색 모피코트를 입은 여자와 남색 나일론코트를 입은 여자를 분명 다르게 생각할거야. 그 사람의 직업이라든가 성격, 재산의 정도라든가 하는 것들 말이야. 점점 더 우리의 소비가 우리 자신을 정의하고 있는 거지.

돈이 없어서 내가 좋아하는 것을 살 수 없고, 좋아하는 일을 할 수 없는 상황에 놓이면 나 자신을 표현할 수도 없을 것 같은 기분이 들어. 이런 문제를 해결하기 위해서는 돈을 쓰는 것만이 나를 표현하는 방법의 전부가 아니라는 것을 깨달아야 해. 네 재능을 계발해봐! 글을 쓰거나, 그림을 그리거나, 악기를 연주하거나, 춤을 추거나, 누군가에게 푹 빠져 사랑을 한다거나! 돈이 필요 없고, 또 돈으로도 할 수 없는 일을 통해서 자기 자신을 뒤돌아보고 계발해가는 것이 훨씬 더 멋지지 않을까?

'돈 쓰는 법'을 익히는 것은 아주 중요해. 똑똑하게 쓸수록 많은 즐거움을 느낄 수 있거든. 돈을 쓰지 않고 모을 건지, 쓴다면 어떻게 쓸 건지 선택하는 과정에서 우리는 많은 것을 배우고 인내하게 된단다. 오랫동안 가지고 싶었던 물건을 드디어 살 때의 기분은 정말 최고잖아? 똑똑한 소비로 행복을 느끼는 거지!

tip 01

돈의 함정

돈으로 사람의 가치를 평가할 수는 없어

돈 좀 있다는 사람이 돈 없는 사람을 무시하는 경우가 있지? 그런데 돈으로 사람을 차별하는 사람일수록 자기 자신을 경멸할 확률이 높은 사람이야. 무슨 말이냐고? 돈으로 사람의 가치를 평가하는 사람이 자기보다 더 돈이 많은 부자를 만나면 어떻게 될까? 자신이 일순간 너무 초라해 보이겠지? 갑자기 사고가 생겨서 모든 재산을 날려버렸다면? 땡전 한 푼 없는 형편없는 사람이라고 생각하지 않겠어?

돈을 최고라고 생각하는 물질만능주의는 정말 위험해. 하지만 TV드라마나 광고 등을 보면 '이 물건이 없으면 넌 별 볼일 없어!'라는 메시지가 끊임없이 등장하지. 이런 유혹을 견디는 건 쉽지 않지만 충분히 그럴 만한 가치가 있어!

원하는 것을 모두 가졌다고 항상 즐거운 것은 아냐

아이들에게 너무 많은 용돈을 주거나, 갖고 싶은 것을 모두 사주는 부모님들은 크게 실수하는 거야. 하고 싶은 것, 갖고 싶은 것을 참고 기다리는 것은 즐거운 일이야. 갖고 싶은 신발을 발견해서 그 가게 앞을 지날 때마다 진열된 신발을 바라보는 즐거움, 엄마가 신발을 사주기로 한 날을 손꼽아 기다리는 즐거움. 그런 인내와 기다림의 즐거움이 없는 삶은 앙꼬 없는 찐빵이라고 생각되지 않아? 돈이 많아서 원하는 것은 무엇이든 언제든지 살 수 있는 사람은 무슨 일이 있어도 시큰둥해하는 재미없는 사람이 되어버릴 거야.

갖고 싶은 물건을 네 힘으로 가질 수 있어 _ 아르바이트

아무리 네 부모님이 경제적으로 여유가 있으시고, 너에게 용돈을 넉넉히 주신다고 해도 가끔은 정말 터무니없이 비싼 물건을 갖고 싶을 때가 있어. 그럴 때 돈을 마련하는 방법은 바로 아르바이트! 아기보기, 개 산책시키기, 동네 할머니 도와드리기 등 생각하지 못한 곳에 네 도움을 필요로 하는 사람들이 있을 거야. 무엇이든지 도와주겠다고 하는 것도 좋은 방법이지. 누가 아니? 멋진 주택에 사는 아주머니가 창고정리를 도와줄 힘센 아가씨를 찾고 있을지, 아니면 아랫집에 사는 세 쌍둥이 엄마가 아이들 생일 잔치를 도와줄 예쁜 언니를 찾고 있을지.

우선 주위 사람들에게 아르바이트를 구하고 있다고 말하고, 부모님께도 도와달라고 해. 특히 동네 게시판이나 슈퍼 주위에 구직광고를 붙이는 것이 효과적이야. 마음에 드는 일을 찾았다면 아르바이트를 시작하기 전에 부모님께 허락을 받고 어디서 일을 하는지 알려드리렴. 그리고 관공서

나 청소년을 위한 단체에 가면 구직광고가 많이 붙어 있으니까 다양한 정보를 얻을 수 있을 거야.

••• 우리나라에서 취직을 할 수 있는 최소연령은 만15세 이상이야.

직업과 진로 _ 어떤 직업을 선택해야 할까?

갑자기 선생님이 앞으로 하고 싶은 일이 뭐냐고 물으시면 넌 뭐라고 대답하니? 금방 대답 못하고 우물쭈물 하면서 넘겨버리니? 솔직히 말해 앞으로 무슨 일을 하면 좋을지 잘 모르겠다고? 별로 심각해할 것 없어. 고등학교에 들어오자마자 사이클 선수가 되겠다고 당당하게 말하는 몇몇 운 좋은 애들을 제외하고는, 대부분 네 또래 아이들은 미래의 자기 직업에 대해서 아무것도 확신하지 못할 거야. 당연하다고 할 수 있어.

앞으로 넌 자라면서 성격과 희망이 계속 변할 거고, 이 사회도 계속 변해갈 거야. 직업의 변화를 연구하는 사회학자들이 말하길 10년 후에는 지금 존재하지 않는 직업을 가진 사람들이 상당수를 차지할 거래. 예를 들어 인터넷 관련 직업을 한번 봐. 1980년대에 초등학생이었던 아이들이 30세가 되어 인터넷 전문가가 되리라고 생각이나 했겠니? 그때는 인터넷을 구경도 못해봤을 때인데. 그러니까 지금 딱히 마음에 드는 직업이 없다고 해도 몇 년 후면 네가 좋아할 만한 직업이 새로 나타날 수도 있으니까 여유 있게 생각해.

진로를 선택할 때 직업 하나만을 고려하기보다는, 구체적으로 너의 희망과 적성, 취향에 대해 고민하는 것이 좋아. 네가 뭘 할 때 가장 즐거운지, 무엇에 관심이 많은지 살펴보고, 혼자서 하는 일을 좋아하는지 아니면 다른 사람들이랑 함께 하는 일을 더 좋아하는지도 생각해봐야 해. 그리고 10년 뒤에 네 모습도 한번 상상해봐. 10년 뒤의 너는 도시에 살고 있을까, 시골에 살고 있을까? 한 곳에 정착해서 안정된 삶을 살고 있을까, 전 세계를 누비며 모험 가득한 삶을 살고 있을까? 행동을 좋아하는 사람일까, 생각을 좋아하는 사람일까? 도저히 한꺼번에 상상할 수 없을 정도일 거야.

우선 네가 좋아하는 과목, 너만의 장점, 단점에 대해서 생각해보고 종이에 적어봐. 그리고 생각나는 대로 너의 성격이나 특징에 대해 적은 후에 '나는 이러이러한 사람이다' 라고 네 자신을 한마디로 표현해봐. 물론 네 모습은 앞으로 수없이 변할 거야. 그러나 지금의 모습을 잘 아는 것은 너를 파악하게 해줄 수 있는 첫 걸음이자 출발점이야.

환상 속의 직업

영화배우나 슈퍼모델, 가수나 연기자는 돈도 잘 벌고 사람들에게 인기도 많은 것 같아. 게다가 얼굴만 좀 예쁘고 별다른 재능이 없어도 운만 따라주면 쉽게 할 수 있는 일처럼 보여. 음료수 자판기 앞에서 영화 감독을 만나서 인사를 하다 보면 영화에 출연할 수 있는 기회가 생길 것 같겠지만, 현실은 그렇게 간단하지 않아. 목욕탕에서 혼자 노래를 부를 때면 목소리가 너무 멋져서 지금 당장 가수로 데뷔를 해도 될 것 같지만, 1만 명이나 되는 관중 앞에서 공연을 한다는 것은 절대 쉬운 일이 아니야. 연기도 마찬가지야. 시키는 대로 대사만 읊으면 될 것 같지만 생각보다 많은 노력이 필요해. 네가 원하는 것이 유명 배우의 직업인지, 그녀의 생활인지, 그녀의 미모인지, 그녀의 부와 명예인지 냉정하게 생각해봐.

시간관리 _ 허겁지겁 도망가는 시간을 붙잡아!

시간이 너무 느리게 간다고? 아니면 너무 빨리 가서 잠잘 시간도 없다고? 주말에도 아르바이트 때문에 정신이 없다고? 시간 때문에 혼란스럽고, 특히 공부나 아르바이트 때문에 스트레스를 받는 것 같으면 지금 당장 생활계획표를 만들어봐. 주중의 시간을 잘 활용하면 주말에 잠시 아르바이트를 한다 해도 그리 바쁘지 않을 거야.

일단은 일주일을 단위로 네가 해야 할 일을 적어 봐. 그리고 다시 하루씩 쪼개는 거야. 수학공부 하기, 영어학원 가기, 테니스 레슨, 친구랑 전화로 수다 떨기, 거울 앞에서 춤 연습하기, TV드라마 보기…. 대충의 생활 계획표를 짜고 나면 다시 꼼꼼히 살펴보고 조금씩 조정해봐. 시험이나 발표같이 중요한 일이 있으면 시간을 바꿀 수 있겠지. 시간표를 짤 때 염두에 두어야 할 점은 가장 하기 싫은 일부터 먼저 하는 것! 주간별, 날짜별, 과목별로 할 일 목록을 만들면 제일 먼저 해야 할 일을 제일 위에 올려놔. 그리고 다 한 일은 연필로 줄을 그어서 표시하면 좋아. 그러면 정리가 더 잘 되고 만족스러울 거야.

효과적이고 현명한 시간관리를 위해서 주변 분위기도 깨끗하게 만들면 더 좋아. 방의 상태를 보면 방주인의 생활태도, 마음상태까지 맞춰볼 수 있다고 하잖아? 잡동사니가 가득한 어지러운 방보다는 정리가 잘 된 방에서 집중도 더 잘 될 거야. 뭐, 네가 불편하지만 않다면 어느 정도 지저분한 것도 괜찮지만 말이야. 시간관리를 하면서 명심해야 할 점은, 네가 모든 것을 다 할 수도 없고, 잘할 수도 없다는 사실을 인정하는 거야. 네 몸은 하나인데 하고 싶다고 10과목의 공부를 하루에 다 할 수는 없잖아? 모든 것을 다 잘하지 못한다고 해서 모든 것을 다 못하는 것은 절대 아니야.

대청소의 날

한가한 주말, 하루 동안 방, 책상, 서랍을 싹 청소하는 것도 좋겠지? 볼펜도 정리하고, 가방도 씻고, 노트도 예쁜 포장지나 잡지로 장식해봐. 라디오 위의 먼지도 털고, 창가에 작은 화분이나 선인장도 올려봐. 예쁘고 깨끗하게 정리하고 나면 좀 힘이 들어도 기분이 아주 좋아질 거야.

날 행복하게 만들어주는 음악! _ 음악

낭만파 화가가 그린 그림도 미술이고, 야수파 화가가 그린 그림도 미술이야. 마찬가지로 로커가 만든 록 음악도, 팝스타가 만든 팝도 모두 음악의 한 부분이지. 재즈! 하면 색소폰이 머릿속에 먼저 생각나듯이, 1960년대에는 록, 70년대는 디스코, 80년대는 팝 등 시대마다 상징적인 음악이 있어. 요즘에는 랩이나 힙합 같은 흑인 음악이 전 세계적으로 인기가 있지. 물론 그 시대의 모든 사람들이 같은 음악을 들어야 하는 것은 아니지. 너는 어떤 음악을 좋아하니? 혹시 네 친구들이 좋아하는 음악에는 별 관심이 없니? 네 음악 취향이 다른 친구들과 다를 수 있지. 만일 피아노를 배우면서 셀린 디온이나 조지 윈스턴 *George Wiston*을 좋아한다면 가요에 열광하는 친구들

사이에서 간혹 소외되는 것 같은 기분이 들 거야. 랩이나 힙합, 가요를 좋아
하는 친구들과 좋아하는 가수에 대해 이야기할 때도 선뜻 말을 꺼내기가
힘들겠지? 여기서 문제가 시작되는 거야. 너는 방에서 조용히 비틀즈
Beatles를 듣는 걸 좋아하지만 친구들에게 늙은이 같다고 놀림을 받을까봐
다른 사람들에게는 숨길 거야. 하지만 그건 실수야. 비틀즈의 곡이 얼마나
멋지고 아름다운데…. 나이가 많은 사람만 비틀즈를 들어야 하는 것은 아
니잖아? 유행하는 팝음악 중에서도 유치한 음악은 유치해. 비틀즈와는 비
교할 수 없지. 그러니까 네가 주위 사람들과 다른 취향을 가졌다는 것을 당

당하게 말할 수 있다면 나와 타인의 차이를
받아들일 정도로 성숙했다는 걸 의미하는
걸 거야. 물론 그 다음에 네 취향이 특이하
다고 친구들이 놀려댈지도 모르지만 뭐. 음
악은 음악일 뿐이니까 부끄러울 것 없어.
남들이 어떤 음악을 좋아하냐고 물어보면
얼버무리지 말고 용기 있게 말해. 너보다
더 독특한 가수를 좋아하는 사람도 있을 거
야. 만약 친구들이 널 비웃는 것 같으면 오
히려 더 당당하게 말해. "옛날 가수를 좋아
한다고 말하는 게 얼마나 근사한 일인지 알
아? 너는 그렇게 좋은 음악을 들어본 적도
없지?" 그것도 효과가 없으면 널 비웃는 애
들에게 학교축제 때 비틀즈의 노래 중 가장

좋아하는 것을 골라 기타 연주까지 준비해서 멋지게 불러보렴. 아마 모든 사람들이 너를 어른스럽게 생각할 거야.

네 친구들의 반응이 여전히 걱정된다면 음악이랑 전혀 상관없는 모임에 가입해서 활동하는 것도 좋은 방법이야. 음악 이외의 공통점을 찾는 것은 어렵지 않겠지? 모임 안에서 친해지면 다른 사람들이 특이한 취향을 가졌다 해도 별종처럼 취급하지 않거든.

만일 도저히 참을 수 없을 정도로 놀림을 당했다면 뉴욕에 가서 실컷 랩이나 하라고 쏘아붙여버려. 남들이 뭐라 하든 뭐가 중요해? 네가 좋아하는 음악을 들으면 넌 행복하잖아! 그게 가장 중요한거야.

음악을 너무 크게 듣지 말 것!

눈은 눈꺼풀이 보호해주지만 귓속의 고막을 보호해주는 기관은 따로 없어. 아무리 시끄러운 소리가 들려도 일부러 손으로 귀를 막지 않는 이상 그 소리를 듣고 있을 수밖에 없어. 만일 매일매일 이어폰의 음량을 최대로 올려서 음악을 듣는다면 몇 달 뒤에는 완전히 소리를 듣지 못할 수도 있어. 왜 그럴까? 귀 안에는 섬모세포란 것이 가득 들어 있는데, 외부에서 소리가 들리면 섬모세포가 진동하면서 그 정보를 뇌에 전달한다고 해. 시끄러운 소리를 들으면 섬모세포가 파괴되는데, 파괴된 섬모세포는 다시 자라지 않는 것이 문제야. 섬모세포가 없으면 들을 수도 없는데 말이야.

댄스 _ 얼짱 몸짱 아니면 어때? 춤 하나는 끝내주게 추는데!

친구들끼리 모여 춤을 춰야 하는 상황이 많니? 사실 춤추는 것은 별것 아닌데도 잘할 줄 모르면 시도도 하기 힘들어. 어설프게 춤을 추면 누가 보지 않아도 너무 쑥스럽잖아. 친구들이 춤추는 파티에 놀러 가자고 해도 가기가 싫고, 다른 여자애들이 우아하게 몸을 흔드는 걸 부러움의 시선으로 바라봐. 그동안 머릿속으로는 도대체 발을 어디다 놔야 하는지 손을 어떻게 해야 하는지 마구 헷갈리는 거야.

춤을 춰야하는 상황마다 도대체 어떻게 할 줄을 몰라서 괴롭다면 일단 TV에 나오는 댄스가수의 안무를 녹화해 놓고 보면서 하나씩 연습해봐. 재즈댄스 강습에 등록하는 것도 좋아. 운동도 할 수 있고 기본만 배우면 어떤 춤에든 써먹을 수 있으니까.

집에 혼자 있을 때 거울 앞에서 다리나 팔 동작을 연습해봐. 어느 날 친구들 앞에서 자신 있는 모습으로 웨이브를 출 수 있는 날이 올지도 모르잖아!

집에 돌아오면 일단 TV부터 켜고 옷도 안 갈아입은 채 밥도 TV앞에서 먹는 아이들이 있어. 만일 너도 TV를 너무 많이 봐서 부모님을 짜증나게 한다면, 절대 네가 TV의 노예가 아니라는 것을 증명해.

일단은 TV와 너의 관계를 생각해봐. TV를 보는 시간, 네가 보는 프로그램 종류, 이유와 느낀 점을 솔직하게 적어봐. 그리고 현명한 TV시청자로 거듭나기 위해 시청 시간표를 작성하는 거야. 네 일정에 맞춰서 보고 싶은 프로그램만을 선택해. 모든 프로그램을 볼 수는 없으니까 정말 보고 싶은 것만 선택해야겠지. 나머지는 친구들한테 얘기를 듣는 것도 좋아. 혹시 네 주변에 특별히 TV를 많이 보는 아이들이 있으면 'TV클럽' 같은 걸 만들어서 프로그램에 대해 조사하고 너희들 스스로 비평도 해보는 거야. 공부도 되고 균형적인 비판의식을 기를 수 있으니까 부모님들도 좋아하시겠지!

그리고 부모님께 그 프로그램은 왜 꼭 봐야 하는지, 특정 프로그램을 좋아하는 이유가 뭔지 솔직히 얘기해. 네 또래 아이들의 이야기를 잘 다루고 있다든가, 다른 친구들이랑 그 프로그램에 대해서 대화를 많이 나눈다든가, 뉴스를 보면서 세상 돌아가는 것을 관찰하는 것이 좋다든가 하는 이유를 말씀드려. 부모님이 네 의견에 동의한다면 아마 TV를 본다고 무작정 잔소리하지는 않으실 거야. 다만 너무 밤늦게 시작하는 프로그램을 보거나 공부할 시간도 빼먹고 TV를 보는 행동은 무책임하다는 거 알지?

전화 _ 으악, 큰일 났다! 감당이 안 되는 전화요금!

여자아이들은 꼭 용건이 있어서가 아니라 이런저런 이야기를 하고 무료한 시간을 보내기 위해서 전화를 하는 경우가 많아. 여자들은 생각을 정리하기 위해서 말을 해야 한다고 하거든. 전화통화를 많이 한다고 해서 네게 큰 문제가 생기는 것은 아니지만, 집의 전화요금에다 네 휴대전화 요금까지 내는 부모님은 분명 곤란해하실 걸? 부모님이 제발 전화기 좀 내려놓으라고 하실 때 어떻게 대처해야 할지 알려줄게.

전화통화를 너무 많이 해서 집의 유선전화 요금이 많이 나온 경우

- 첫번째 해결책 : 휴대전화를 사용하는 대신 휴대전화 요금은 네 용돈으로 내기. 단 이것도 네가 감당할 수 있을 정도로만 사용해야겠지.
- 두번째 해결책 : 통화내역이 전부 기재된 청구서를 받아서 네가 한 통화요금은 네가 내기.
- 세번째 해결책 : 유선전화를 하나 더 마련하고 전용 전화번호를 만들기. 물론 비용도 네가 부담해야겠지.

전화통화를 너무 많이 해서 다른 사람들의 전화를 받을 수가 없는 경우

- 첫번째 해결책 : 통화중 신호 서비스를 신청하면 통화중에 전화가 걸려오는 것을 알 수 있어.
- 두번째 해결책 : 휴대전화를 사용하기. 단 비용을 고려해서.

친구와 헤어지자마자 또 전화한다고 부모님이 핀잔을 주시는 경우

- 첫번째 해결책 : 앞에서 알려준 해결책을 참고할 것. 그래도 해결되지 않으면 친구에게 전화로 하고 싶은 얘기를 종이에 적어서 다음날 수업이 시작하기 전에 건네줘.

- 두번째 해결책 : 정성스럽게 편지를 써봐. 예쁜 편지지에 글만 쓰지 말고 잡지 기사나 웃기는 이야기, 요리법, 예쁜 그림을 붙이면 친구가 더 좋아하겠지? 편지는 두고두고 읽을 수 있기 때문에 시간이 지난 뒤에도 좋은 추억거리가 될 거야. 그리고 정말 할 말이 있으면 인터넷을 이용하는 것도 좋은 방법이지. 전화요금보다 저렴하니까 말이야.

인터넷 없이는 못 살아! _ 인터넷

하루에 한 번 인터넷을 하지 않으면 손가락에 가시가 돋친다? 이제는 인터넷을 하지 않는 청소년들이 정말 드물 거야. 인터넷은 마우스를 클릭하기만 하면 전 세계의 정보도 눈 깜빡할 사이에 찾을 수 있어. 미국에 있는 친구와 실시간으로 메일도 주고받을 수 있고. 정말 편리해졌지.

그렇지만 네가 인터넷에서 접하는 정보를 무턱대고 믿지는 마. 때로는 그 정보를 의심해볼 필요가 있어. 사이버 세상의 진리는 상대적이거든. 자신의 의견을 자유롭게 표현할

수 있는 만큼 그 어떤 사람의 의견도 진실이라고는 생각할 수 없게 된 거지. 예를 들어 청소년의 성에 대한 문제를 이야기하면서 프랑스 국회에서 발간한 보고서와 미국의 종교단체, 벨기에의 성인사이트에 올려진 정보는 아주 다를 거야. 그러니까 어느 정도 참고는 할 수 있어도 네 기준을 세워 적당히 받아들여야 해. 또 다른 문제점은 정신없이 웹 서핑(여기저기 인터넷 사이트를 돌아다닌다는 뜻이야)을 하다 보면 내가 어떤 사이트에 들어와 있고, 뭘 하고 있는지 머릿속이 아득해진다는 거야. 그러니까 인터넷이라는 바다로 항해를 떠나기 전에 네 목적을 확실하게 기억해둬. 그렇게 하면 컴퓨터 앞에서 멍하니 넋 놓고 있는 시간을 줄일 수 있을 거야. 그리고 청소년들이 성인사이트에 무분별하게 노출되어 있다는 것이 정말 큰 문제야. 사이트마다 어른들만 접속할 수 있게 기술적인 차단을 해놓지만, 야한 영화나 사진을 접할 수 있는 방법은 수없이 다양해. 이런 성인사이트는 찾지도, 관심을 갖지도 않는 청소년들의 의지가 가장 중요한 거야(4장의 '야한 영화' 를 참고해).

네티켓이란?

> 네티켓 *Netiquette* 이란 통신망 *Network* 과 예의 *Etiquette* 의 합성어로, 인터넷을 사용하는 네티즌들이 네트워크를 사용하면서 지키고 갖추어야 하는 예의범절을 말해.

> 미국 플로리다대학교의 버지니아 셰어 *Virgina Shea* 교수가 제시한 '네티켓의 핵심원칙'

01 상대방도 인간임을 기억하라.
02 실제 생활에서 일어난 일처럼 똑같은 기준과 행동을 유지하라.

03 현재 자신이 어떤 곳에 접속해 있는지 알고, 그 문화에 어울리게 행동하라.

04 다른 사람의 시간을 존중하라.

05 온라인상의 대화와 글을 통해 자신의 모습이 어떻게 비춰지는지 신경 써라.

06 전문적인 지식을 공유하라.

07 다른 사람과 논쟁을 할 때는 흥분하지 말고 절제된 감정을 유지하라.

08 다른 사람의 사생활을 존중하라.

09 당신의 권력을 남용하지 마라.

10 다른 사람의 실수를 용서하라.

인터넷 중독

tip 02

혹시 학교에서 돌아오면 곧장 컴퓨터 앞에 앉아 잠들 때까지 인터넷만 하는 경우가 많니? PC방에서 아침부터 저녁까지 게임만 한 적이 있어? 우리나라의 경우 언제 어디서나 인터넷을 사용할 수 있는 환경이 조성되면서 인터넷을 오래 사용하는 사람들, 인터넷 중독자가 많아졌어. 특히 청소년의 경우 인터넷 중독수위는 심각하다고 해. 정보통신부와 한국정보문화진흥원(KADO)의 조사에 따르면, 만 9세에서 19세까지의 청소년들의 경우 전문가의 도움을 받아야 할 만큼 심각한 인터넷 중독자는 4.3%, 그 다음으로 중독의 위험이 높은 위험사용자는 16%에 이른다고 해.

애완동물 _ 절대로 날 배신하지 않을 친구

강아지든 고양이든 햄스터든 널 절대 배신하지 않을 사랑스럽고 귀여운 친구! 혹시 애완동물을 키워본 적이 있니? 뭐? 지금도 집에서 널 기다리고 있다고?

애완동물의 종류가 무엇이든, 동물을 키우면 집안 분위기가 완전히 달라져. 저녁에 피곤한 얼굴로 집에 들어섰을 때, 귀여운 고양이는 널 기다리고 있다가 수염 끝을 살짝 대면서 환영해줄 거야. 네가 우울한 생각을 하고 있을 때면 강아지가 살그머니 다가와서 네 손을 핥아주겠지? 또 햄스터는 어떻고! 거실에 햄스터를 풀어 놓으면 온 식구들이 그 귀여운 모습에 한바탕 크게 웃을 수 있을 거야. 사실 애완동물은 주인의 사랑보다 훨씬 더 많이, 몇 배로 주인을 행복하게 해줘. 심지어 주인이 잘 돌봐주지 못할 때도 귀엽게 쫓아와 애교를 부리면서 기분을 북돋아 준단다.

예쁜 강아지 한 마리를 키우는 것이 소원이지만, 문제는 엄마 아빠가 허락하지 않으신다는 거야. 네가 모든 것을 책임질 거라고 부모님께 아무리 말씀드려도 동물을 기른다는 것은 너 혼자서 벅찬 일이야. 하루에 몇 번씩 밥도 챙겨줘야지, 산책 시켜야지, 매일 놀아 줘야지, 신경 써줘야지, 3~4달에 한 번씩은 병원에 가서 검진도 받아야지. 애완동물은 그냥 귀엽기만한 장난감이 아니야. 한번 키우기 시작하면 살아 있는 동안 책임을 지고 평생 돌봐주고 존중해줘야 해. 동물도 분명 기쁨과 고통을 느끼는 존재니까. 모든 생명체는 존중받을 권리를 갖고 있어. 그러니까 정말 애완동물을 키우고 싶다면 생명의 소중함을 마음 깊이 새겨야 해.

네가 애완동물을 잘 돌볼 수 있다고 부모님을 설득하기 위해서는 먼저 책임감 있고 신중한 아이라는 걸 보여드려. 그러기 위해선 소매를 걷어붙이고 집에서든 학교에서든 열심히 생활해. 예습 복습도 잘 하고, 네 방은 네가 치우고, 식사 준비도 돕고. 책임감 있고 강아지를 키울 자격이 있는 아이란 것을 스스로 증명해봐!

그렇지만 애완동물을 사 달라고 조르기 전에 현실을 인정할 필요가 있어. 엘리베이터도 없는 방 2개짜리 5층 아파트에 살면서 커다란 골든 리트리버가 갖고 싶다고 거실에서 뒹굴면서 우는 건 정말 철없는 행동이야.

마지막으로 애완동물은 우리보다 수명이 짧다는 것을 잊지 마. 햄스터를 키우든 금붕어를 키우든 언젠가는 귀여운 네 친구는 죽음을 맞이해. 아마도 네가 처음으로 겪는 죽음일 테니까 받아들이기가 정말 힘들 거야. 이런 상황을 잘 극복하고 싶다면 애완동물의 입장에서 생각해보렴. 살아 있는 동안 정말 즐겁게 지냈고, 너를 만나서 누구보다 행복했을 거라고.

예방주사 _ 청소년기에 해야 하는 예방접종

현대의학이 완전히 자리 잡은 이후 예방주사 덕분에 치명적인 질병에 걸리는 사람들이 점점 줄어들고 있어. 하지만 예방주사의 중요성을 점점 잊어버리는 것 같아. 10대가 된 이후에도 예방접종을 제대로 했는지 한번 점검해보는 게 좋아. 지금이 바로 새로운 예방접종을 하거나 추가 예방접종을 할 수 있는 적기라 할 수 있지. 시간을 내서 양호선생님께 여쭤보렴.

우리나라의 경우 청소년기에 해야 하는 예방접종

- 디프테리아, 파상풍, 백일해를 예방하는 DTaP : 생후 12개월까지 1차, 2차, 3차 접종을 실시하고 15개월에서 18개월 사이에 1차 추가접종, 4세에서 6세 사이에 2차 추가접종을 해야 해. 그리고 16세 이후에는 10년에 한 번씩 주사를 맞아야 된단다.
- 일본뇌염 : 일본뇌염백신은 전염병예방법에 의해 생후 12개월에서 24개월 사이에 두 번의 접종을 한 다음, 12개월 후 3차 접종을 해야 하는데, 여기까지가 기초접종이야. 그리고 만 6세, 12세 되는 해에 각각 추가접종을 해야 해.

그 외에 결핵을 예방하는 BCG, B형간염과 소아마비를 예방하는 폴리오, 그리고 홍역, 볼거리, 풍진을 예방하는 MMR은 생후 15개월 이내에 모두 접종이 끝나게 돼 있어. 요즘에는 A형간염 예방접종의 필요성도 강조되고 있어.

사춘기가 된다는 것은 이사를 가는 것과 비슷해. 사춘기 때 우리는 소녀의 몸을 떠나 숙녀의 몸이 되잖아? 그래서 네 또래의 아이들에게 이사는 정말 혼란스러워. 몸도 바뀌는데 사는 동네까지 바뀌니까 이사를 두 번 하는 셈이지.

이사가 두려운 이유는 전혀 알지도 못하는 새로운 장소에 내던져져서, 왜 그런 곳에서 살아야 하는지 도대체 이해할 수 없기 때문이야. 하지만 넌 두려워하지만은 않을 거라 믿어. 비록 다른 동네, 다른 집으로 이사했더라도 넌 너만의 나침반을 가지고 있잖아. 무슨 나침반이냐고? 바로 추억이라는 거지. 추억은 네가 어디서 왔는지, 어떻게 오늘날의 네가 되었는지 알려주는 거야. 사진이나 편지, 너만의 소중한 물건들을 보면 네 추억들을 다시 떠올려볼 수 있잖아? 작고 예쁜 보물상자를 하나 만들어서 네 인생의 중요한 순간이 담긴 물건들을 모아봐. 일기장에도 즐겁고 슬펐던 기억, 네 친한 친구들, 남자친구에 대한 이야기들을 모두 적어두면 그것이 모두 추억이 되는 거지. 하지만 지금 힘든 문제가 있다고 그 문제를 잊기 위해 옛날의 좋았던 추억에만 빠져드는 건 위험한 일이야. 추억은 네가 힘들 때 앞으로 나아갈 용기를 주는 훌륭한 에너지로 사용해야 하거든.

다른 도시로 이사를 가서 친한 친구들을 만날 수 없게 됐다고 슬퍼할 것 없어. 요즘 전화나 인터넷이 얼마나 편리한지 알잖아? 헤어질 때는 작은 수첩에 친구들의 사진과 연락처를 달라고 해. 나를 위해 좋은 말을 적어달라고 부탁도 해봐. 그 수첩을 보고 옛 친구들 소식을 들으면서 기운을 낸다면 이사를 가더라도 힘든 시기를 잘 넘길 수 있을 거야. 그러나 추억만으로 우정과 사랑이 변하지 않는 것은 아니야. '눈에서 멀어지면 마음에서 멀어진다' 는 말이 있잖아. 옛 친구들과 조금 멀어진다고 해도 너무 슬퍼하지마. 왜냐면 네게도 곧 새 친구들이 생길 거잖아? 이제 다시 새로운 출발을 하는 거지!

부록

- 여자의 몸, 이렇게 생겼어요!
- 좋은 정보 좋은 사람들 – 유용한 인터넷 사이트

· 외음부

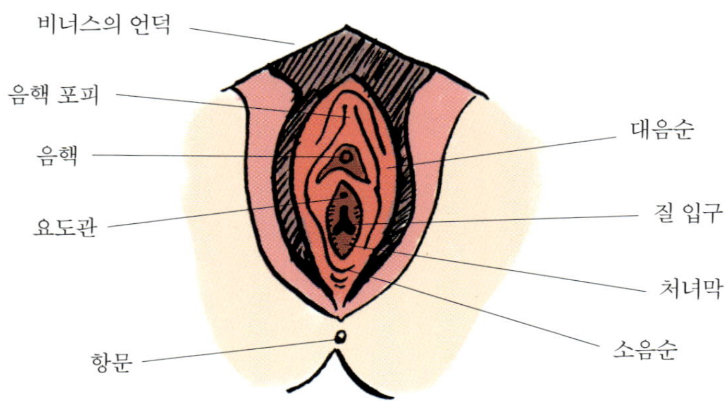

· 내음부

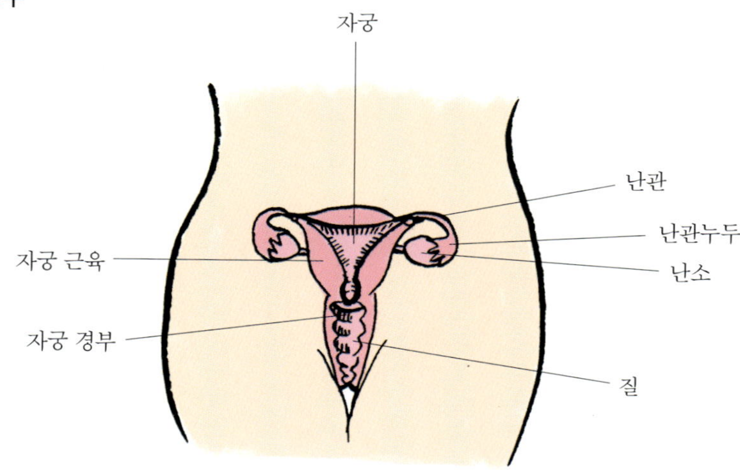

• 사랑의 순간

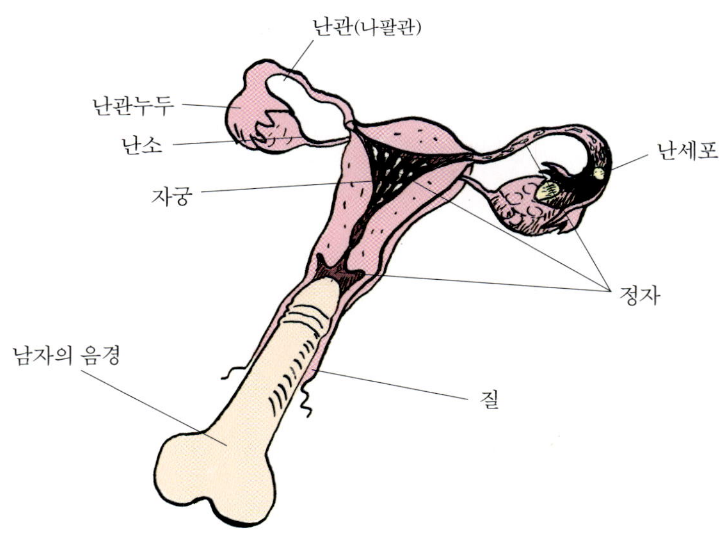
난관(나팔관)
난관누두
난소
자궁
난세포
정자
남자의 음경
질

• 가슴

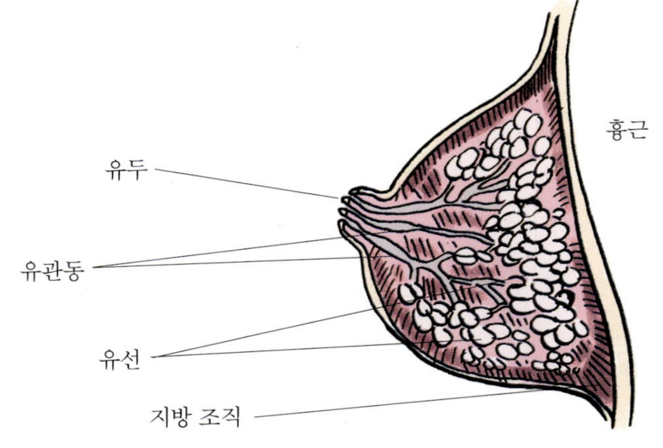
흉근
유두
유관동
유선
지방 조직

• 생리주기

1 생리주기의 첫날, 에스트로겐과 프로게스테론이라는 여성 호르몬이 분비되
   면서 네 몸에는 많은 변화가 일어나기 시작해.

2 여성호르몬이 분비되면 난소에 있는 여포(난자를 싸고 있는 주머니)와 난자
   가 점점 커져. 여포가 충분히 성숙해져서 터지는 순간 난자가 난소 밖으로
   배출되는 거지.

3 난자가 자라고 있는 동안, 자궁 내부의 자궁 점막은 혈액을 저장하면서 점
   차 두꺼워져. 난자가 정자와 수정될 경우를 대비해서 영양분을 저축해두는
   거지. 만일 난자가 수정되지 않으면 자궁 내부의 혈액이 몸 밖으로 배출돼.
   이게 바로 생리지.

4 배란기에는 체온이 약간 높아져. 예를 들면 36.5도에서 37.2도 정도로 말이
   야. 매일매일 정확하게 체온을 재보면 배란주기를 정확히 알 수 있어.

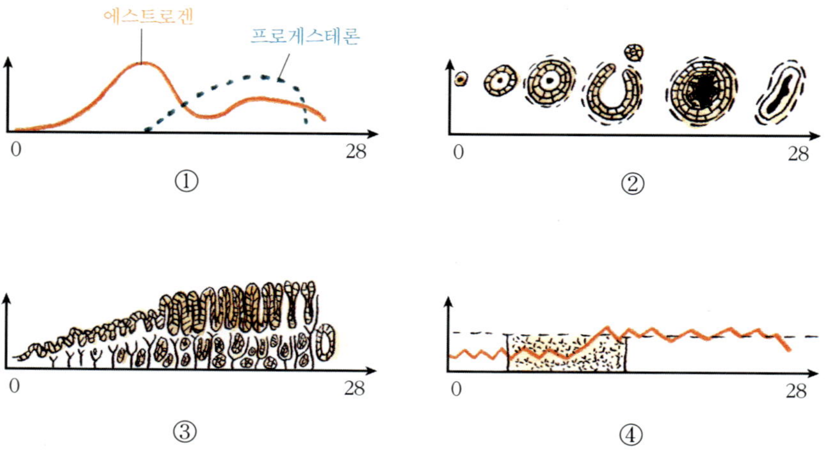

좋은 정보 좋은 사람들 – 유용한 인터넷 사이트 *

고민이 있을 때 도움을 얻을 수 있는 고민 상담실

- 청소년위원회 http://www.youth.go.kr
- 한국청소년상담원 http://www.kyci.or.kr

  TEL. 02 - 730 - 2000
- 사랑의전화상담센터 카운셀24 http://www.counsel24.com
- 한국청소년쉼터협의회 http://www.jikimi.or.kr
- 청소년 세계 http://www.youth.co.kr
- 디딤넷 http://www.didim.net
- 청소년보호종합지원센터 – 1318서포터즈 http://www.1388.or.kr

  TEL. (02) 1388
- 사이버청소년상담실 http://counsel4u.dreamwiz.com
- J&J 청소년상담센터 http://www.ttax.net
- 한국청소년상담원 학교밖청소년지원센터 해밀센터

  http://www.hemilcenter.or.kr

  TEL. 02 - 730 - 2000

즐겁고 기분 좋은 온라인 세상을 위해

- 인터넷중독예방상담센터 http://www.iapc.or.kr
- 경찰청 사이버테러대응센터 http://www.ctrc.go.kr
- 정보통신윤리위원회 http://www.internet119.or.kr
- 청소년푸른꿈사이트 – 아이틴 넷 http://www.youthsite.or.kr

10대들을 위한 커뮤니티

- 10대 만의 공간, 10대 독립 아이두 http://www.idoo.net

- 일 놀이 자율의 문화작업장 하자센터 http://www.haja.net
- 학교 친구들, 선생님들과 함께 쓰는 일기 모둠일기
  http://www.modumilgi.com
- 청소년정보커뮤티니 http://www.youthwel.com
- 인천시청 청소년웹진 http://moo.incheon.go.kr
- 청소년소리기자단 http://www.youthdream.go.kr
- 대한민국 청소년의회 http://youthassembly.or.kr

금연교육, 약물중독 치료

- 청소년금연짱 http://www.nosmoke.or.kr
- 금연나라 http://www.nosmokingnara.org
- 한국금연운동협의회 http://www.kash.or.kr
- 한국마약퇴치운동본부 http://www.drugfree.or.kr

성문제, 성문화 상담

- 대한가족보건복지협회 사이버상담실 yline http://www.yline.re.kr
  TEL.02 - 2364 - 2003
- 한국성폭력상담소 http://www.sisters.or.kr
  TEL.02 - 338 - 5801
- 내일여성센터 탁틴넷 http://www.tacteen.net
  TEL.02 - 3141 - 6191
- 아하! 청소년성문화센터 http://aha.ymca.or.kr
  TEL.02 - 2676 - 1318
- 한국청소년순결운동본부 http://www.purelove.or.kr
- 서울 늘푸른여성지원센터 http://1318.seoul.go.kr
- 10대 청소년 성매매근절 Healthy Teen http://teen.jw21.org

학교폭력에 고통 받고 있다면

- 청소년폭력예방재단 http://www.jikim.net
  TEL.02-585-9128
- 자녀안심하고 학교보내기 http://www.1318love.com
  TEL.02-3453-5227

자원봉사는 어때?

- 청소년자원봉사센터(전국) http://www.youthvol.net
- 전국중고생자원봉사대회 http://www.soc.or.kr

놀면서 세상보기 청소년 문화센터

- 서울 청소년문화교류센터 http://www.mizy.net
- 서울특별시립 청소년정보문화센터 http://www.ssro.net
- 수원 청소년문화센터 http://www.sycc.or.kr
- 고양 청소년사랑센터 http://www.gyouth.net
- 대구 학생문화센터 http://www.dccs.go.kr
- 울산 청소년문화공동체 http://www.hamkke79.com

미래가 조금 어두워 보일 때 진로상담

- YMCA 청소년진로진학상담실 http://myway.or.kr
- YMCA 일하는청소년지원센터 http://job1318.ymca.or.kr
- 청소년인턴십센터 http://www.yintern.or.kr
- 한국진로상담연구소 http://www.teensoft.net

아름답고 현명한 10대 소녀들을 위한
소녀대백과사전!

프랑스의 청소년 잡지 기자, 소니아 페르착이 쓴 이 책이 발간되었을 당시, 오직 소녀들만을 위한 책이라는 점에서 큰 이슈가 되었습니다. 손톱관리에서부터 다이어트, 식습관, 이성교제, 성지식, 재혼가족, 심리적인 혼란함, 진로선택에 이르기까지 요즘 소녀들이 궁금해 하고, 알고 싶어 하고, 알아야 하는 모든 것들이 실려 있는, 말 그대로 백과사전과 같은 책이라는 점에서 신선한 발상이 돋보였습니다.

사실 이 책에 실린 소재들은 단순히 아이들의 흥밋거리에만 맞춘 가벼운 것들이라고 생각할 수 있을 것입니다. 한 사람의 어른으로서 아이들이 이책에 나오는 피부관리법을 따라 한다고 시간을 너무 많이 쏟지는 않을지, 혹시 성에 대해 너무 적나라한 지식을 주어서 부정적인 영향을 미치지는 않을까 걱정도 되었지요. 그러나 이렇게 생각해보면 어떨까요?

요즘 어른들은 흔히 10대가 애들이 아니라 어른 같다고 합니다. 외모에서부터 말하는 것, 즐기는 것, 행동하는 것들이 너무 성숙하게 느껴진다는 것이겠죠. 하지만 마음까지 완전히 성장하지 않은 아이들이 어른의 정보를 익히고 어른처럼 행동한다고 해서 어른이라고 할 수 있을까요? 이 책은 아이와 어른 중간에서 혼란스러워 하는 청소년들에게 세상의 수많은 정보를 정리해주고, 천천히 생각할 수 있게 도와주는 역할을 합니다. 아이들이 TV나 인터넷의 여과되지 않은 정보 속에서 갈피를 못 잡고 있을 때 방향을 잡아줄 수 있는 나침반 같은 책이지요. '이런 거 요즘 애들 다 아는 것 아냐?'라고 생각할 수도 있지만, 글쎄요. 어른들이 그렇게 생각하면서 점점 아이들을 외면하는 것은 아닐까요?

그리고 이 책을 읽는 10대들에게 이것만은 꼭 기억하라고 당부하고 싶습니다. '자신을 사랑하는 법을 배우자!' 자신을 사랑하지 않는 사람은 꿈을 이룰 수도, 성공을 할 수도, 남을 사랑할 수도 없다고 생각합니다. 특히 일생에서 가장 아름답고 예쁜 날들을 보내고 있는 사춘기 소녀 여러분! 명랑하고 건강한 몸과 마음을 가꾸어 가면서, 각자의 가슴속에 숨어 있는 눈부신 보석을 하루빨리 찾아내기 바랍니다.

– 2005년 여름 임순정

ㅇ

● 지은이 소개 _ 소니아 페르착 *Sonia Feertchak*

　　프랑스 청소년들의 의식과 유행을 주도하는 '100% 소년소녀잡지'〈오카피 *Okapi*〉의 저널리스트. 12세에서 18세까지의 청소년들을 대상으로 학교생활, 진로, 사회적 이슈, 환경문제, 문화 등 청소년들에게 꼭 필요한 생각거리와 놀거리를 전달하는 인기 잡지다. 특히 이 잡지의 특징은 우편이나 인터넷을 통해 그들만의 다양한 의견을 제시하고 공유하는 참여코너가 활성화되었다는 점이다. 지은이는 잡지를 통해 전달되는 청소년들의 의견과 고민을 접하면서, 복잡한 사회환경에 휩쓸려 마음의 중심을 잡지 못하는 아이들에게 어른으로서 작은 도움을 주고자 이 책을 쓰기 시작하였다고 한다. 여자아이들만을 위해 '지혜롭게 자신을 사랑하는 법'을 가르치는 이 책은, 출간 시 프랑스의 청소년들과 교육계에서 큰 이슈가 되었다.

● 그린이 소개 _ 카텔 *Catel*

　　프랑스의 전문 일러스트레이터. 특히 청소년들을 위한 만화, 잡지, 소설 분야에서 왕성한 작품활동을 하고 있다.

● 옮긴이 소개 _ 임순정

　　1973년 서울 출생. 이화여자대학교 불어불문학과 졸업. 한국외국어대학 통번역 대학원 한불과 졸업. 파리 고등 통번역 대학원 (ESIT) 통역학 수학. 현재 이화여자대학교 통번역 대학원 한불과에서 강의를 하고 있다.

한언의 사명선언문

Our Mission

一. 우리는 새로운 지식을 창출, 전파하여 전 인류가 이를 공유케 함
으로써 인류문화의 발전과 행복에 이바지한다.

一. 우리는 끊임없이 학습하는 조직으로서 자신과 조직의 발전을 위해
쉼없이 노력하며, 궁극적으로는 세계적 컨텐츠 그룹을 지향한다.

一. 우리는 정신적, 물질적으로 최고 수준의 복지를 실현하기 위해 노
력하며, 명실공히 초일류 사원들의 집합체로서 부끄럼없이 행동
한다.

Our Vision   한언은 컨텐츠 기업의 선도적 성공모델이 된다.

저희 한언인들은 위와 같은 사명을 항상 가슴 속에 간직하고
좋은 책을 만들기 위해 최선을 다하고 있습니다.
독자 여러분의 아낌없는 충고와 격려를 부탁드립니다.

- 한언가족 -

HanEon's Mission statement

Our Mission

—. We create and broadcast new knowledge for the advancement and
happiness of the whole human race.

—. We do our best to improve ourselves and the organization, with the
ultimate goal of striving to be the best content group in the world.

—. We try to realize the highest quality of welfare system in both
mental and physical ways and we behave in a manner that reflects
our mission as proud members of HanEon Community.

Our Vision

HanEon will be the leading Success Model of the content group.